세계3대 명탐정

걸작선 베타(β)

운노 주자
길버트 키스 체스터턴
아서 코난 도일

玄人

세계3대 **명탐정**

걸작선 베타(β)

운노 주자
길버트 키스 체스터턴
아서 코난 도일

옮긴이 **김진언**

대학에서 국문학을 전공하고 세상 곳곳을 돌아다니며 삶의 경험을 쌓았다. 그 경험을 바탕으로 지금은 인류가 남긴 가치 있는 책들을 찾아 우리말로 번역 중이며 문학과 삶에 대한 탐구를 계속해 나가고 있다. 옮긴 책으로는『세계 3대 명탐정 단편 걸작선』,『무솔리니 나의 자서전』,『들꽃은 무엇을 입을까 고민하지 않는다』,『위대한 의사들』,『셜록 홈즈의 여인들 Ⅰ·Ⅱ』,『미녀와 야수』,『카프카 우화집』 등이 있다.

옮긴이 **박현석**

대학 졸업 후 일본으로 건너가 유학 및 직장 생활을 하다 지금은 전문번역가로 활동 중이며 우리나라에 아직 소개되지 않은 유명 작가들의 작품을 소개하기 위해서 출판을 시작했다. 번역서로는『판도라의 상자』,『갱부』,『혈액형 살인사건』,『사형수와 그 재판장』,『불령선인 / 너희들의 등 뒤에서』,『젊은 날의 도쿠가와 이에야스』,『다자이 오사무 자서전』,『붉은 흙에 싹트는 것』,『운명의 승리자 박열』 외 다수가 있다.

세계 3대 명탐정 걸작선 (베타)

1판 1쇄 인쇄 2017년 11월 15일
1판 1쇄 발행 2017년 11월 25일

지은이 아서 코난 도일 / 운노 주자 / 길버트 키스 체스터턴
옮긴이 김진언 / 박현석
펴낸이 박현석
펴낸곳 玄 人

등 록 제 2010-12호
주 소 서울시 도봉구 덕릉로 62길 13, 103-608호
전 화 010-2012-3751
팩 스 0505-977-3750
이메일 gensang@naver.com

ISBN 979-11-88152-18-6

...... 목   차

감색 종이풍선
柿色の紙風船

운노 주자
海野十三

호무라 소로쿠
帆村荘六

호무라 소로쿠(帆村莊六)

운노 주자의 소설에 등장하는 가공의 사립탐정. 호무라가 관여하는 사건의 대부분은 SF적, 과학적 설정이다. 또한 호무라에 의한 사건 해결 과정은 비약이 심해서 극단적일 만큼 비현실적이다.

성장과정 등 자세한 이력은 알 수 없다. 「마작 살인사건」에 주가를 올리고 있는 청년 탐정으로 첫 등장. 유라쿠초에 사무실을 가지고 있는 장신에 흰 얼굴, 잘생긴 이학사 겸 아마추어 탐정이다. 아버지는 철도회사의 고문이었던 듯하며 다카라즈카 시 근교에서 살았다. 한 사건을 계기로 부호의 딸과 서로 사랑을 맺어 결혼했다.

호무라가 대결하는 상대로는 매드 사이언티스트적 자질을 가진 인물이 많은데 이학사로서의 풍부한 과학적 지식을 구사하여 수많은 어려운 사건을 해결한다. 그 후, 운노 주자의 SF소설 등에도 얼굴을 내밀게 된다.

일본의 패전 후, 한동안 호무라 시리즈를 발표하지 못할 입장에 놓였으나, 팬들의 열의에 힘입어 호무라는 다시 탐정으로 활약할 수 있게 되었다. 1947년에 등장한 호무라는 머리가 약간 벗겨진 중년으로 장신에 수염은 없으며 가느다란 검은 테 안경을 끼고 있다.

같은 해에 쓴 작품 가운데 30년 후의 호무라를 묘사한 작품이 있는데 백발의 노인이 되어서도 여전히 남자 조카와 함께 미인 인조인간 여성 비서를 데리고 탐정으로 활약하고 있다. 폐는 인공이며, 심장도 인공으로 교체를 생각하고 있다고 한다.

"어머, 여기에 누워 있던 환자는?"

사과처럼 혈색이 좋은 간호부가 외쳤다. 멍하니 서 있는 그녀 앞에는 빈 침대가 하나 있었다.

"얘, 너 모르니?"

그녀가 옆에 있던 푸석푸석한 얼굴의 간호부에게 물었다.

"글쎄, 나는 모르겠는데."

이렇게 말하며 뜨개질하던 손을 멈추고 시트가 뭉개져서 흩어져 있는 그 침대 위를 보았다.

"어머, 정말이네. 없잖아."

"어, 어디로 갔을까?"

"화장실에 간 거 아닐까?"

"아아, 화장실. 그런가……. 하지만 좀 이상한데. 이 환자, 화장실에 가면 안 되는데."

"어머, 어째서?"

"왜냐하면 말이지, 이 환자, 그러니까……, 그거야. 항문이 좋지 않아. 그래서 라듐으로 지지고 있어. 알잖아? 그러니까 항문에 라듐을 찔러 넣은 상태라 화장실에 가서는 안 돼."

"치료 중이라 안 된단 말이지?"

"그것도 그렇지만, 혹시 볼일을 보다가 밑으로 떨어져버리면, 그 라듐은 작아서 어디로 가버렸는지 찾지 못할 염려가 있잖아."

"맞아, 라듐은 꽤나 비쌌었지?"

"응, 간호부장님이 그러시더라고. 그 연필심 정도의 두께에 길이 겨우 1㎝쯤 되는 게 시가 5, 6만 엔이나 한다고. 아아, 큰일이네. 그게 없어지면 정말 큰일이야. 나, 화장실에 가서 찾아볼게. 그런데 혹시 못 찾으면 난 어떻게 하지?"

"그런 건 나중에 생각하고 얼른 가서 찾아봐."

"그래. 이거 큰일이네!"

사과처럼 얼굴빛이 좋았던 간호부도 갑자기 풋사과처럼 파란빛이 감돌더니 허둥지둥 방 밖으로 나갔다.

그런데 그녀는 밖으로 나갔는가 싶더니 5분도 지나지 않아서 벌써 되돌아왔다. 되돌아왔다고 하기보다는 오히려 뛰어들었다고 말하는 편이 정확할지 몰랐다. 그녀의 얼굴빛은 핏기가 완전히 가셔서 창백해진 채……

"어머, 그 사람 어디에도 없어. 나, 어떻게 하지? 아아."

그녀는 허물처럼 남겨진 침대 위에 몸을 던지더니 주위에는 신경도 쓰지 않고 엉엉 울기 시작했다. 그 기묘한 울음소리에 놀라서 간호부장이 달려왔다. 동료들이 모여들었다. 심지어는 의국(醫局)의 문이 열리더니 의국장 이하가 하얀 수술복을 나

풀거리며,

"무슨 일이야, 무슨 일이야."

"왜 그래, 왜 그래."

이렇게 말하며 울음소리가 들려오는 쪽으로 몰려왔다.

그 뒤에 병원 안에서 벌어진 소동에 대해서는 설명할 필요도 없으리라. 자그마치 시가 3만 5천 엔이나 하는 라듐을 항문에 꽂은 채 환자가 행방불명된 것이었다. 환자도 환자지만 그 라듐이 어딘가 근처의 복도에 떨어져 있지나 않을까, 용무원은 물론 간호부까지 총출동해서 찾아다녔다.

"없어⋯⋯."

"아무래도 안 보이는데."

"이를 어쩌지? 하지만 찾는 물건이 너무 작단 말이지."

그러는 사이 복도에 커다란 게시가 나붙었다. '현상'이라고 빨간 잉크로 이중 동그라미를 붙인 제목에 '라듐을 발견한 자에게는 금 오백 엔을 드리겠음.'이라고 검은 먹으로 선명하게 쓴 것이었다. 이 게시가 나붙자 소동은 한층 더 커졌다.

그러나 결국 알 수 없는 것은 끝까지 알 수 없었다. 500엔 현상의 위력으로도 라듐은 끝끝내 나타나지 않았다. 워낙 두께라고 해봐야 연필심 정도고 길이는 겨우 1㎝ 정도의 물건이었기에 복도에 떨어졌다면 바람에 날려갔을 수도 있고, 화장실 안에 떨어져 쏴아 흘러 내려갔다면 더욱 찾을 수 없을 것이며, 특히 환자의 몸 안에 든 채라면 환자가 어디로 갔는지 알아내지 못하는 한 찾을 수 없을 것이었다.

병원의 한 방에서는 책임자들의 긴급회의가 열렸다. 결국 원인은 라듐을 훔칠 생각으로 온 것이라는 설이 유력했으나, 간호부장 등은 환자가 잘 알지 못하는 채로 30분 이상 그 라듐을 항문에 넣어두면 라듐 때문에 항문 주위가 돌이킬 수 없을 정도로 썩어 마침내는 목숨을 잃게 될 것이라며 걱정을 했다. 그러나 누가 훔쳤는지, 그것에 대해서만은 아는 사람이 아무도 없었다.

위의 사건에 대해서 여러분은 아직도 약간의 기억을 가지고 있지 않으신지? 그 '라듐 삽입 환자 실종사건'이 신문에 보도된 것도 벌써 지금으로부터 5년도 더 전의 일이었다.

그 사건에 흥미를 느껴 후속 기사를 기다린 사람도 있었을 테지만, 그런 사람들은 틀림없이 실망했을 것이다. 왜냐하면 그 후에 그 환자가 체포되었다는 이야기도 없었고, 직원이 라듐을 발견해서 500엔을 받았다는 기사도 나오지 않았기 때문이다. 그 사건에 대한 보도는 그대로 묘연해져서 훗날 이야기가 뚝 끊겨버리고 말았다.

5년도 더 지난 오늘⋯⋯.

뜻밖에도 이렇게 그 '라듐 삽입 환자 실종사건'의 진상과 그 후일담을 발표할 기회를 얻게 된 것을 여러분께 감사드린다.

그렇다면 그 시가 3만 5천 엔인 라듐은 어떻게 되었을까?

그리고 그 라듐을 삽입한 환자는 또 어떻게 되었을까?

환자에 대해서는 무엇보다 먼저 안심을 해도 된다. 그 인정 많은 간호부장이나 신문기자가 걱정한 것과 같은 일은 결국 기우로 끝나버리고 말았으니. 다시 말해서 그 환자는 라듐 때문에 목숨을 잃는 일 없이 무사히 살아났다. 그리고 지금도 쌩쌩하게 살아 있다. 쌩쌩하게 살아 있을 뿐만 아니라 이렇게 원고지 위로 펜을 달리고 있다.

그 실종된 환자란 바로 이렇게 말하고 있는 나 자신이다. 본명을 밝혀도 상관없다. 마루타 간시로, 이것이 나의 본명이다.

이렇게 정체를 밝히고 나면 가장 먼저 받게 될 것이라 여겨지는 질문은,

"넌 어째서 병원의 침대에서 사라져버린 것이지?"라는 것이리라.

거기에 대해서는 솔직하게 다음과 같이 답하고 싶다. "그건 전부터 정해놓은 순서였다……."

미리 정해놓은 순서였다. 다시 말해서 라듐이 삽입되고, 아주 잠깐이지만 가만히 눕혀지기를 기다렸다. 의사와 간호부는 내가 침대 위에 가만히 누워 있을 것이라고 믿어 의심치 않았다.

"움직이지 마세요. 아주 잠깐이면 되니까."

의사가 내게 말했다. 그리고 간호부를 향해서,

"알겠지? 20분이야. ⋯⋯나는 의국에 있을 테니."

"네. ――"

그렇게 의사가 다른 곳으로 가버리자 간호부가 곧 내게 말했다.

"움직이지 마세요. 아주 잠깐이면 되니까. ――"

이렇게 말한 그녀는 지에조 씨가 실린 영화잡지를 사랑스러워서 견딜 수 없다는 듯한 표정으로 사과 같은 뺨에 대더니 저쪽으로 슬리퍼를 끌며 가버렸다. 아마도 안타깝지만 그 지에조 씨를 누군가에게 돌려줄 시간이 온 것이리라.

이에 나는 아주 자연스럽게 침대에서 일어나 탈출할 기회를 잡았다. 가까이에서 얼굴이 푸석푸석한 다른 간호부가 열심히 뜨개질을 하고 있었지만, 그녀는 뜨개질하는 취미 시간을 즐기고 있었기에 자기 담당도 아니고 침대에 누워 있는 나의 행동에 대해서는 전혀 무관심했다. 그랬기에 나는 참으로 위풍당당하게 그 방에서 탈출했다.

나는 바로 화장실로 갔다.

문을 단단히 잠그고 나는 전부터 구조를 알고 있던 신체의 일부를 손가락으로 뒤적거렸다. 바로 거기서 튼튼하고 가느다란 끈 2개가 늘어져 있는 것을 찾아냈다.

"으음."

나는 호흡을 가다듬으며 손가락으로 그 끈을 힘껏 잡아당겼다. 아니나 다를까, 손에 느낌이 있었다. 그리고 슬슬 딸려 나온 것은 소총의 탄환처럼 생긴 가늘고 긴 용기에 든 라듐이었다. 나는 그것을 백지 위에 올려놓고 빙그레 미소 지었다.

"아무리 싸게 팔아도, 글쎄……, 3만 냥은 틀림없겠군."

나는 백지를 둥글게 만 뒤, 기모노의 소맷자락에 아무렇게나 던져 넣었다. 그리고 기쁨으로 두근거리는 가슴을 억누르며 정면 현관의 인파 속으로 솜씨 좋게 탈출했다.

이렇게 해서 내가 오랜 시간 연구해온 스포츠는, 계획대로 차질 없이 행해진 것이다. 이것으로 나도 미래에 대한 전망이 없는 평사무원을 때려치우고 미래에는 시골로 들어가 유유자적한 생활을 할 수 있게 되었다며 기쁨에 몸을 떨었다.

"그럼 너는 그 라듐을 바로 처분했는가?"라고 묻고 싶을 것이다.

바로 처분한다는 것은 무릇 도둑이라는 이름이 붙은 사람이라면 누구라도 할 법한 평범하기 짝이 없는 수법이다. 그리고 동시에 졸열하기 짝이 없는 방법이기도 하다. 나는 그런 방법은 채용하지 않았다.

여기서 나의 두 번째 계획으로 옮겨갔다. 그것은 매우 당돌한 계획이었다. 나는 그 걸음에 당장 니혼바시에 있는 모 백화점으로 갔다. 그곳의 귀금속 매장으로 가서 누구에게라도 들킬게 뻔한 도둑질을 했다. 아니나 다를까 나는 체포되고 말았다. 그거면 충분했다.

왜냐하면 그날부터 당장 몸의 자유를 빼앗겼다는 것은, 그날부터 당장 경찰의 보호를 받게 되었다는 말에 다름 아니기 때문이다.

상습절도라는 죄상은 극히 명백한 것이었다. 예심이 끝나자 나의 신병은 곧 근교에 있는 형무소로 옮겨졌다. 마침내 판결 언도가 있었다.

"피고를 징역 5년에 처한다!"

나는 기분 좋게 형무소에 갇힌 사람이 되었다. 나는 머물러야 할 곳에 머물게 되었기에 크게 안심했다.

그 무렵, 세상에서는 '라듐 삽입 환자 실종사건' 따위, 벌써 까맣게 잊고 있었다. 병원에서도 결국은 찾지 못할 것이라며 포기한 상태였다. 경찰에서는 진범인 나를 하필이면 상습절도 죄로 형무소에 봉쇄해버렸으니 항간을 아무리 뒤져봐야 범인이 그물에 걸릴 리가 없었다. 이렇게 해서 그 사건은 맹점 속으로 교묘하게 은폐되어버리고 말았다.

여기까지는 나름대로 일이 아주 잘 풀렸으나 딱 한 가지 난처한 일이 일어났다.

"별다른 이상은 없는가?"

간수가 내 독방의 창을 통해서 방 안을 들여다보았다.

"네, 참기 힘든 일이 있어서……."

"참기 힘든 일? 그게 뭐지?"

"치질입니다. 아파서 밤에도 마음 놓고 잘 수가 없습니다."

"잠을 못 잔다고? 처음 들어왔을 땐 누구나 잠을 자지 못하는 법이야. 치질이네 뭐네 하며 쓸데없는 연극하지 마."

"연극이 아닙니다. 그럼 간수님은 거기서 보고 계시기 바랍니다. 지금 여기서 바지를 벗어 보여드릴 테니."

나는 이렇게 말하고 감색 바지로 손을 가져갔다.

"무, 무, 무슨 소리야."라며 간수가 당황해서 외쳤다. "나는 봐도 몰라. 위에다 말을 해줄 테니 하루 이틀만 기다려!"

짤깍, 창에 덮개를 하고 간수는 다른 곳으로 가버렸다.

나는 얼굴을 찡그리며 돗자리만이 깔려 있는 침상 위에 벌렁 누웠다.

되돌아 생각해보니 치질에 걸리는 것도 당연한 일이었다. 그 병원에 갔을 때는 정말로 좋지 않았던 것이다. 그때부터 지금까지 땀을 흘릴 정도의 활동을 차례차례로 한 데다, 라듐을 숨길 곳으로 그 가죽 주머니를 이용한 시간이 실로 상당한 양에 이르렀던 것이었다. 그 결과 환부가 악화되었다. 만지작거린 것이 안 좋았던 걸까, 아니면 라듐을 오랜 시간 환부에 접촉시킨 것이 안 좋았던 걸까?

그러고 보니 형무소에 완전히 갇히는 몸이 될 때, 나는 천 번에 한 번 성공할까 말까 하는 모험을 했었다. 그때 나의 모든 소지품은 몰수 되었으며 알몸으로 내던져졌다. 그 전까지는 라듐을 이 주머니에서 저 주머니로 빈번하게 넣었다 빼곤 했다. 같은 곳에 오래 넣어두면 비록 양복이나 셔츠를 입고 있다 할지라도 라듐 가까이에 있는 피부가 라듐에 의한 화상을 입게 되기 때문이다. 그런데 알몸이 되어 목깃에 번호가 들어간 이 감색 제복을 받을 때가 되어서는 더 이상 라듐을 그대로 놓아둘 수가 없었다. 옷의 일부분에 넣어두면 될 것 같지만, 5년이나 같은 곳에 넣어두면 옷의 천이 너덜너덜해져서 그 틈으로 라듐은 당연히 밑으로 굴러 떨어질 것이라 여겨졌기 때문이었다. 단추에 구멍을 뚫고 그 안에 라듐을 끼워 넣는 방법도 생각해보았으나, 라듐의 위력이 옷의 천뿐만 아니라 마제석으로 만든 단추까지도 너덜너덜하게 만들 것은 틀림없는 사실이었다. 결국 감색 제복을 입을 때에는 어쩔 수 없이 라듐을 그 가죽 주머니에 넣어 몰래 독방 안으로 가져오는 수밖에 달리 방법이 없었다.

이렇게 해서 내 가죽 주머니의 질환은 더욱 악화된 것이었다. 라듐도 적당한 시간 동안만 환부에 대고 있으면 깜짝 놀랄 정도로 치유가 빨라지지만, 도가 지나치면 황당한 일이 벌어지고 마는 것이다.

"이봐 1994호, 나와."

"네."

"의무실에 데려다줄 테니 나와."

"네."

나는 라듐을 청소용 빗자루의 털이 많은 곳 속에 숨겨둔 뒤 간수를 따라 밖으로 나갔다.

"오오, 오오."

맞은편의 1222호가 작은 창으로 얼굴을 내밀고 내게 사인을 보냈다. 그는 이 형무소에 들어온 뒤 생긴 첫 번째 친구이자 선배였다. 본명은 이가라시 쇼키치이며, 죄상은 소매치기라고 했다.

한편 나는 그날부터 치질 치료를 받게 되었다. 모든 것이 사바세계와는 비교가 되지 않을 정도로 비참한 형무소 안이었지만 의무실만은 바깥세상과 비슷했다.

"조금 아프겠지만, 참아."

의무장이 말했다. 과연 수술은 아파서 콩알만 한 눈물이 뚝뚝 떨어졌다.

독방에 돌아온 뒤에도 아파서 일어설 수가 없었다. 이대로 두었다가는 허리가 빠져버리는 게 아닐까 싶었다. 나는 그 순간 빗자루 속에 숨겨두었던 라듐을 떠올렸다. 나는 아침과 저녁으로 두 번, 라듐을 꺼내 환부에 댔다. 그리고 그것을 매일 되풀이했다.

"어때? 깜짝 놀랄 정도로 빨리 좋아졌잖아?"

의무장이 자랑스럽다는 듯한 표정으로 말했다.

"네."

나는 감사의 뜻을 전했으나 마음속으로는 후훗 하고 웃었다. 의무장의 솜씨가 좋기 때문이 아니었다. 내가 하고 있는 라듐 요법이 효과가 있는 것이었다. 이렇게 해서 치질은 곧 낫게 되었다.

그 뒤부터는 참으로 단조로운 날들이 계속되었다.

처음에는 형무소만큼 평화롭고 마음편한 거처도 없다는 생각에 기뻐했다. 그러나 하나에서부터 열까지 단조롭기 짝이 없는 형무소 안의 생활에 마침내 진력이 나고 말았다.

물론 우리는 팔짱을 끼고 놀고 있는 것은 아니었다. 우리의 한 무리는 종이풍선을 붙이고 있었다. 널따란 토방 위에 얇은 판자가 깔려 있고 그 한쪽 구석에 풍선작업을 하는 사람들 4개조가 모여 매일 풍선을 붙이고 있었다. 그것은 형무소 안에서 가장 화려한 작업이었다. 빨강과 파랑과 노랑, 그리고 보라색에 분홍색에 하늘색에 녹색과 같은 강렬한 색채의 광택이 있는 종이가 주위에 흩어져 있었다. 마치 4월 무렵의 화창한 봄날, 화단 속에 앉아 있는 듯한 광경이었다. 맞은편 구석에서 삼실을 잇고 있는 죄수들은 쉴 새 없이 시선을 힐끗힐끗 종이풍선 작업장 쪽으로 보내, 기분 좋은 흥분을 맛보곤 했다.

풍선을 만들기 위해서는 색색의 광택이 있는 종이의 전지를 우선 각각의 크기에 따라서 기다란 꽃잎 모양으로 잘라 그것을 쌓아둔다. 그런 다음 조그만 오블라토 같은 모양의 원형을 잘라 쌓아둔다. 이것은 풍선에 바람을 넣는 곳과 그 반대편의 꼬리 부분, 두 군데에 붙일 바대 종이다. 바람을 넣는 쪽에는 조그만 구멍을 뚫는다. 이것이 풍선을 만드는 재료의 전부지만 그것을 많이 준비해놓는다.

종이풍선의 작업은 가장 먼저 그 꽃잎과 같은 재료의 조합을 만든다. 예를 들어 빨강과 노랑, 두 색을 번갈아가며 붙인 풍선을 만들려면 그와 같은 2종류의 꽃잎을 준비해놓는다. 그리고 한 장 한 장, 조금씩 떨어지게 늘어놓은 뒤 고무풀을 바른다. 그것이 1개 조의 일.

다음 사람에게 넘기면 고무풀이 마르지 않도록 빠른 속도로 그 꽃잎을 번갈아가며 붙여 나간다. 그러면 받침이 없는 초롱 같은 것이 완성된다. 그것이 역시 1개 조의 일로, 네다섯 명이서 한다.

다음은 그것을 마른 것부터 집어 반으로 접어서 마치 대접과 같은 모양으로 만든다. 그것도 1개 조의 일.

다음으로 나와 이가라시 쇼키치가 하고 있는 작업인데, 두 사람 사이에 바람을 넣은 축구공에 다리가 달린 것 같은 물건이 놓여 있다. 일단 이가라시가 2개로 접혀서 온 종이풍선을 집어 이 축구공 위에 휙 덮어씌운다. 그러면 나는 오블라토에 풀을 바른 것을 들고 있다가 그 풍선의 항문과 같은 곳에 둥근 색지를 찰싹 붙인다. 붙이자마자 조금의 틈도 주지 않고 이가라시가 풍선을 축구공에서 떼어내 빠른 손놀림으로 대접 같은 것을 뒤집은 뒤, 다시 한 번 축구공 위에 엎는다. 그러면 반대쪽에 있는 풍선의 항문이 나오는데 나는 작은 구멍이 뚫려 있는 오블라토를 단단히 붙인다. 그것으로 종이풍선 작업은 끝이다.

나머지는 이가라시가 완성된 종이풍선을 대접을 쌓는 것처럼 척척 쌓아 나간다. 그러면 검사원이 수시로 와서 그 풍선의 산을 한쪽으로 옮겨간다.

이가라시와 나는 서로 호흡을 맞춰서,

"자, ――." 척.

"여기. ――." 척.

하며 마치 북을 두드릴 때처럼 종이풍선의 항문을 붙여나갔다. 하지만 이런 일은 길어도 1개월만 하면 싫증이 나는 법이다.

그래도 세월의 흐름은 빠른 법이어서 그러는 사이에도 형무소의 새해를 마침내 5번이나 맞이하게 되었다. 그리고 2월이 오면 드디어 사바세계의 사람이 될 수 있었다. 그 동안 라듐은 조금의 의심도 받지 않고 내 독방의 빗자루 속에서 결국 5년의 세월을 보내게 되었다. 내게 새로운 희망의 빛이 점점 밝게 불타오르기 시작했다. 나는 한밤중에 그 연필심만 한 라듐을 손바닥 위에서 굴려가며 붉은 등이 밝혀져 있는 바깥세상의 거리 풍경 등을 가슴속에 그려보곤 했다.

"이봐, 1994호, 아직 안 자는가?"

간수 뒤를 따라 양복을 입은 두 방문객이 들어왔다. 나는 보석 출옥을 위한 사람들일 것이라고 직감했다.

'어라?' 나는 마음속으로 이상하다고 생각했다. 두 손님 가운데 한 사람은 잘 알고 있는 의무장이었다. 다른 한 사람은 키가 크고 얼굴이 검게 그은 스포츠맨 같은 사내였다.

"이 사람입니다. 처음 들어왔을 때는 치질이 정말 심해서요. 그런데 제가 그 치료법으로 생각보다 훨씬 빨리 고쳐주었습니다."

"네, 네."

"무슨 일이든 말씀만 하십시오. 나중에 이 사람의 환부를 보여드리겠습니다."

"아니, 그럴 필요는 없습니다. 그냥 얘기를 조금 나눠보고 싶습니다."

"그건 얼마든지……."

그 낯선 신사가 나의 치질에 대해서 여러 가지로 질문을 던졌다. 나는 그 질문에 대해서 막힘없이 대답을 하기에 노력했다. 그러나 그 병원에 대해서만은 말을 하지 않았다.

신사는 그리 대단할 것도 없는 질문을 한 뒤 의무장과 함께 물러났다.

그 후, 나는 실망해서 변기에 뚜껑을 씌워 만들어놓은 의자 위에 앉았다.

'아무래도 이상한데.'

신사는 언뜻 의사로밖에 보이지 않는 질문을 하고 나갔지만, 아무래도 의사 같다는 느낌은 들지 않았다. 죄를 숨기고 있는 가슴에는 그것이 영 찜찜하게 남았던 것이다.

'형사일까…….'

갑자기 찾아온 불안에 가슴이 떨리기 시작했다.

'이거 안 되겠는데.'

나는 가장 먼저 라듐의 처분 문제를 생각했다. 지금 같아서는 내 가죽 주머니에 넣어 가지고 나가는 것은 너무 위험하다는 생각이 들었다. 틀림없이 출옥 전에 조금 전의 그 두 사람이 내 가죽 주머니를 점검하리라. 그렇게 된다면 모든 것이 끝장이었다. 나는 라듐을 숨길 다른 곳을 얼른 생각해내지 않으면 안 되었다.

"이봐, 마루타."라고 작업장에서 말을 건 것은 이가라시였다.

"어젯밤에 굉장한 손님들이 왔던데?"

"응."

"그 젊은 사람을 알고 있는가?"

"키가 큰 사람 말이지? 몰라."

"모른다고? 핫핫핫. 자네도 참 한심하군. 그건 호무라라는 탐정이야."

"탐정? 역시 그랬군."

"말해봐, 뭔가 숨기고 있는 일이 있을 텐데."

"응. ……아니, 없어."

"거, 거짓말 하지 마. 내가 도와줄게. 네가 저지른 일 중에 아직 경찰도 모르는 일이 있는 거지?"

"아니, 아무것도 없어!"

나는 평소와 달리 이 둘도 없는 친구의 호의를 물리치고 말았다. 아무리 5년 동안 친하게 지내온 사이라 할지라도 이 사실만은 털어놓을 수가 없었다.

그 뒤로 우리는 침묵 속에서 일을 했다. 우리에게 있어서 그건 매우 드문 일이었다. 두 사람은 일을 할 때 설령 이야기는 나누지 않는다 할지라도 걸걸한 농담이나 구령 등을 붙여가며 하는 것이 보통이었다.

입을 다물고 있었던 덕분에 나는 마침내 멋진 것을 발견할 수 있었다. 그것은 라듐을 옥 바깥으로 안전하게 옮길 수 있는 방법이었다. 됐어, 틀림없이 뜻대로 될 거야, 라고 여겨지는 생각이 떠올랐다.

그날 점심을 먹고 난 뒤, 수감자들은 일단 각자의 감방으로 들어가 잠시 휴식을 취했다. 잠시 후 종이 울림과 동시에 다시 줄줄이 열을 지어 작업장으로 들어갔다. 그때 나는 그 라듐을 어디에도 감싸지 않고 들고 나갔다. 감색 제복의 허리 부근에 있는 솔기에 그것을 넣어두었다.

작업장에 들어선 나는 모두에게 준비를 명령했다. 나는 조장이었기에 작업을 시작하기에 앞서 조원들을 돕기 위해 이리저리 돌아다니는 것이 허용되었다.

"이봐, 재료를 보여줘."

내가 바싹 말라 뼈만 남은 청년에게 말했다.

"네, 이만큼 만들어놨습니다."

나는 그 종이풍선의 꽃잎 다발을 풀어 스르륵 넘겨보다가,

"이봐, 한 장 모자라잖아."

"네?"

"아니야, 됐어, 됐어."라고 말하며 구석에 못 쓰게 된 꽃잎이

난잡하게 구겨져 있는 곳으로 다가갔다. 그리고 그 가운데서 감색 꽃잎 한 장을 집어 들었다. "이 놈을 넣어두기로 하지."

"그건 안 됩니다."

감색 꽃잎은 원래 불합격으로 삼아야 할 것이었다. 그건 광택이 있는 노란 종이 위에 잘못해서 분홍색이 이중으로 인쇄된 물건이었다. 그렇게 두 가지 색이 겹쳐져 전혀 생각지도 않았던 감색 색지가 된 것이었다. 원래는 얼마간 색이 달라도 아이들의 장난감이기 때문에 그대로 쓰고 있지만, 감색은 죄수들 제복의 색이기 때문에 우리 죄수들이 싫어해서 쓰지 않았다. 그것은 간수들도 대충 눈을 감아주고 있었다.

"괜찮아, 한 장만 쓰는 건데 뭐. 이걸로 하면 돼. 나머지는 버려. 이 쓰레기더미를 당장 버리고 와."

이렇게 말하자마자 나는 감색 꽃잎을 한 장 다발 속에 넣었다. 한 장 정도 더 많다고 해서 작업에 특별히 지장이 있는 것은 아니었다.

그 일이 끝나자 나는 자신의 작업대로 돌아왔다. 거기서는 이가라시가 뚱한 표정으로 기다리고 있었다.

작업이 시작되었다.

나는 감색 꽃잎이 붙은 종이풍선이 오기를 이제나 저제나 눈이 빠져라 기다리고 있었다. '아, 왔다.' 감색 종이풍선이 마침내 우리가 있는 곳으로 왔다. 이가라시는 평소와 다름없이 두 개로 접어 철썩 공 위에 씌웠다.

"자. ――." 척.

나는 둥근 풍선의 엉덩이에 종이를 붙였다. 그리고 그때, 천 번에 한 번 성공할까 말까……, 하는 정도는 아니지만 풀을 바른 곳에 아무 것으로도 싸지 않은 라듐을 얼른 붙인 다음 그 쪽을 아래로 해서 척 감색 종이풍선에 붙여버렸다. 다시 말해서 부러진 연필심만 한 라듐은 종이풍선의 꽃잎과 엉덩이에 댄 종이 사이에 교묘하게 붙어 있게 된 셈이었다.

"여기. ――." 척.

이가라시는 평소와 다름없는 모습으로 그 라듐이 든 풍선을 뒤집었다. 그의 얼굴을 힐끗 봤는데 그는 야무지지 못하게 입을 헤 벌리고 있었으며, 눈은 졸린 듯 반쯤 감겨 있었다. 그는 나의 엉뚱한 계획을 전혀 눈치채지 못한 듯했다. 나는 크게, 완전히 마음을 놓고 둥근 색지를 척 붙였다. 이가라시는 그 감색 종이 풍선에는 눈길도 주지 않고 팔을 옆으로 슥 뻗어 지금까지 만들어놓은 종이풍선 위에 쌓아올렸다. 운 좋게도 그때 마침 검사원이 와서 그 한 더미의 종이풍선을 다른 곳으로 가져갔다. 나는 모든 일이 내 뜻대로 되었다고 마음속으로 펄쩍 뛸 듯 기뻐하며 크게 한숨을 내쉬었다.

이렇게 해서 라듐은 감색 종이풍선 속에 든 채 내 손을 떠나게 되었다.

그 이후의 일들은 특별히 이야기할 만한 것도 되지 못한다. 나는 예정보다 2주일 정도 일찍 형무소에서 나왔다. 나올 때,

아니나 다를까 그 호무라인지 뭔지 하는 탐정이 입회한 가운데 가죽 주머니 속을 세심하게 살펴보았지만, 그것은 그들을 실망시키는 데에만 도움이 되었을 뿐이었다. 내가 출소한 후에 나의 죄수복과 독방 안이 수많은 간수들에 의해서 떠들썩하게 조사될 것을 생각하니 한껏 웃어주고 싶은 기분이었다.

바깥세상의 바람은 참으로 좋은 것이었다. 휙 하고 강한 바람이 불어오면 오버코트의 깃을 한껏 세웠다.

"으으, 추워라."

바람이 찬 것을 느끼다니, 얼마나 커다란 행복이란 말인가? 나는 5년 동안 받아 모아두었던 노역 임금이 든 종이봉투를 꼭 쥐며 신기하다는 듯 주위를 둘러보았다.

그때 택시 한 대가 다가왔다. 불러 세워 차를 아사쿠사로 달리게 했다. 택시에 타는 것도 그날 이후였다. 나는 손을 품속에 넣어 종이봉투 속에서 50센짜리 동전을 꺼냈다.

"나리, 아사쿠사의 어디입니까?"

"아, 아사쿠사의, 그래, 다리 부근에서 내려줘."

"다리 부근이라면 조금 지났습니다."

"아니, 그 근처라면 어디든 상관없어. 내려줘."

나는 깔끔한 포도(鋪道) 위로 내려섰다. 그런데 어딘가 형무소의 작업장을 떠오르게 하는 콘크리트 노면이었다. 나는 기분이 좋지 않았다.

거기서 나는 터벅터벅 걷기 시작했다.

찾아갈 곳은 시치켄초에 있는 완구 도매상인 마루후쿠 상점이었다. 이쪽으로 가기도 하고 저쪽으로 가기도 하고, 상당히 헤맸으나 마침내 그 상점을 찾아냈다. 가게 앞에는 연과 깃털로 만든 장난감이 요란하게 걸려 있었으며, 셀룰로이드로 만든 나팔이네, 칼이네, 종이로 만든 투구네, 여러 가지 물건들이 하나하나 자리가 비좁을 정도로 천장에서부터 매달려 있었다. 나는 당황하지 않고 가게 앞에 앉았다.

　"어서 옵쇼. 무엇을 드릴까요?"

　어린 점원이 물었다.

　"아아, 종이풍선이 필요한데 말이죠. 주문이 약간 있으니 여러 가지를 한번 보여주세요."

　"알겠습니다. 종이풍선이라면 이쪽에……."

　어린 점원이 손가락으로 가리켰다. 우습게도 내가 앉은 곳 무릎 앞에 그 그리운 종이풍선이 산더미처럼 쌓여 있었다.

　'오오. ――.'

　내 가슴이 경종처럼 울리기 시작했다. 풍선을 두 손 가득 그러모아 누구도 손을 대지 못하게 하고 싶다는 충동에 사로잡혔다. 그러나 나도 형무소 생활을 했기에 묘하게 눈치를 보게 된 모양이었다.

　"그렇군요. ――."

　나는 억지로 마음을 가라앉히고 풍선의 산을 위에서부터 아래로 훑어 내려갔다.

'감색 풍선은?'

없다, 없어. 없기는 하지만……. 내가 있던 형무소에서 만든 종이풍선은 하나도 남김없이 이 마루후쿠 상점에서 사들이기로 되어 있다. 형무소에서 입찰하게 한 결과 올해도 종이풍선은 마루후쿠 상점이 사들이게 되었다. 따라서 감색 종이풍선이 이 가게 외에 다른 곳으로 갔을 리는 없었다. 팔린 걸까?

"……다른 풍선은 없나요?"

"지금은 이것뿐입니다만…….."

"그런가요? 어디 다른 곳에 쌓아놓은 건 없나요?"

"없습니다."

어린 점원이 슬픈 소리를 했다.

나는 실망해서 일어날 기운도 없었다. 그때 안쪽에서 점원의 우두머리인 듯한 자가 말을 걸었다.

"요시마쓰. 조금 전에 거기서 온 게 있잖아. 그걸 보여드려."

"아아, 그랬었죠. ……조금만 기다리세요. 오늘 들어온 게 있으니."

"오늘 들어왔나요? 아아, 그렇군요."

나는 기쁨으로 엿가락처럼 늘어져 내리는 얼굴의 표정을 어떻게 막아볼 수가 없었다. 어린 점원이 크고 튼튼한 갈색 포장지를 북북 벗겨냈다.

"이건 어떠신지…….."

"아아ーー."

나는 한눈에 감색 종이풍선이 겹쳐져 있는 곳을 찾아냈다.

"아, 이게 딱 좋겠네요. 이걸 사겠습니다."

나는 10엔짜리 지폐를 내밀고 풍선을 여러 개 샀다. 어린 점원이 포장을 해주는 동안에도 누군가 방해를 하러 오지 않을까 싶어 제정신이 아니었다. 그러나 그것은 기우에 지나지 않았다.

나는 풍선이 든 꾸러미를 들고 가게에서 나왔다. 그런데 가게 앞을 대여섯 간(약 10m)쯤 갔나 싶었을 때, 나는 깜짝 놀라고 말았다. 낯익은 사내 하나가 맞은편에서 걸어오고 있었다. 그것은 틀림없이 호무라라는 탐정이었다.

'이번에는…….' 하고 나는 순간적으로 마음을 굳게 다잡았으나 다행히도 호무라 탐정은 줄줄이 늘어서 있는 완구점의 간판에만 정신을 팔며 걷고 있는 듯했다. 나는 얼른 전봇대 뒤로 몸을 숨겨 그 얼간이 탐정을 드디어 따돌렸다.

나는 바로 택시를 잡아 료고쿠로 달리게 했다. 국기관 앞에서 내려 골목 안으로 들어서자 고라쿠 관이라는 잠깐 쉬어갈 수 있는 호텔이 있었다. 나는 그곳의 문 안으로 들어섰다.

3층으로 올라갔는데 호텔의 종업원이 방에서 나가기를 기다리는 시간조차 답답하게 여겨졌다. 숙박료와 팁을 받아가지고 살찐 참새 같은 종업원이 나가자 나는 외투를 벗고 상의를 벗었다. 그리고 가지고 온 꾸러미를 북북 벗겨냈다. 칼 따위는 쓸 여유가 없었다. 전부 손톱 끝으로 찢었다.

드디어 모습을 드러냈다.

"감색 종이풍선이다!"

다른 종이풍선들은 카니발의 종이꽃처럼 실내로 흩어졌다.

"이거다, 이거야."

마침내 감색 종이풍선을 찾아냈다. 너무나도 감격해서 눈앞이 갑자기 흐려졌다. 그 눈물을 셔츠의 소매로 슥슥 문지르며 나는 종이풍선의 엉덩이에 붙어 있는 둥근 종이를 손가락으로 더듬어보았다.

"응?"

어떻게 된 일인지 엉덩이 부근에서 틀림없이 손에 닿아야 할 딱딱한 물건이 아무래도 손에 닿지 않았다. 거기는 스케이트링크처럼 맨질맨질했다.

"이럴 리가 없는데!"

참을 수 없어진 나는 엉덩이의 종이에 손가락을 세워 북북 뜯어냈다. 완전히 뒤집어서 살펴보았다. 그래도 역시 아무것도 보이지 않았다. 이건 엉덩이의 종이와 바람을 넣는 구멍의 종이를 헷갈린 것이라고 생각해서 이번에는 그쪽의 종이도 뜯어보았다. 그러나 역시 없었다. 그럴 리가 없는데. 그럴 리가 없는데. 하지만 도저히 찾을 수가 없었다.

"아앗."

나는 힘없이 바닥 위로 무너져 내리고 말았다. 꿈이라면 그만 깨자고 생각했다. 신이시여, 이제 장난은 그만둡시다, 라고 외쳤다. 시간이여 종이풍선을 찢기 전으로 돌아가라고 울부짖었다. 그러나 그런 것이 무슨 도움이 된단 말인가? 절망, 절망, 끝도 없는 절망이었다. 수만 개의 털구멍을 통해서 몸속의 에너지가 수증기처럼 날아가 버렸다. 나는 벗어던진 옷처럼 되어 언제까지고 바닥 위에 쓰러져 있었다.

얼마쯤 지난 뒤의 일인지는 모르겠다. 나는 간신히 정신을 차리고 바닥 위에서 일어났다.

생각해보니 참으로 한심한 일이었다. 그렇게도 교묘하게 숨겼던 3만 5천 엔짜리 라듐이 결국 행방불명 되어버리고 말았다. 그러나 며칠 전까지만 해도 내 손 안에 있던 라듐이었다. 지금도 지구상의 어딘가에 존재하고 있을 터였다.

그런 생각이 들자 억울해서 눈물이 줄줄 흘러내리기 시작했다. 인생의 명예를 걸었던 그 라듐을 이렇게 간단히 잃을 수는 없다며 이를 갈았다.

"대체 어디서 잃어버린 걸까?"

나는 그날 이후부터의 일들을 여러 가지로 생각해보았다. 여러 가지로 생각을 해보았으나 결국 명확한 것은 알 수가 없었다. 하지만 일단 풀로 종이 사이에 넣은 라듐이 이렇게 짧은 시간에 떨어져 나갔다는 것은 이상한 일이었다. 그렇다고 해서 풍선이 바뀐 것도 아니었다. 이 감색 풍선처럼 어중간한 색의 꽃잎을 덧붙인 것은 어디에도 없을 터였다.

나는 같은 일을 몇 번이고, 몇 번이고 되풀이해서 생각해보았다. 되풀이해서 생각하는 동안 문득 깨달은 사실이 있었다!

　"아아, 그럴지도 모르겠군."

　나는 벌떡 일어났다.

　"그래, 틀림없이 그거야. 그래, 맞아."

　나의 온몸에서 갑자기 피의 흐름이 빨라지기 시작했다. 손발이 부들부들 떨리기 시작했다.

　"이런, 제길……."

　나는 문 밖의 어둠 속으로 달려 나갔다.

　그 이후부터의 일을 여러분에게 어떻게 이야기하면 좋을까? 이야기하기에 약간 지쳐 있으니 결말은 간단하게 들려주기로 하겠다. 그 결말은 아마도 여러분의 눈에 벌써 분명하게 비치고 있으리라 여겨진다. 이렇게 말해도 모르겠다면 조금 더 명료하게 말하기로 하겠다.

　여러분도 2월 20일자 조간신문을 보셨으리라 생각한다. 그 사회면 가운데서 무엇이 여러분을 가장 놀라게 했을까?

　그건 말할 필요도 없으리라.

　「산록의 황폐한 오두막에서 발견된 기이한 사체」라는 제목으로, '지난 19일 오전 8시, ×대학생 ××는 ××산록의 황폐한 오두막에서 쉬려 했는데 뜻밖에도 그 안에서 나이 마흔두세 살로 추정되는 남자의 기이한 사체가 알몸인 채로 있는 것을 발견했다. 신고를 받고 경찰청의 오에야마 수사과장 이하가 감식반원을 데리고 현장으로 급히 달려갔다. 현장에는 사체의 것으로 보이는 기모노와 남성용 외투가 벗겨진 채 떨어져 있었고, 그 밖에도 무엇에 사용한 것인지 기다란 삼끈이 유기되어 있었다. 그 외에 가지고 있던 물건은 없었다. 시체는 그날로 해부를 했는데 그 남자의 사인은 주로 기아에 의한 것으로 판명되었다. 한편 시체의 특징으로 왼쪽 갈비뼈 아래에서 현저한 궤양이 발견되었다. 그러나 그것이 생긴 원인이나 그 밖의 것에 대해서는 알 수 없지만, 어쨌든 이번 사건과 관계가 있는 중요한 점으로 관계자들의 주의를 끌고 있다.

후보(後報). 피해자의 신원이 확인되었다. 그는 이가라시 쇼키치(39)였다. 열흘 전에 ××형무소를 출옥한 소매치기 12범의 악한이다. 그는 형무소를 나와 정문 앞에서 기다리고 있던 자동차에 오른 채 행방불명되었기에 그의 가족이 ××서에 수색 신청서를 제출한 상태였다. 범인은 아직 밝혀지지 않았으나 아마도 그에게 원한을 품고 있던 자의 복수가 아닐까 여겨지고 있다. 경찰청에서는 그를 태우고 간 자동차와 운전수를 매우 엄중하게 찾고 있는 중이라고 한다.'

이가라시 쇼키치가 참살당했는데 그 왼쪽 갈비뼈 아래에 원인을 알 수 없는 궤양이 있었다는 사실에 대해서 여러분은 어떻게 생각하시는지?

녀석은 소매치기의 명인이었다. 나는 그만 그 사실을 오랫동안 잊고 있었다. 아니, 나는 좀 더 중요한 사실을 잊고 있었다. 형무소에는 학교처럼 훌륭한 사람들만 있고, 훌륭한 우정이 넘쳐날 정도로 존재하고 있다고 오해하고 있었던 것이다.

내가 풍선에 라듐을 넣었을 때 이가라시 녀석이 그것을 뒤집었는데 그때, 아마도 바로 그때 이미 그가 교묘하게 손가락을 사용해서 라듐을 훔친 것이 틀림없는 듯했다.

그 사실에 대해서 뒤늦게 깨달은 나는 운전수로 변장해 막 출옥한 그를 형무소의 문 앞에서 보기 좋게 유괴한 것이었다. 그리고 그 황폐한 오두막으로 데려가 여러 가지로 협박을 해보았으나 고집스러운 녀석은 끝내 자백을 하지 않았다. 너무 화가 난 나머지 나는 결국 최후의 수단을 선택했다. 그의 몸을 삼끈으로 꽁꽁 묶은 뒤, 바닥 위에서 데굴데굴 굴렸다. 그대로 며칠이고 내버려두었다. 물론 물 한 방울도 주지 않았다. 그랬기에 그는 마침내 굶주림과 추위 때문에 목숨을 잃고 만 것이었다.

나는 그의 몸이 차갑게 식기를 기다렸다가 끈을 풀었다. 그리고 알몸으로 만든 뒤 전신을 뒤졌다. 그때 왼쪽 갈비뼈 밑에서 그 궤양을 발견했다.

"이것 봐. 라듐이 어디에 있는지 네놈이 말하지 않아도 네놈의 몸이 분명하게 말하고 있잖아. 잘 보라고."

나는 얼른 그의 왼쪽 주머니 속을 뒤져 마침내 찾고 있던 라듐을 끄집어냈다. 물론 나는 그가 자백하지 않아도 이 라듐의 힘 때문에 머지않아 그의 몸에 궤양이 생기리라는 사실을 처음부터 계산에 넣고 있었던 것이다.

　그러나 나 역시 별것도 아닌 일로 사람을 죽이고 말았다. 지금은 후회하고 있다. 그 라듐은 아직도 그대로 가지고 있다. 그것을 돈으로 바꾸기 위해서, 그리고 나의 새로운 세계를 찾아서 오늘 밤 나는 일본을 떠나려 하고 있다. 아마도 일본에는 영원히 돌아오지 않으리라. 나는 그것을 돈으로 바꾼 뒤, 빨간 태양 아래서 꽃밭이라도 가꾸며 나머지 반생을 한가롭게 보낼 생각이다.

적외선 사나이

赤外線男

운노 주자
海野十三

호무라 소로쿠
帆村荘六

운노 주자(海野十三)

　　추리소설가. 본명은 사노 쇼이치로. 도쿠시마 출신. 와세다 대학 이공학
부를 졸업하고 체신성 전기시험소원이 되었다. 1928년에 「전기 목욕탕의
괴사건」을 『신청년』에 발표하여 추리소설가로 데뷔했다. 그 후에 「포
로」를 시작으로 SF분야에도 손을 대기 시작하여 「18시의 음악욕」 등
을 발표, 일본 SF계의 선구자 중 한 사람이 되었다. 이화학적 트릭과 인체
개조, 우주인의 침략을 주제로 한 작품이 많으며, 아동물로는 「지구도
난」, 「화성병단」 등이 있다.

1

이 기괴하기 짝이 없는 탐정사건의 주인공역을 맡은 '적외선 사나이'는 대체 누구일까? 그는 또 얼마나 특이한 사람일까? 아마 지금까지 이 세상에서 단 한 번도 인식된 적이 없었을 '적외선 사나이'라는 신비한 존재, 그에 대해서 설명하기에 앞서 필자는 얼마 전에 도쿄에서 일어났으나 벌써 시민들의 기억에서 사라지려 하고 있는 한 가지 미궁 사건을 아무래도 이야기하지 않을 수 없다.

이는 사건이라고 하기에는 너무나도 단순하기 때문에 벌써 잊어버린 사람이 많은 듯하지만, 알 만한 사람들은 다 아는, 아는 사람들에게 있어서는 역시 기괴한 사건으로, 이 미궁사건이 나중에 예의 신기하기 짝이 없는 '적외선 사나이' 사건을 푸는 하나의 중요한 열쇠 역할을 했다는 점을 생각해보면 더더욱 빼놓을 수 없는 이야기다.

이야기의 처음부터 이런 식으로 떠들어대서 떠돌이 약장수의 입담과 같은 효능을 가진 말을 너무 길게 늘어놓고 있다는 후안무치함은 나 자신도 이미 깨닫고 있으나, 하지만 '적외선

사나이' 사건이 완전히 해결되어 그 주인공이 마스크를 집어던
졌을 때의 그 커다란 놀라움과 기묘한 감격을 생각해보면, 언뜻
변죽을 울리는 것 같은 이런 말도 결국 커다란 죄가 되지는
않을 것이라 여겨진다. ──

어쨌든 그날은 4월 6일, 월요일이었다.

장소는 도쿄에서 타고 내리는 사람이 가장 많은 것으로 알려
진 신주쿠 역으로, 시나가와 방면 승강장인 6번 선의 플랫폼에
서 사건이 하나 발생했다.

그것은 마침 오전 10시 반 무렵이었다. 이 시간대가 되면
그렇게 붐비던 신주쿠 역도 한없이 한산해져서 플랫폼에도 사
람의 모습이 드문드문 보일 뿐이다.

그 6번 선의 플랫폼 중앙 부근에는 짐을 올리고 내리기 위한
엘리베이터가 있고 그 주위는 엄중한 울타리로 둘러싸여 있으
며, 그 뒤쪽으로 파란 페인트를 바른 커다란 나무상자가 있고
거기에는 양동이와 걸레 등의 잡다한 물건이 들어 있는데, 그
상자 위를 이용해서 신문이나 잡지를 하나 가득 펼쳐놓고 옆에
는 파란 모자를 쓴 역의 신문팔이가 그 공간에 맞춰 매일 규칙
적으로 열리는 가게를 보고 있다.

플랫폼 가운데 이 엘리베이터와 레일 사이의 폭은 사람이
간신히 스쳐 지날 수 있을 정도로 좁았는데, 신기하게도 역이
밝은 동안에는 반드시 그 통로에 엘리베이터를 등지고 젊은
여자가 한 명씩 기대서 있었다. 그 여자들은 전차가 들어오고

떠날 때마다 사람이 바뀌었지만, 그녀들의 아름다움과 어딘가 쓸쓸해 보이는 옆모습에는 모든 여자들에게 공통되는 부분이 있었다. 그 신비를 알고 있는 젊은 샐러리맨들 사이에서는 이 엘리베이터 부근을 '망부석'이라 부르고 있었다. 먼 옛날 한 부인이 바다 너머에서 돌아올 남편의 모습을 기다리다 끝내 그 모습을 보지 못하고 바위가 되어버렸다는 옛 고사에서 이름을 가져온 것으로, 그 망부석과도 같은 아름다움과 쓸쓸함을 가진 젊은 여자가 언제나 한 명씩은 반드시 있다는 것이었다.

그날 오전 10시 반에도 어김없이 망부석 하나가, 바위가 아닌 엘리베이터 부근에 서 있었다. 연갈색 코트에 언제나처럼 여우 목도리를 두르고 새빨간 핸드백을 크림색 장갑을 낀 우아한 두 손으로 가만히 쥐고 있었다. 코트 아래로는 잔무늬에 보랏빛이 감도는 외출복이 부드러운 여자의 다리를 감싸고 있었으며, 하얀 버선에는 벨벳으로 만든 샌들의 연갈색 끈이 두 겹으로 단단히 묶여 있었다. 이처럼 인상적인 망부석의 모습이었으나 그 사람 얼굴의 특징을 기억하고 있는 사람이 거의 없다는 것은 참으로 이상한 일이었다. 물론 플랫폼이 매우 한산해서, 그런 일에 관해서는 초인적인 기억력을 가지고 있는 젊은 남자들이 다행인지 불행인지 그 근처에 없었기 때문이기도 할 것이다. 그때 상행인 시나가와 방면 도쿄행 전차가 6번 선 플랫폼으로 슥 들어왔다. 운전대의 유리창 안에는 어젯밤의 꿈에서 아직 깨어나지 못한 것 같은 운전수의 수면부족인 듯한 얼굴이 있었다.

"앗!"

운전수가 튕겨 오르듯 좌석에서 벌떡 일어났다. 그의 얼굴이 단번에 창백해졌다. 반사적으로 브레이크를 걸었으나 이미 소용없었다.

덜컹. ……덜컹. …….

차바퀴와 레일 사이에서 분명한 느낌이 전해졌다. 견딜 수 없을 정도로 확실한 그 높은 쇳소리……. 망부석이 갑자기 플랫폼에서 레일을 향해 뛰어든 것이었다!

장소가 장소인 만큼 그 뒤에 벌어진 소동은 매우 커다란 것이었다.

꽃이 떨어진 현장의 어지러운 모습은 차마 여기에 적을 수 없다. 그 대신 검시를 맡았던 담당관이 전화로 본청에 보고하는 내용을 옆에서 들어보기로 하자.

"……그렇게 고급스러운 옷을 입고 있는 것으로 봐서, 또 핸드백 속에 손이 베일 것 같은 10엔짜리 지폐로 90엔이나 되는 큰돈이 들어 있었다는 점을 생각해봐도, 상당한 가정의 여자라고 여겨집니다. ……아아, 나이 말씀이십니까? 그게 아무래도 명확하지가 않습니다. 얼굴이 워낙 엉망이 되어버려서. 하지만 입고 있는 옷의 무늬나 사지의 발달 상태로 봐서 대략 25세 전후인 듯합니다."

담당관은 무슨 일을 떠올린 것인지 여기서 침을 한 번 꿀꺽

삼켰다.

연갈색 코트를 입은 채 차에 치어 죽은 여자의 시체는 마침내 그 최후를 맞은 자갈밭에서 경찰의 시체수용실로 옮겨졌다. 평소 같았으면 이곳으로 낯빛을 바꾼 유족이 달려오는 것이 정해진 수순이었지만, 어떻게 된 일인지 아무리 시간이 지나도 인도자가 모습을 드러내지 않았다. 게시판에 게시를 해두었을 뿐만 아니라 오후 1시 라디오의 '행로병자' 명단에 넣어 방송도 했지만 인도자가 모습을 드러낼 기미는 여전히 보이지 않았다. 이렇게 훌륭한 옷차림을 한 여자의 인도자가 없다는 것은 이상하기 짝이 없는 일이라고 경찰서 사람들이 수군거릴 때 기다리고 기다리던 인도자가 나타났다. 그것은 사고가 난 지만 14시간쯤 지난 그날의 한밤중이었다.

그는 스미다 오토키치라고 이름을 밝힌, 도쿄 시 나카노 구의 한 요리점 주인이었다. 그는 그런 장사를 하는 사람에게는 어울리지 않게 인텔리 같은 인상을 주었다. 경찰서 테이블 위에 늘어놓은 여러 가지 유류품을 하나하나 손에 집으며, 그는 콤팩트 하나에까지도 매우 명료한 설명을 덧붙였다. 사고로 목숨을 잃은 사람은 그의 막내동생이었다.

"이 콤팩트는 말입니다, 우메코(이건 죽은 동생의 이름입니다), 우메코는 벌써 5년 동안이나 이 코티의 제품을 사용하고 있었습니다. 보십시오. 뚜껑을 열어보면 아주 거칠게 쓴 흔적이 있습니다. 그 아이의 성격이 그대로 드러나 있습니다. 동생은 올해로 스물네 살이 되었는데 굳이 말하자면 조금 불량스러운 편이었습니다. 하지만 우메코 자신의 책임이라기보다는 저희 형제들에게도 책임이 있습니다. 동생에게는 오빠와 언니가 전부 8명이나 있습니다. 모두 꽤나 안락하게 살아가고 있습니다. 우메코는 막내였습니다. 오빠와 언니들의 집을 한 바퀴 돌아다니면 여기서도, 저기서도 '우메코', '우메코' 하며 귀여워해주었고, '자, 용돈이다.'라며 주는 돈도 열일고여덟 살 소녀에게는 너무나도 많은 금액이었습니다. 우메코는 순진하고 어린마음이 가는 대로 좋아하는 일만 하다가 결국 불량해지게 된 것입니다. 요즘에는 우리 형제들도 우메코가 저지른 일의 뒤치다꺼리를 하기에 지쳐서 무슨 일이든 거절을 하기로 하고 있었습니다. 사고 전날 밤에도 저를 찾아왔었는데 또 돈을 달라고 조르는 것이었습니다. 이번이 마지막이라고 하기에 100엔을 주었더니 얌전히 돌아갔습니다. 그때는 이렇게 비참한 결과를 맞이하게 되리라고는 전혀 생각지 못했습니다. ……네? 경찰서에 온 게 너무 늦었다고요? 그건 이렇게 된 겁니다. 장사때문에 잠깐 볼일이 있어서 오후에 나갔다가 늦게 돌아왔기에…….''

얼굴은 알 수 없지만 머리 모양과 가지고 있던 소지품 등을 하나하나 긍정했기에 사고로 목숨을 잃은 여자는 스미다 오토키치의 여동생인 우메코라고 판정되었다. 오토키치는 담당관에게 몇 번이고 폐를 끼쳐서 미안하다고 사과한 뒤, 시체를 가지고 온 관에 넣고 소지품은 보자기에 싸서 돌아가려 했다.

"이봐, 스미다 군, 잠깐 기다려봐." 사법 담당인 구마오카 경관이 자리에서 일어났다.

"네." 스미다 오토키치가 손에 들고 있던 보자기를 테이블 위에 다시 내려놓으며 돌아보았다.

"자네, 이런 것 본 적 있는가?"

경관이 손바닥 위에 요요를 옆으로 눕혀놓은 것 같은 종이상자를 얹어 오토키치 쪽으로 내밀었다.

"이건……?" 오토키치가 받아든 것은 광물의 표본을 넣는 데 흔히 사용되는 평평한 원형의 종이상자였는데 위쪽이 유리로 덮여 있었다. 유리를 통해 안을 들여다보니 바닥에는 폭신한 솜이 깔려 있고 그 위에 갈색 유리조각 같은 것이 흩어져 있었다.

"모르겠는가?"라고 경관이 다시 물었다. "이건 셀룰로이드 조각이야. 타다 남은 거지만."

"어디에 있었습니까?"

"이건 자네가 지금 인도해 가려고 하는 여자의 핸드백 구석에서 쓰레기와 함께 나온 거야."

"글쎄요, 도무지 짐작이 가지 않습니다만……."

아무래도 스미다 오토키치는 진짜로 짚이는 것이 없는 듯했다. 이에 구마오카 경관은 그 이상 추궁하려 들지도, 또 지금 취하려 하고 있는 상관의 처치에 이의를 제기하려들지도 않았으며, 실제로 그 문답은 거기서 끝나버리고 말았다.

스미다 오토키치가 시체를 가지고 나카노의 집으로 돌아가자 뒤이어 한 무리의 신문사 사람들이 쇄도해들었다.

"드디어 신주쿠에서 전차사고로 죽은 미인의 신원이 밝혀졌다고 하던데요. 누구였습니까?"

"자살 원인은 무엇입니까?"

"그냥 평범한 사람이 아니라는 소문도 있습니다만……."

담당관은 기자들에게 둘러싸이자마자 의자에 몸을 깊이 묻고 앉았다. 그리고 모자를 벗어 테이블 위에 놓고 벅벅 대머리를 긁었다.

"기사로 쓸 만한 일도 아니야. 게다가 얼굴을 알 수 없는데 미인이라고는 할 수 없지."

진담인지 농담인지 알 수 없는 말을 하고 아아 하며 커다란 하품을 했다. 기자들도 이렇게 늦은 밤에 자동차를 타고 달려온 것이 애초부터 잘못이었다는 듯한 생각이 들어 함께 하품이 날 정도였다.

그러나 그로부터 24시간 후, 같은 이 장소에서 서로 상기된 얼굴로 '괴사건 발생'이라고 떠들어대지 않을 수 없게 되리라고는 꿈에도 생각지 못했다.

2

그로부터 24시간쯤 지났다.

같은 경찰서의 깊은 밤이었다. 오늘 밤에는 사건도 없어서서 안은 쥐 죽은 듯 고요했다.

그때 경찰서 현관의 무거운 문을 밖에서 조용히 여는 자가 있었다.

끼익, 끼익 소리를 문득 깨달은 것은 예의 구마오카 경관이었다. 그는 두꺼운 범죄문헌인 듯한 것에서 얼굴을 들어 입구를 보았다.

"누, 누구야!"

야근을 하고 있던 경찰서 사람들이 구마오카의 목소리에 일제히 입구를 보았다. 그런데 조금 전까지 끼익, 끼익 움직이고 있던 묵직한 문이 바위처럼 딱 멈추더니 움직이지 않았다.

"흠."

구마오카 경관이 자리에서 일어나 입구 쪽으로 성큼성큼 달려갔다. 그리고 문에 손을 대자마자 휙 앞으로 당겼다. 거기에서는 실외의 검은 손과 같은 어둠만이 눈에 들어왔다.

"응?"

구마오카 경관은 무엇을 보았는지 문틈을 통해 휙 밖으로 나섰다. 쿵 하고 문이 저절로 닫혔다. 1초, 2초, 3초……. 공간도 시간도 돌처럼 굳어버린 듯했다.

풍선이 터지듯 문이 슥 열렸다.

"자, 안으로 들어가!"

구마오카 경관의 호통과 함께 검은 외투를 입은 사내 하나가

구르듯 들어왔다. 경관들 모두 자리에서 일어났다. "뭐야, 무슨 일이야?"

어제와는 다른 당직 경관 앞으로 그 사내가 끌려갔다. 모자를 벗은 그 사내의 얼굴을 보고 놀란 것은 구마오카 경관이었다.

"뭐야, 자네는 전차사고로 죽은 동생을 인도해간 사람이잖아?"

"맞아, 스미다 오토키치라고 했었지?" 어제 일을 알고 있던 형사가 말했다. "무슨 일이지?"

틀림없이 그는 스미다 오토키치였다. 어젯밤의 여유 있던 태도와는 달리 매우 불안하게 보였다. 뭔가 하고 싶은 말이 있는 사람 같았다.

"왜 나를 보고 달아나려 했던 거지? 경찰서의 문을 엿보다니, 무슨 짓이야?"

"네, 말씀드리겠습니다. 전부 말씀드리겠습니다." 구마오카 경관의 추궁에 스미다는 마침내 입을 열었다. "사실은 어처구니없는 착각을 했습니다."

"흠."

"어젯밤 이 경찰서로 와서 동생 우메코의 시체를 받아 돌아갔습니다만, 아시는 것처럼 세상 사람들에게 떠들어낼 만한 죽음이 아니었기에 장례식도 식구들만 불러서 치르고 오늘 저녁에 조상 대대로 써오고 있는 영정사의 묘지로 데려가 묻어주었습니다.”

“그런데…….”

“장례식도 전부 끝났기에 집의 불단 앞에 형제들을 비롯해서 일가 모두가 모여 우메코에 대한 이야기를 나누고 있었는데, 지금으로부터 30분쯤 전에 현관이 휙 열리더니……, 죽은 사람이 돌아왔습니다.”

“뭐라고? 죽은 사람이 돌아왔다고?” 순간 경관의 얼굴이 굳었다. 싫은 표정을 지으며 얼굴을 뒤로 돌린 형사도 있었다.

“죽은 줄 알았던 우메코가 돌아왔습니다. 이건 분명히 귀신이 찾아온 것이라 생각하여 모두 한동안은 다가가려 하지도 않았지만, 여러 가지로 관찰을 하기도 하고 질문을 하기도 한 결과 아무래도 살아 있는 우메코 같다는 생각이 들기 시작했습니다. 그랬기에 모두가 모여 물어보니, 우메코는 정부와 함께 아타미에 있었다는 것이었습니다. 그 말을 들은 형제들은 꿈이라도 꾸고 있는 양 기뻐했지만, 한편으로는 참으로 드릴 말씀이…….”하며 스미다 오토키치는 고개를 숙인 채 미안해했다.

“한심한 녀석!”이라고 숙직 경관이 외쳤다. “그럼 어젯밤에 본서에서 데려간 젊은 여자의 시체는 당신의 동생이 아니었단 말이야?”

“정말 드릴 말씀이…….”

“드릴 말씀으로 끝날 일이 아니야.” 숙직 경관이 뒤에서 자리에 있던 경찰관들을 노려보았다. 어젯밤 당직이었던 경관의 이름을 커다란 소리로 부르며 '멍청한 놈'이라고 외치고 싶을 정도였다.

엉뚱한 사람의 시체를 받아간 사람도 받아간 사람이지만, 그걸 넘겨준 사람도 넘겨준 사람이었다.

"어젯밤 이 사람이 말입니다."라고 옆에 있던 형사가 변명하듯 껴들었다. "사고로 죽은 여자의 의류와 소지품을 하나하나 살펴보고, 이건 전부 동생의 물건임에 틀림없다, 이 콤팩트가 어쨌다는 둥, 이 허리끈이 어쨌다는 둥, 마치 진짜인 것처럼 이야기했습니다. 그랬기에 어젯밤의 당직도 그렇게 믿은 것이라 생각합니다."

"아니, 그건 전부 사실이었습니다."라고 스미다 오토키치가 참지 못하고 커다란 소리로 말했다. "그건 대충 말한 것이 아니라 틀림없는 사실입니다. 틀림없이 동생의 것입니다만, 조금 전에 불쑥 돌아온 진짜 동생도 그것과 똑같은 옷을 입고, 똑같은 핸드백과 콤팩트 등을 가지고 있었습니다. 다시 말해서 같은 복장을 하고 같은 소지품을 가진 여자가 2명 있었던 셈이니, 저희로서는 신기하다고밖에 달리 설명할 길이 없습니다."

이 말을 들은 형사들은 가슴에 못이 박힌 듯 덜컥하는 느낌을 받았다. 아무래도 이는 단순한 전차사고만이 아닌 듯했다.

"하지만 스미다."하고 당직이 입을 열었다. "어쨌든 너는 다른 사람의 시체를 처분한 셈이 되는 거야. 그 여자의 뼈를 가지고 왔는가?"

"아니, 그게 말입니다, 사실은 화장을 하지 않았습니다."

"화장을 하지 않았다고?"

"네. 저희 집안의 묘지는 상당히 넓은 편이어서, 조상 대대로 매장을 해왔습니다. 따라서 그 잘못 가져간 여자의 유해도 관에 넣어 그대로 매장한 상태입니다."

"음, 매장을 했다고." 당직이 다행이라는 표정을 지었다. "그럼 당장 파서 본서로 가져오도록 해. 경관을 보낼 테니 그 경관의 지휘를 받도록 해. 알겠지?"

구마오카 경관은 스미다 오토키치를 따라 현장으로 가라는 명령을 받았다.

소홀함에도 정도가 있는 법이다. 아무리 자유분방하게 살아가도록 내버려둔 동생이라 할지라도, 비록 얼굴은 알아볼 수 없게 되었지만 몸의 다른 부분에 타인과 구별되는 특징이 있었을 것이며 또 의류나 소지품이 똑같다 할지라도 그렇게까지 똑같은 물건이 있을 리 없었다. 이는 경찰에서도 시체를 어떻게 해야 좋을지 몰라 빨리 처분하고 싶다고 생각했기에 잘 조사해 보지도 않고 내준 것으로, 인도자인 오토키치가 원래 꼼꼼하지 못한 성격이라는 사실을 몰랐기 때문이라고 당직은 판정했다. 그리고 구마오카 경관이 여자의 시체를 꺼내 가지고 오면 재검사를 통해서 어디의 누구인지 판명할 수 있을 것이라 생각했다.

모두가 나간 뒤 상당한 시간이 흘렀다. 지금쯤이면 벌써 스미다 가의 묘지에 도착해 어둠 속에서 경찰용 손전등을 휘젓고 있으리라. 파낸 시체를 여기로 가져오기까지는 아직 시간이 있었다. 지금 배를 채워두지 않으면 설령 젊은 여자라 할지라도 얼굴이 없는 시체를 보는 순간 식욕이 사라질 것이라 생각했기에 당직은 야식인 닭고기계란덮밥의 뚜껑을 열었다.

두어 젓가락쯤 떴을 때, 서 밖에서 따르릉따르릉 전화가 걸려왔다.

"당직 앞으로 전화입니다."라고 전화를 받았던 수습경관이 말했다.

"응." 당직이 서둘러 한 젓가락 더 입 안으로 밀어 넣은 뒤, 자리에서 일어나 테이블 위의 전화기를 집었다.

"여보세요. ……그래, 구마오카 군인가? 무슨 일이지…….
뭐! 뭐라고? 묘지를 파서 관을 꺼냈는데 그 관의 뚜껑을 열어보니 사고를 당한 여자의 시체는 안 보이고 안이 텅 비어 있다고! 흠, 그게 사실인가? ……자네, 제정신인 거지? ……아니, 화나게 할 생각은 아니었지만, 너무 뜻밖의 말이라……. 그럼 사람을 더 보내겠네. 잘 부탁하네."

찰칵, 전화기를 내려놓고 당직은 서둘러 홀을 둘러보았다. 거기서 커다란 일이라도 일어났다는 듯 일제히 자신을 바라보고 있는 야근조 형사들의 얼굴과 맞닥뜨렸다.

"서원들의 비상소집이다!"

삐익 하고 호루라기를 불었다.

계단을 울리며 우르르 몰려 내려오는 서원들의 발소리가 들려왔다.

당직은 막 먹기 시작한 덮밥이 떠올랐기에 뚜껑을 덮었다.

마침내 진짜 사건이 되어버리고 말았다. 스미다 오토키치의 여동생 우메코인 줄로만 알았던 전차사고의 여자는 대체 어디의 누구란 말인가? 어째서 땅속에 묻은 시체가 관 속에서 사라져버리고 만 것일까?

구마오카 경관이 보관하고 있는 '갈색 유리조각과 같은 것'은 무엇이란 말인가? 왜 그것이 전차 사고로 죽은 여자의 핸드백 속에서 발견된 것일까?

나는 이쯤에서 프롤로그를 마치고 드디어 '적외선 사나이'를 소개하지 않을 수 없다.

3

Z대학에 부속되어 있는 연구소에 미야마 나라히코라는 이학사가 있다. 이 이학사는 대학의 강좌를 맡고 있지는 않았으나, 연구소 안에서는 유명한 인물이다. 전공은 광학이지만 사무적 수완도 뛰어나서, 그 방면으로는 사람이 부족한 연구소의 회계까지 맡고 있는 인재였다. 피부는 하얀 편이고 키가 크지 않았으며 살도 통통한 편이었기에 어딘가 여성스러워서, 요즘 인기가 있는 스포츠맨과는 전혀 반대가 되는 남자였다.

미야마 이학사가 지금 연구하고 있는 것은 적외선이었다.

적외선이란 일종의 광선이다. 사람은 보라, 남색, 파랑, 초록,

노랑, 주황, 빨강과 이들이 섞인 투명한 빛을 볼 수 있다. 이 빨강이네 파랑이네 하는 것은 라디오와 마찬가지로 전파지만, 라디오의 전파보다는 파장이 훨씬 더 짧다. 그 가운데서도 보라색이 가장 짧으며, 빨간색은 비교적 파장이 길다. 길다고는 하지만 1cm의 1000분의 1보다도 짧다. 라디오의 파장은 300m, 400m나 되니 비교가 되지 않는다.

그런데 광선이라는 이름으로 불리는 것은 이 보라색이나 빨간색뿐만이 아니다. 보라색보다 파장이 훨씬 더 짧은 것도 있어서 이를 자외선이라고 부른다. 자외선 요법이라고 해서 자외선을 피부에 쏘이면 인체의 활력이 생생하게 되살아난다는 사실은 누구나 알고 있다. 한편 빨간색보다 파장이 긴 광선도 있는데 이를 적외선이라고 한다. 적외선 사진이라는 것이 발달해서 군사적으로 이용되고 있는데, 산 정상에서 맞은편 고개를 피사체로 사진을 찍어도 평범한 사진으로는 그렇게 선명하게 찍히지 않지만, 일반적인 광선은 가리고 그 풍경에서 나오는 적외선만으로 사진을 찍으면 인간의 눈으로는 도저히 알아볼 수 없는 먼 곳까지도 선명하게 찍힌다. 비행기에 탄 사람이 지바 현의 가스미가우라 상공에서 남서쪽을 바라보면 기껏해야 도쿄 만이 보이고 그 끝으로 이즈 반도가 보이는 정도가 전부일 테지만, 적외선 사진으로 찍으면 구름 너머에 가려 보이지 않았던 시즈오카 만을 비롯해서 이세 만 부근까지 선명하게 찍힌다.

이 자외선과 적외선 모두 똑같은 광선이지만 일반적으로 사람의 눈으로는 볼 수 없다. 다시 말해서 인간의 망막에 있는 시신경으로 보라색에서부터 빨간색까지의 색은 인식할 수 있지만, 자외선이나 적외선은 볼 수 없는 것이다.

　보이지 않는다고 하면 색맹이라는 눈의 병이 있다. 이것은 빨간색이 보이지 않아 빨간색 원도 파란색 원으로밖에 보이지 않는 사람의 증상을 말하는 것이다. 이는 시신경의 질환으로 선천적인 경우가 많다. 심한 경우에는 일곱 개의 색 전부가 색으로 보이지 않아 세상이 스크린에 비친 영화처럼 검정색과 회색과 하얀색의 농담으로밖에 보이지 않는 가엾은 사람도 있는데 이를 전색맹이라고 한다. 가벼운 색맹이라 할지라도 빨간색과 파란색을 판별하지 못하기 때문에 증상을 모르고 자동차를 운전하다 '직진'을 나타내는 파란불과 '정지'를 나타내는 빨간불을 헷갈려 커다란 사고를 일으킬 우려도 있다. 실제로 10년쯤 전에 영국에서 열차 대충돌이라는 뜻밖의 커다란 사고가 일어난 적이 있었는데, 그때 충돌한 운전사가 색맹이었다는 사실이 나중에 판명되어 무기징역 판결을 받았다가 무죄가 되었다. 인간의 시력이란 참으로 신비하고, 또 한편으로는 섬세한 것이기도 하다. 하지만 보라색에서부터 빨간색까지밖에 보지 못하다니 빈약하기 짝이 없는 시력이기도 하다.

　이야기가 색맹 쪽으로 새어나갔는데, 이 적외선이라는 광선은 인간의 눈에 보이지 않는 만큼, 비밀스러운 일을 수행하는데 중요하게 쓰이고 있다. 고가 사부로 씨의 탐정소설 가운데

「요광(妖光) 살인사건」이라는 작품이 있는데 거기에 적외선을 사용한 살인법이 기술되어 있다. 그것은 적외선 경보기를 변형한 것으로, 죽이려 하는 사람이 다니는 통로에 적외선을 왼쪽 벽에서부터 오른쪽 벽으로, 분수를 옆으로 쏘는 것처럼 지나게 하는 것이다. 오른쪽 벽 속에는 광전관이라고 해서 적외선을 감지하는 진공관 같은 것이 은밀하게 설치되어 있다. 사람이 지나지 않을 때는 적외선이 이 광전관으로 들어가 전기를 일으켜 권총의 방아쇠를 당기려 하는 용수철이 움직이지 않도록 잡고 있다. 그런데 만약 이 복도로 사람이 지나다가 적외선을 가로막으면 지금까지 흐르던 광전관의 전기가 순간 멈춰버리기 때문에 권총의 방아쇠를 움직이지 않도록 하고 있던 힘이 사라져 순간 권총이 발사되어 그 사람을 쓰러뜨리게 된다……는, 꽤나 재미있는 방법이다. 적외선을 이용해 그 피해자의 눈에는 보이지 않으니 어쩔 수 없는 일이다.

만주에 있는 중요한 교량의 동쪽 교각에서 서쪽 교각 쪽으로 이 적외선을 쏘고 서쪽에 광전관을 달아두어, 광전관에서 나오는 전기로 전동 벨이 울리는 장치를 차단한다. 만약 비적이 나타나 이 교각에 접근했다가 적외선을 가로막으면 곧 광전관의 전기가 멈추기 때문에 전동 벨을 차단하고 있던 힘이 사라져서 전동 벨이 요란스럽게 비적의 습격을 알려준다. 이것도 적외선이 보이지 않는다는 점을 이용한 것이다.

미야마 이학사의 연구 과제는, 이 불가시광선이라 불리는 적외선이 사람의 눈에도 보이게 하는 장치를 만드는 것이었다. 그는 이를 최근 유행하고 있는 텔레비전과 연결 짓는 일로 시선을 돌렸다.

텔레비전이란, 실험실에 앉은 채로 그 영사막을 통해서, 예를 들자면 긴자 거리를 지금 실제로 지나고 있는 사람들의 얼굴을 볼 수 있는 기계다. 그런데 텔레비전으로 실내의 모습을 보기 위해서는 사진촬영장에서 쓰는 것과 같은 눈부신 전등을 밝혀 아름다운 여성의 얼굴에 강한 조명을 비춰야만 실험실에서 그 얼굴을 볼 수가 있다. 이것이 일반적인 텔레비전인데, 그것을 적외선으로 비추어 이 실험실에서 볼 수 있게 하겠다는 것이다.

미야마 이학사는 전차사고로 여인이 사망한 그 기이한 사건이 있던 날 전후부터 이 장치의 제작에 착수했다.

그것은 마침 신학기였다. 이 연구소 안에서도 상급 대학생과 대학원생, 그리고 조수 등의 배속 변경이 있어서 매우 부산스러웠다.

적외선을 연구하는 그의 일도 종전에는 조수를 두지 않고 오직 혼자서만 해왔으나, 이번에는 적외선 텔레비전 장치를 만들기도 하고, 로케이션을 나가기도 해야 한다는 사실을 잘 알고 있었기에 조수 1명이 있었으면 좋겠다고 예산을 신청했더니, 원래부터 경제난에 시달리고 있던 Z대학이었기에 조수는 단번에 거절당했으나 그 대신 대학부 3학년생 가운데 무슨 일이 있어도 적외선을 연구하고 싶다는 사람이 있는데 조수 대신 그 학생을 붙여줄 테니 당분간은 참고 그 학생을 쓰라는 것이 소장의 말이었다.

그것은 4월, 아마도 10일인가 11일의 오전 9시 무렵이었다. 미야마 이학사 연구실의 문을 밖에서 똑똑 두드린 사람이 있었다.

"잠깐만 기다려주세요."

학사가 방 안에서 대답했다.

5분쯤 지나서야 학사는 마침내 문으로 다가갔다.

"아직 계십니까?"

라는 묘한, 그리고 굳이 말하자면 더 없이 실례가 되는 질문을 문을 사이에 두고 건너편으로 던졌다. 학사가 나오기를 기다리지 못하고 그대로 돌아가 버리는 사람도 많았기에 이렇게 묻는 것이 학사의 습관이었다. 사람을 기다리게 해놓고 전혀 신경을 쓰지 않는 것도 학사의 유명한 습관이었다.

"네……."

이런 대답과 함께 구둣발소리가 문 너머에서 들려왔다.

이에 학사는 쓸쓸한 표정으로 주머니에서 열쇠를 꺼내 문의 열쇠구멍에 넣고 짤깍 돌려 문을 열었다. 거기에는 뜻밖에도 분홍색 원피스의 키가 크고 젊은 여자가 서 있었다.

"아……."

"미야마 선생님이십니까?" 젊은 여성이 말했다.

"그렇습니다. 미야마입니다만……."

"저는 이과 3년생인 시라오카 다리아입니다. 선생님 연구실에서 실습을 하라는 과장님의 명령을 받고 왔습니다만."

"아아, 실습생. ──실습생이 자네였구먼. 들어오게."

남학생일 줄로만 알고 있었는데 찾아온 것은 뜻밖에도 여학생이었다. 하지만 이 얼마나 건장한 여성이란 말인가? 요즘의 여성은 스포츠와 양장 덕분에 키도 크고 팔다리도 매우 발달해서 외국 여성에게도 전혀 뒤지지 않는 우수한 체격을 갖게 되었다는 말은 들었으나, 아무리 그렇다 해도 이 건강함은 또 무엇이란 말인가? 이 사람을 과연 여성이라고 할 수 있을까? 미야마 이학사는 벌써부터 이 분홍색 물체가 발산하는 것에 당혹감을 느꼈다.

"이름이 다리아라고 했는데,"라고 학사가 물었다.

"실례가 되는 말이지만, 혼혈아인가?"

"어머, 선생님도 참!" 그녀는 과장스럽게 팔꿈치를 구부리고 허리를 비틀어 깔깔 웃었다. "이래봬도 일본인 가운데서는 순종이에요."

"순종이라고! 아니, 나는 자네가 너무 커서 혹시나 생각했던 거야."

"선생님은 조그맣고 귀여워요." 그녀가 맨살이 드러난 통통한 두 팔을 나란히 들어 잡아먹을 듯한 태도를 취했다.

이런 이유로 선생인 미야마 이학사와 학생인 시라오카 다리아는 무슨 말이든 서슴없이 하는 사이가 되었다. 하지만 이 소녀가 아직 18세라는 사실은 학사가 쉽게 믿을 수 없는 일이었다.

적외선 연구실은 이 선생과 학생에 의해서 밤낮 없이 난잡하게 어질러졌다. 정밀한 부품이 여러 가지 실험을 거쳐 하나, 또 하나 조립되어 갔다. 두 사람의 열정은 대단한 것이었다. 입구의 문에는 언제나 열쇠가 걸려 있었다. 식사를 들여올 때와 시라오카 다리아가 밤늦게 자신의 집으로 돌아갈 때 외에는 거의 열리는 적이 없었다. 미야마 이학사는 독신으로 자유로운 몸이었기에 언제나 이 연구실에서 숙박했다.

"어머, 선생님. 여기 재미있는 것을 발견했어요." 드라이버를 들고 기계의 패널에 나무 나사못을 박아 넣고 있던 다리아가 높다란 소리를 올렸다.

"무슨 일이야?" 미야마 학사가 증폭기 너머에서 얼굴을 내밀었다.

"아주 재미있어요. 선생님의 얼굴을 오른쪽 눈으로 봤을 때랑 왼쪽 눈으로 봤을 때랑 색이 달라요."

"별 이상한 말도 다 하는군." 학사는 자기 얼굴의 색에 대한 이야기를 들었기에 살짝 싫은 표정을 지었다.

"선생님의 얼굴을 오른쪽 눈으로 봤을 때보다 왼쪽 눈으로 봤을 때가 더 푸르스름하게 보여요."

"뭐야. 자네 혹시 색맹 아닌가? 잠깐 이리로 와서 이걸 좀 보게."

학사는 다리아를 끌어다 색맹검사도 앞으로 데려왔다. 그것은 일곱 가지 색깔의 물방울이 원형으로 모여 있는 것인데 색의 배열 상태에 따라서 일반적인 시력을 가진 사람에게는 '1'이라는 숫자로 보이는 경우에도 색맹에게는 '4'로 보이기도 하는 등의 간단한 검사도였다. 다리아의 눈을 한쪽씩 감게 하고 여러 장 있는 검사도를 이리저리 넘겨가며 조사해보았다. 그런데 그 결과 어떻게 되었는가 하면, 다리아는 색맹이 아니라는 사실이 판명되었다.

"색맹도 아닌 듯한데……, 잠시 착각한 것 아니었을까?"

"아니요, 착각이 아니에요. 선생님이 조금 이상해지신 거 아닐까요?"

"무슨 소리를 하는 거야. 자네의 눈이 나쁜 거야. 굳이 설명을 해보자면 이렇게 된 거야. 잘 들어봐. 자네의 오른쪽 눈과 왼쪽 눈의 감도가 다른 거야. 조금 전에 얘기한 대로라면 자네의 왼쪽 눈은 파란색을 잘 감지하고, 오른쪽 눈은 빨간색을 잘 감지하는 거야. 양쪽 눈의 색에 대한 감각이 치우쳐 있는 거야. 그것도 일종의 안과 질환이야."

"그런가요? 이거 큰일 났네."라고 시라오카 다리아가 큰일이 났다는 듯한 표정은 조금도 보이지 않고 말했다. "그럼 선생님, 제가 지금 보고 있는 오른쪽 눈의 풍경과 왼쪽 눈의 풍경 중 어느 쪽 색의 풍경이 진짜 풍경일까요? 어느 한쪽의 눈이 진짜를 보고 있고, 어느 한쪽의 눈은 거짓을 보고 있는 거겠죠?"

"그거 어려운 질문인데."라고 이번에는 미야마 이학사가 궁지에 몰리고 말았다. "자네의 망막 뒤쪽으로 내 눈을 가져가서 볼 수 있는 방법은 어디에도 없으니까."

이학사는 이렇게 말하고 생각에 잠겼다.

이런 식이어서 두 사람은 어느 틈엔가 십년지기와도 같은 사이가 되어버렸다.

시라오카 다리아가 입소한 이후 5일째 되던 날에는 벌써 적외선 텔레비전 장치도 거의 완성 단계에 이르러 있었다.

그런데 평소에는 오전 7시가 되면 틀림없이 연구소로 들어왔던 시라오카 다리아가 그날만은 10시가 되어서도 모습을 드러내지 않았다. 학사는 혼자서 끈기 있게 조립을 서둘렀으나 11시쯤 되자 이제는 기력이 다했는지 펜치를 기계의 대 위에 내던지고 말았다.

'시라오카는 왜 안 오는 거지?'

여러 가지 생각이 머릿속을 오갔다. 뭔가 진심으로 화가 나는 일이 있었던 것 아닐까? 아니면 병이라도 난 걸까? 생각에 잠겨 있는 동안 자신이 그 여학생에게 너무나도 의지하고 있었다는 사실을 깨닫게 되었다. 어쩌면 자신은 벌써 그 소녀의 마술에 걸려서 사랑에 빠진 걸지도 모르겠다는 생각까지 들었다.

'말도 안 돼. 그런 꼬마 아가씨를……'

그는 몸을 한 번 흔들고는 실험복 주머니에 두 손을 찔러 넣었다. 주머니 속에서 딱딱한 물건이 만져졌다.

"맞아, 모모에에게서 편지가 왔었지."

오늘 아침 용무원이 문가에서 건네준 사각형의 서양봉투를 꺼냈다. 발신인은 '오카미 도스케'라는 남자의 이름이었지만, 그것이 모모에의 가명이라는 사실은 학교 안에서 학사만이 알고 있었다. 뜯어보니 아무래도 그것은 그녀가 일하고 있는 카페 드랭의 둥근 테이블 위에서 쓴 것인 듯, 양주 냄새가 났다. 내용은 상상한 대로 그가 오지 않아 아주 외롭다는 것과, 오늘 밤에라도 가게로 오거나 아니면 어딘가에서 전화를 걸어 불러준다면 바로 달려가겠다는 등의, 당사자들이 아니면 도저히 읽어줄수 없는 글들이 언제까지고 계속되고 있었다. 모모에는 학사의 내연의 처와 다를 바 없는 정부였다. 그는 편지를 접어 주머니에 쑤셔 넣었다.

'오늘은 차라리 일을 그만두고, 지금부터 모모에를 데리러 가는 게 낫겠어.'

미야마 이학사가 실험복을 벗어 테이블 위에 휙 올려놓은 순간, 복도에서 또각또각 익숙한 발소리가 들리더니 시라오카 다리아가 모습을 드러냈다.

"선생님, 선생님."

문을 열어주자 다리아가 토끼처럼 뛰어들었다.

"선생님, 죄송해요. 갑자기 급한 일이 생겨서……."

"대체 무슨 일이지?" 미야마 이학사가 모모에의 일 따위 단번에 날려버린 듯 잊고 진지한 표정으로 물었다.

"경찰청에서 불러서 잠깐 갔다왔는데……."

"뭐, 경찰청에."

"저 때문에 갔던 건 아니고, 큰아버지가 불려갔었는데 저도 따라오라고 해서 갔다왔어요. 큰어머니가 일주일쯤 전에 행방불명이 돼서 그 일 때문에 간 거예요. 이 사건 꽤나 재미있어요. 다른 사람에게는 말할 수 없는 일이지만. 그래도……."

다른 사람에게는 말할 수 없는 일이라면서도 시라오카 다리아는 그야말로 기름종이에 불이 붙은 것처럼 망설임 없이 사건에 대해서 이야기했다.

간단히 말하자면 실종된 큰어머니는 26세가 된 사람이었다. 큰아버지와의 사이도 좋았는데 일주일쯤 전에 갑자기 행방불명이 됐다. 유서라도 남기지 않았을까 찾아보았으나 글로 쓴 것은 무엇 하나 남아 있지 않았다. 원인을 도무지 알 수가 없었다.

예의 신원을 알 수 없는 전차 사고의 여자도 잠깐 염두에 두었으나 입고 있는 옷과 소지품이 달랐다. 그렇다고 해서 연령대가 비슷한 다른 자살자가 있었던 것도 아니었다. 살았는지 죽었는지조차 알 수 없었다. 큰아버지는 수색에 지쳐서 반은 병자처럼 되어버리고 말았다. 그런데 경찰청에서 거듭 들어오라는 통보가 있었기에 오늘 아침에 조카인 다리아를 데리고 사쿠라다몬으로 갔다는 것이었다.

본청에서는 큰아버지에게 아무리 사소한 일이라도 상관없으니 부인에 대해서 이해가 되지 않는 점이 지금까지 있었다면 그걸 말해보라고 했다.

한동안 생각에 잠겨 있던 큰아버지가 탁 하고 무릎을 쳤다.

"그러고 보니 생각났는데, 아내가 있었을 때 묘한 질문을 제게 한 적이 있었습니다. 에도가와 란포 씨의 유명한 소설 가운데 『음수(陰獸)』라는 것이 있는데, 그 내용 중에 대상인 (大商人) 오야마다의 부인인 시즈코가 히라타 이치로라는 사내로부터 매일 협박장을 받는 장면이 있습니다. 그 협박장의 내용은 오야마다 씨와 시즈코 부인의 부부로서의 밤의 생활을 아주 자세하게 적어나간 것이었습니다. 그건 부부가 아니면 절대로 알 수 없는 은밀한 내용이었습니다. 그럼에도 불구하고 히라타 이치로라는 사내는 대체 어디서 보고 있는 것인지, 실로 자세하고 실로 정확하게 부부 사이의 비밀을 편지에서 폭로하고 있었습니다. 이 협박장에 관한 것을 제 아내가 갑자기 화제로 삼았습니다. 에도가와 씨의 소설에서 이 기분 나쁜 편지를 쓴 것은 사실 히라타라는 남자가 아니라, 오야마다의 부인인 시즈코 자신이었습니다. 부인의 변태성이 그런 편지를 쓰게 해서 남편과의 은밀한 밤의 일에 이상한 자극을 준 것이라고 합니다. 제 아내가 마지막으로 이런 질문을 한 적이 있었습니다. '이런 협박장을 시즈코 씨 자신의 손으로 썼다면, 시즈코 씨는 특별히 무섭지도 않았을 거예요. 하지만 만약 그 편지를 정말로 낯선 사람이 썼다면 시즈코 부인의 놀라움은 어떤 것이었을까요?'라고, 대충 이런 내용의 말을 한 적이 있었습니다. 저는 별 이상한 소리도 다 하는 사람이라며 웃어넘겼습니다. 그런데 이제 와서 생각해보니 그것이 실종의 수수께끼를 푸는 하나의 열쇠가 될지도 모르겠다는 느낌이 듭니다."

담당관은 큰아버지의 이야기에 커다란 흥미를 느낀 듯했다. 두 사람이 그만 자리에서 일어서려고 할 때, 경관 한 명이 둥글게 생긴 작은 상자를 가지고 와서 이것을 본 적이 없느냐고 물으며 내밀었다. 그것은 갈색 유리조각 같은 것이었다. 물론 두 사람은 처음 보는 물건이었다.

"이렇게 되어 있어서 알아볼 수 없지만,"이라고 그 경관이 말했다. "이건 영화 필름입니다. 그것도 그 필름이 막 연소하기 시작했을 때 급하게 비벼서 끈 것이라고 해야 할까요. 어쨌든 타다만 필름입니다. 그래도 짚이는 것이 없으십니까?"

두 사람에게 있어서 그것은 더욱 알 수 없는 일이었다. 이야기는 여기까지로, 시라오카 다리아와 큰아버지는 경찰청에서 나왔다고 한다.

"그 큰아버지라는 분은 대체 어떤 분이시지?" 학사가 물었다.

"구로코우치 히사아미라는 분인데, 나름 자작(子爵)이라는 작위도 가지고 계세요. 자작부인인 큰어머니의 성함은 교코에요."

"구로코우치 교코――, 자네의 큰어머니인가?"

"선생님, 큰어머니를 아세요?"

"아니, 내가 어떻게 알겠는가?" 학사는 머리를 좌우로 세차게 흔들었다. "어쨌든 오늘은 늦어졌으니 서둘러 조립을 시작하세."

미야마 이학사는 이렇게 말하고 실험복을 집어 몸에 걸쳤다. 그때 주머니에서 네모난 봉투가 팔랑 바닥 위로 떨어졌다는 사실을 학사는 깨닫지 못했다.

다리아의 눈이 장난꾸러기처럼 반짝반짝 빛났다. 굵은 팔이 그 봉투 쪽으로 슥 뻗어나갔다.

4

"적외선 사나이라는 자가 살고 있다!"

황당하기 짝이 없는 '적외선 사나이'의 존재를 이야기한 것은 다름 아닌 미야마 이학사였다. 그것은 고심 끝에 적외선 텔레비전 장치를 만들어낸 지 이틀쯤 뒤의 일이었다.

대담하다고 해야 하는 건지, 정신이 이상해졌다고 해야 하는 건지, 미야마 이학사의 발표에 놀란 것은 학계 사람들만이 아니었다. 도쿄의 모든 신문이 앞 다투어 이 발표를 커다란 활자로 보도했기에 아는지 모르는지는 물을 필요도 없었으며, 방방곡

곡에서 일대 센세이션이 강풍처럼 일었다.

"적외선 사나이라는 게 살고 있다던데."

"그놈은 우리들 눈에는 보이지 않는다잖아."

"미야마 이학사의 뭐시기라는 기계로 보았더니 분명히 보였다고 하던데."

이런 식으로 사람들의 말은 천 리를 달려갔다.

'적외선 사나이'란 무엇이란 말인가?

미야마 이학사의 말에 의하면 이렇게 된 것이다.

"나는 예전에 학계에 예고해두었던 적외선 텔레비전 장치의 조립을 얼마 전에 마쳤다. 이는 일반적인 텔레비전과 거의 같은 것이지만 다른 점은, 적외선에만 반응하는 텔레비전으로 가시광선은 장치의 입구에 있는 검은 흡수 유리에서 제거되어 장치 안으로는 들어오지 않는다는 점이다. 따라서 완벽하게 적외선만 볼 수 있는 텔레비전이다.

나는 이 장치를 완성하자마자 오랜 동안의 욕망을 무엇보다 먼저 이루어야겠다고 생각했기에, 장치를 사용해서 연구소의 운동장 쪽을 들여다보기로 했다. 때마침 저물녘이었다. 육안으로는 사람의 얼굴도 흐릿해서 분명하게 알아볼 수 없는 상태였으나, 이 적외선 텔레비전에 비치는 것들은 거의 한낮과 다를 바 없이 밝게 보였다. 그것은 태양의 잔광이 다량의 적외선을 머금은 채 운동장을 비추고 있기 때문임에 틀림없었다. 물론 화면의 상태를 말하자면, 우리가 이미 충분히 알고 있는 적외선 사진과 마찬가지로 예를 들어서 나무들의 파란 잎 등은 눈처럼 새하얗게 보였다. 이 얼마나 놀라운 기계의 매력이란 말인가.

그러나 이는 조금도 놀라운 일이 아니었다. 그 뒤에 나를 병적인 상태로까지 놀라게 만드는 것이 있으리라고는 꿈에도 생각지 못한 일이었다. 그것은 바로 우리가 지금까지 육안으로는 볼 수 없었던 신기한 생물이 이 기계에 의해서 발견된 일이었다. 그것은 틀림없이 운동장 위를 바스락바스락 기어 다니고 있었다. 나는 눈 때문이 아닐까 생각하여 기계에서 눈을 떼 육안으로 운동장을 보았으나 거기에는 그 그림자조차 없었다. 어찌된 일인가 싶어 적외선 텔레비전 장치를 들여다보니 틀림없이 운동장 테니스코트의 말뚝 옆에 움직이는 것이 있었다. 지켜보고 있자니 그 생물이 직립했다. 그렇게 보니 놀랍게도 인간이었다. 게다가 일본인의 얼굴을 한 사내였다. 키는 상당히 컸다. 다부지게 살이 올라 있었다. 잘은 모르겠지만 검은 양복을 입고 있는 듯했다. 어딘가 악마 같은, 혹은 공장 구석에서 뛰쳐나온 직공과도 같은 모습이었다. 그렇게 선명하게 볼 수 있는 인간의 모습이었지만, 다시 원래의 육안으로 돌아가면 전혀 보이지 않았다. 적외선이 아니면 모습을 전혀 볼 수 없는 사내. 그런 점에서 나는 이 생물에 '적외선 사나이'라는 이름을 붙이고 싶다.

그러나 안타깝게도 이 '적외선 사나이'는 곧 우리가 보고 있다는 사실을 눈치챘는지 이를 번뜩 드러내 화난 듯한 표정을 짓고는 슥슥 달아나기 시작했다. 그리고 갈팡질팡하는 사이에 시야 밖으로 나가버리고 말았다. 놀라 텔레비전 장치의 렌즈의 위치를 바꿔보았으나 더는 소용없는 일이었다. 그러나 어쨌든 나는 처음으로 '적외선 사나이'가 살고 있다는 사실을 알게 되었다. 우리 인간의 육안에는 보이지 않는 사람이 살고 있다니, 이 얼마나 놀라운 사실이란 말인가? 그리고 한편으로는 얼마나 두려운 일이란 말인가?"

미야마 이학사의 발표는 대체로 이런 식의 의미를 담고 있었다.

'적외선 사나이'라는 명사가 하나의 유행어가 되었다. 도쿄의 시민들은 이 '적외선 사나이'가 지금이라도 자기 주변에 나타나는 것이 아닐까 전전긍긍했다.

그러는 사이에 '적외선 사나이'의 짓이 아닐까 여겨지는 일들이 경찰청으로 하나둘 보고되기 시작했다.

교외에 있는 문화주택의 테이블 위에 따뜻하게 김이 피어오르고 있는 홍차 컵을 놓아두게 했는데, 그 주인이 어디 한번 마셔볼까 하고 그쪽으로 손을 내밀어보니 참으로 신기하게도 홍차가 절반쯤 줄어 있었다. 이는 틀림없이 '적외선 사나이'가 몰래 들어와서 꿀꺽 마신 것이라는 이야기도 있었다.

긴자, 댄스홀의 깊은 밤. 재즈에 맞춰 젊은 남자와 여자들이 정신없이 춤을 추고 있었다. 그때 짝을 찾지 못해 벽 쪽의 의자에 오도카니 앉아 있던 약간 나이 먹은 댄서가 꺅 하고 비명을

지르더니 무엇인가를 떨쳐내려는 듯한 모습을 보였는데, 놀라
춤을 멈추고 달려온 사람들이 손을 내밀 틈도 없이 바닥에 털썩
쓰러지고 말았다. 블랜디를 먹여 정신을 차리게 한 뒤 대체
어떻게 된 일이냐고 물었더니, 그녀가 의자에 앉아 있는데 누군
지는 모르겠으나 갑자기 몸을 힘껏 끌어안은 자가 있었다는
것이었다. 눈을 부릅떴으나 사람의 모습은 보이지 않았다. 그
런데도 점점 몸에 압박감이 강하게 느껴졌다. 이건 적외선 사나
이가 안은 것이라는 생각이 들자 순간 무서워져서 그 뒤부터는
정신을 차릴 수가 없었다는 것이었다. 하지만 무엇이 행운으로
작용할지 모르는 법이어서, '적외선 사나이'에게 안겼던 댄서
라는 이유로, 지금까지는 혼자 앉아 있는 시간이 많았던 그녀가
갑자기 인기 댄서가 되어 지위가 점점 오르게 되었다.

이렇게 되자 무슨 일이든 어둠 속이라고 마음 놓고 할 수는
없게 되었다. 적외선 사나이가 언제 빤히 들여다보고 있을지
알 수 없는 일이기 때문이었다.

이와 비슷한 보고들은 날이 갈수록 늘어났다. 그러나 적외선
사나이가 하는 행동이 이 정도의 것이라면 그것은 장난꾸러기
나 혹은 가벼운 치한 같은 것으로, 달갑지 않은 일이기는 했으
나 크게 두려운 것은 아니었다. 아니, 어쩌면 그런 작은 사건들
은 적외선 사나이에 대한 두려운 마음에서 생겨난 것으로 진짜
적외선 사나이의 소행은 아니지 않을까, 어쩌면 적외선 사나이
라는 것도 미야마 이학사의 착각으로 애초부터 적외선 사나이

같은 건 존재하지 않는 것 아닐까, 하는 식으로 적외선 사나이에 대한 부정적 의견을 입에 담는 사람도 적지는 않았다.

그러나 '적외선 사나이' 부정파도 그리 오래 잘난 척 이런 말을 하고 다닐 수는 없었다. 어느 날 갑자기 적외선 사나이가 마수를 내밀어 도쿄 전 시민은 백짓장처럼 낯빛을 잃었으며, '적외선 사나이' 공포증에 걸리지 않을 수 없게 되었다. 그것은 적외선 사나이의 발견자인 미야마 이학사의 연구실이 이해할 수 없는 습격을 받은 일 때문이었다.

그것은 오전 2시 무렵에 벌어진 일이었으나 경찰청에 보고된 것은 이미 날이 밝은 5시 무렵이었다. 장소가 장소였고 적외선 사나이에 관한 소문이 파다하게 퍼졌을 때이기도 했기에 곧장 이쿠노 수사과장, 가리가네 검사, 나카가와 예심판사 등 담당관 일행이 급히 달려갔다.

조사 결과 판명된 피해는 미야마 연구실의 문이 파괴되었고 그 유명한 적외선 텔레비전 장치가 엉망으로 망가졌을 뿐만 아니라, 실 안의 모든 장과 서랍을 닥치는 대로 뒤진 흔적이 있었고 그 장치에 관한 연구기록 등이 한 장도 남김없이 찢겨 있는 심각한 상태였다.

습격을 당한 곳이 한 군데 더 있었다. 그곳은 미야마 연구실과 가까운 곳에 있는 연구소의 사무실이었다. 여기서도 똑같은 짓이 행해졌을 뿐만 아니라 벽 속에 설치해 액자로 가려놓은 비밀금고가 열려 있었고 현금 1,200엔을 도둑맞고 말았다.

한편 당사자인 미야마 이학사는 그날 밤에도 평소처럼 연구실 안에서 묵었는데, 적외선 사나이에 의해 맥없이 재갈이 물려졌으며, 두 손을 뒤로 묶인 채 실 안에 있던 높다란 변압기 꼭대기에 올려져 잠옷 하나만 걸친 채 떨고 있었다. 이를 발견한 사람은 담당관 일행이었다.

　"이번 사건을 가장 먼저 발견한 게 누구지?"
라고 이쿠노 수사과장이 달려온 연구소 사람들을 둘러보며 말했다.

　"접니다." 나이 든 용무원이 말했다. "저는 매일 밤 연구소를 둘러보는 임무를 맡고 있습니다."

　"발견 당시의 일들을 빠짐없이 말해보게."

　"그러니까 오전 2시쯤 되었을 것이라 여겨지는데, 순찰을 돌 시간이 되었기에 손전등을 들고 방에서 밖으로 나와 보니 어딘가에서 물건을 부수는 것처럼 우당탕 쿵쾅하는 소리가 들려오는 것 같았습니다. 아무래도 미야마 연구실 쪽인 것 같았습니다. 이거 불이라도 난 거 아닐까 싶어 문을 열고 어둠에 잠긴 밖으로 한 걸음 내딛은 순간 옆구리를 퍽 얻어맞아 그대로 정신을 잃고 말았습니다. 심한 추위에 정신을 차리고 보니 날이 벌써 밝으려 하고 있었으며 저는 원래 있던 방의 토방 위에 나뒹굴어져 있었습니다. 그제야 깜짝 놀라 창을 통해 밖으로 나오자마자 수위가 있는 곳까지 달려가 큰일 났다고 소리를 질러댔습니다."

"그렇다면 자네가 옆구리를 맞았을 때, 누군가 사람의 모습은 보이지 않았는가?"

"그게, 아무것도 보이지 않았습니다."

"한 가지 더 묻겠는데, 자네는 적외선 사나이라는 걸 들어본 적이 있는가?"

"있습니다. 어젯밤의 그건 적외선 사나이였을까요?" 노인은 갑자기 겁이 났는지 부들부들 떨기 시작했다.

과장은 용무원을 물러나게 한 뒤 이번에는 미야마 이학사를 불러들였다.

"어젯밤에 당신이 습격당했을 때의 상황을 말씀해주십시오."

"참으로 부끄러운 일입니다만,"하고 학사는 우선 머리를 긁으며, "몇 시쯤이었는지는 모르겠으나 연구실의 침대에 누워 있던 저는 쿵 하는 꽤 커다란 소리에 문득 눈을 떴는데, 그랬더니 어땠는지 아십니까? 연구실 입구의 문 위쪽 절반에 커다란 구멍이 뻥 뚫려 있었습니다. 그건 머리맡에 있는 스탠드를 켜둔 채로 잠을 자기 때문에 알 수 있었습니다. 저는 깜짝 놀라 벌떡 일어났습니다. 그러자 그 적외선 텔레비전 장치가 흔들흔들 혼자서 흔들리기 시작했습니다. 놀랄 틈도 없이 장치의 덮개가 순식간에 공중으로 떠오르더니 떨썩 바닥으로 떨어졌습니다. 제가 멍하니 서 있자니 이번에는 우지직하는 커다란 소리와 함께 그 장치가 파열되었습니다. 진공관의 파편이 날아왔습니다. 커다란 회전반이 절반 정도 떨어져 날아왔습니다. 뒤이어 쨍그랑 쨍그랑 커다란 렌즈가 깨지고, 단단한 케이스가 장작이라도 쪼개지듯 쩍쩍 갈라졌습니다. 저는 간이 떨어지는 줄 알았는데, 혹시 이건 저 장치로 본 적이 있는 적외선 사나이의 짓이 아닐까 하는 생각이 들자 소름이 돋았습니다. 볼 수 없는 것을 봐버린 저에 대한 복수가 아닐까 생각했습니다. 저는 가만히 달아나 방의 구석에라도 숨을 생각으로 침대에서 내려오려 했는데 순간 저를 힘껏 끌어안았습니다. 그런데도 제 주위에는 아무런 이변도 없었습니다. 하지만 몸의 자유를 빼앗긴 데다, 무시무시한 힘이 점점 더해져 뼈가 으스러질 것 같았기에 저도 모르게 '아야, 살려줘.'라고 외쳤습니다. 그러자 갑자기 머리에 쿵하고 강한 충격이 전해졌고 그 자리에 정신을 잃고 쓰러지고 말았습니다. 그 뒤부터 한동안은 기억이 전혀 없습니다만, 견딜 수 없을 정도로 옆구리에 통증이 느껴졌기에 번쩍 정신을 차리고 보니 저는 묘한 곳에 올라 있었습니다. 거기는 조금 전 여러분께서 내려주셨던 저 높다란 변압기의 위였습니다. 입에는 재갈이 물려져 있고 손은 뒤로 묶여 있었기에 일어설 수도 없는 상태였습니다. 아래를 내려다보고는 깜짝 놀랐습니다. 거기에서는 기괴한 광경이 악몽처럼 펼쳐지고 있었습니다. 실험실 책장의 문이 바람에라도 날린 것처럼 쿵하고 열리더니 안에 꽂아놓았던 수많은 원서들이 살아 있는 물건처럼 휙휙 공중을 날아서는 바닥으로 떨어졌습니다. 서랍이 하나하나 슥

슥 빠져 비행기처럼 날더니 안에 들어 있던 서양 종이와 작은 약품병들이 폭죽처럼 공중에 난무했습니다. 그 유령의 집 같이 무시무시한 광경을 똑바로 쳐다보기조차 두려웠기에 저도 모르게 눈을 감고, 평소 읊조린 적조차 없는 염불을 읊조렸을 정도였습니다."

이학사는 여기서 사람들을 둘러보았는데, 연민을 구하고 있는 듯 보였다.

"그 뒤로는 어떻게 됐죠?" 과장이 그 다음 이야기를 재촉했다.

"그 뒤의 일이었습니다. 방 안의 소동이 조금 가라앉더니 이번에는 부서진 문에서 덜컹덜컹 소리가 났습니다. 복도에서 발소리가 들리더니 그것이 점점 멀어져가는 것처럼 느껴졌습니다. 그리고 잠시 후, 저쪽에서 커다랗게 울리는 소리가 들려오기 시작했습니다. 메로 문을 두들겨 깨는 듯한 굉장한 소리였습니다. 지금 와서 생각해보니 그것은 아무래도 사무실의 문인 듯합니다. 그 소리도 어느 틈엔가 사라지고 이번에는 털썩털썩 하는 소리로 바뀌었는데 뭔가 작은 물건을 내던지고 있는 것이 아닐까 여겨졌습니다만, 그 소리도 5분, 10분이 지나는 동안 점점 잠잠해지더니 마침내는 아무런 소리도 들려오지 않게 되었습니다. 저는 적외선 사나이가 이 방으로 다시 되돌아오는 게 아닐까 정신이 아득해져서 부들부들 떨고 있었습니다만, 다행스럽게도 이후 별다른 이변은 일어나지 않았으며 간신히 마음을 가라앉힐 수 있었습니다. 뭐라고 말씀드리면 좋을지, 그렇게 무서웠던 적도 없었습니다."

이렇게 말하고 미야마 이학사는 커다란 한숨을 내쉬었다.

"당신은 그때 문이 닫히는 듯한 소리를 듣지 못했나요?"라고 과장이 물었다.

"글쎄요. 그러고 보니 발소리인 듯한 것이 공허한 반향을 올리며 쿵쿵 멀어져가는 듯 여겨졌으나 특별히 끼익하고 문이 닫히는 소리는 듣지 못했습니다."

"흐음, 그것 참……." 과장이 낮은 숨을 내쉬었다.

"잠깐 한 가지 여쭙겠습니다만," 하고 사무원 중 한 사람이 쭈뼛쭈뼛 앞으로 나섰다. "지금 미야마 선생님께서 하신 말씀에 의하면 적외선 사나이가 이 건물에서 문을 닫고 나갔다는 증거는 없는 듯한데, 그렇다면 적외선 사나이는 아직도 이 건물 안을 돌아다니고 있는 걸까요?"

"그건 모르는 일이오."라고 뚱뚱한 형사가 말했다. "이 부근을 어슬렁거리고 있을지도 모르지만, 또 한편으로 생각해보면 적외선 사나이는 건물 밖으로 나갈 때 특별히 소장님한테 야단을 맞는 것도 아니니 자네처럼 반드시 문을 닫고 나갔다고는 할 수 없을 테니."

그때 형사 하나와 무엇인가 속삭이고 있던 가리가네 검사가 수사과장의 어깨를 찔렀다.

"이보게, 한 가지 발견한 게 있네. 이 방의 장 구석에 커다란 신발자국이 남아 있네."

"신발자국이라고요?"

"그래. 이건 조금 이상할 정도로 커다란 발자국이야. 물론, 미야마 이학사의 것도 아니고, 또 남자의 발자국이니 이 방에 있는 다리아 양의 발자국도 아니야. 그 크기로 키를 계산해보자면 적어도 5척 7치(약 173㎝)는 돼. 그리고 뒤꿈치의 고무가 닳은 모습으로 봐서 이건 혈기왕성한 청년의 것이라 여겨져."

"검사님, 잠깐 기다려주십시오."라고 수사과장이 당황스럽다는 듯 말했다.

"그 발자국이 과연 범인의 것일지? 어떻게 생각하십니까?"

"그야 물론 지금까지는 장의 구석에 남아 있었다는 것뿐이야."

"그리고 말입니다, 적외선 사나이는 눈에 보이지 않는 인간 아닙니까? 그 보이지 않는 사람이 발자국을 남겼다는 건 우스운 일 아니겠습니까?"

"하지만,"하고 검사도 좀처럼 지려 들지 않았다. "미야마 군의 보고에 의하면 적외선 사나이는 이 운동장을 사람과 같은 모습으로 걸어다녔다고 하질 않나? 그렇다면 적외선 사나이도 지구의 중력을 받으며 걸어다니는 것이지 공중을 비행하고 있는 건 아니야. 그러니 몸은 보이지 않는다 할지라도 바닥과 닿는 곳에는 적외선 사나이의 발자국이 남지 않을 수 없다고 생각하는데."

"발자국이 보인다면 신발도 보여야 할 겁니다. 적어도 신발의 바닥은 보여야 할 겁니다. 거기에는 우리의 눈으로 볼 수 있는 흙이 묻어 있을 테니."

과장과 검사는 이야기를 주고받으면서도 이 어려운 문제가 자신들의 전문분야가 아니라는 사실을 깨달았다.

"이거 참."하고 검사가 코에 잔주름을 만들어가며 속삭이듯 말했다. "이건 아무래도 우리들이 감당할 수 있는 문제가 아닌 듯해. 무엇보다 지식이 부족해."

"그렇습니다."라며 과장도 쓴웃음을 지었다.

"어쩔 수 없으니 이 문제는 예의 사내에게 한번 부탁해보기로 하는 건 어떻겠나? 호무라 소로쿠에게."

"호무라 군 말씀이십니까? 실은 저도 조금 전부터 그를 생각하고 있었습니다."

두 사람의 의견은 곧 일치했다. 그리고 새로이 불려오게 될 호무라 소로쿠라는 사내. 물론 알고 계시는 분도 적지 않으리라 여겨지지만, 그는 아마추어 탐정으로 요즘 주가를 올리고 있는 청년인데, 과학 방면에도 상당히 밝은 인물이었다.

이렇게 해서 조사도 일단 끝났고 보고서도 작성되었으나 직접적인 피해 가운데 끝내 빠져버린 중요한 물건이 하나 있었다. 그것은 미야마 이학사가 장 속에 숨겨두었던 어떤 물건이었는데 그는 그것을 담당관에게 보고하지 않았다. 그것은 결코 잊은 것이 아니라, 이학사가 고의로 자신의 마음에 묻은 것이라 여겨진다. 그 물건은 대체 어떤 것이었을까?

어쨌든 미야마 학사 연구실 습격사건으로 적외선 사나이의 생태가 상당 부분 분명해졌다.

5

호무라 탐정이 가세한 담당관 일행이 미야마 이학사의 연구실을 찾은 것은 새로운 적외선 텔레비전 장치가 완성된 바로 그날의 저물녘이었다. 힘들게 만들어낸 한 대는 적외선 사나이에게 무참히도 파괴되어 학사와 조수인 시라오카 다리아 모두 크게 실망했으나, 그 분야에서의 희망도 있었기에 두 사람은 다시 설계를 해서 새로운 장치를 밤낮없이 조립해낸 것이었다. 이 사건 이후 시라오카 다리아는 주거로 삼고 있던 큰아버지 구로코우치 자작의 집으로 돌아가지 않고, 미야마 연구실 안에 침대를 하나 마련해 학사와 함께 잠을 자게 되었다. 잠도 제대로 자지 않고 이 조립을 서두른 결과, 나흘이라는 짧은 시간 안에 새로이 두 번째 장치를 만들 수 있었다. 그러나 학사는 그 사건 이후, 어딘가 매우 피곤한 사람처럼 보였다. 하지만 시라오카 다리아는 더욱 건강하게 빛나, 목에서부터 가슴에 걸쳐서의 곡선도 그렇고, 허리에서부터 밑으로 튀어나온 듯한 살집도 그렇고, 마치 탄탄하고 굵은 소시지를 연상시킬 정도였다. 따라서 두 번째 장치의 멋진 진행속도도 다리아의 정력에 힘 입은 바가 컸다.

연구실 문을 똑똑 두드리자 바로 대답이 있었다. 문이 안으로 열리더니 거기로 얼굴을 드러낸 것은 머리에 가득 붕대를 감고, 커다란 검은 안경을 쓴 젊은 여자였다. 가장 앞에 섰던 과장이,

'이거 방을 잘못 찾아왔나본데.'

라고 생각했을 정도였다.

"아, 여러분 어서 오세요."

그 목소리는 틀림없이 시라오카 다리아의 것이었다. 어째서 이렇게 붕대를 감고 있는 것일까? 거기에 검은 안경 따위를 끼고……, 이상한 일이라고 생각했다.

일행 중의 새로운 얼굴인 호무라 탐정이 미야마 이학사와 시라오카 다리아에게 우선 소개되었다.

"아아, 다리아 씨이십니까? 처음 뵙겠습니다."라고 호무라가 정중하게 인사를 한 뒤, "그 붕대는 어떻게 된 겁니까?"라고 물었다.

과장은 이 모습을 보고 언제나 그렇지만 호무라의 빈틈없는 일처리에 참으로 감탄한 듯한 얼굴이었다.

"이거 말인가요?" 소녀가 잠깐 어두운 표정을 지었다가, "살짝 다쳤어요. 붕대를 감고 있어서 크게 다친 것처럼 보이지만 그 정도는 아니에요."

"어쩌다 다쳤습니까?"

"그게, 그러니까 그저께 밤에 이 방에서 자고 있었는데 수소

건조용 황산 병이 파열됐어요. 그때 선반이 떨어지면서 위에 있던 물건들도 같이 떨어져 머리를 다쳤어요."

"그거 큰일 날 뻔했군요. 눈에도 튀었나요?"

"워낙 지쳐 있었기에 바로 일어나려 했지만 일어날 수가 없었어요. 선생님께서 얼른 달려와 주셨지만, 제가 우물쭈물하고 있는 사이에 머리카락에 묻었던 황산인 듯한 것이 눈 안으로 흘러들어갔어요. 바로 씻어내기는 했지만 아주 아프고 왼쪽 눈은 거의 보이지 않게 되었으며 오른쪽 눈도 아주 안 좋아졌어요."

다리아가 검은 안경을 벗어 보였는데 왼쪽 눈은 마치 삶은 것처럼 하얗게 변했으며 그렇지 않은 곳도 새빨갛게 충혈되어 있었다. 오른쪽 눈은 약간 충혈되어 있는 정도로 그나마 무사한 편이었다.

"정말 위험한 순간이었습니다. 연일 계속되는 노력으로 몸과 머리 모두 지칠 대로 지쳐 있습니다. 신경만이 날카로워져 있습니다."라고 이학사도 옆으로 다가와서 말했다. 그러고 보니 그의 눈도 색이 평범하지는 않은 것처럼 보였다.

"하마터면 큰일 날 뻔했어요. 그랬으면 오늘의 실험도 보여 드리지 못했을 거예요."

다리아가 혼잣말처럼 중얼거리듯 말했다.

이 방에 뭔가 심상치 않은 요기(妖氣)가 서려 있는 것 같다는 기분이 모두에게 들었다.

"그럼 이쯤에서 움직여보기로 하겠습니다."라고 말하며 미야마 학사가 자리에서 일어났다. "시라오카 군, 커튼을 닫아 완전히 암실로 만들어주기 바라네."

"네, 알겠습니다."

다리아는 비교적 건강하게 창 쪽으로 걸어가 쿵쿵 경첩으로 달아놓은 덧문을 전부 꼭 닫고 빗장을 걸더니 그 안쪽에 있는 2중의 검은 커튼을 닫았다. 모든 창이 완전히 닫히자 실내에는 분홍색 네온등 하나가 희미하게 기계 위를 비추고 있었다. 구석에 자리 잡고 있던 이쿠노 수사과장, 가리가네 검사, 나카가와 예심판사, 호무라 탐정, 그리고 본청의 경위 한 명과 형사 2명, 거기에 또 다른 한 명, 사건이 벌어졌을 때 가장 먼저 출동한 경찰서의 구마오카 경관이 등 밑으로 줄줄이 모여들었다.

"이거 너무 어두운데." 과장이 어둠에 약간 신경을 썼다.

"왠지 머리 위에서부터 짓눌리고 있는 듯한 느낌이야." 이렇게 말한 것은 백발이 많은 나카가와 예심판사였다.

"이 네온등도 끄겠습니다. 그렇게 하지 않으면 잘 보이지 않습니다." 미야마가 말했다. "하지만 스위치는 여기에 있으니 말씀만 하시면 언제든지 켜겠습니다."

"잠깐만, 잠깐만."하고 가리가네 검사가 비명에 가까운 소리를 질렀다. "어디에 누가 있는지 알 수가 없잖아. 그래, 자네들은 일단 이쪽에 서 있게. 우리는 이 의자에 앉기로 하지."

간부들만이 스크린을 감싸고 의자에 자리를 잡았다.

"됐습니까?"

"됐소."

팍 하고 네온등이 꺼졌다. 그러자 사방 1자(약 30.3㎝) 정도 되는 스크린 위에 희미한 영상이 나타났다.

"너무 어두운데."라고 과장이 말했다.

"초점이 맞지 않은 겁니다. 증폭기도 아직 제대로 조정되지 않았습니다. 바로 고치고 오겠습니다."

아니나 다를까 영상은 조금 더 선명해졌다. 테니스 코트의 말뚝과 심판대처럼 생긴 것이 보였다. 거기에 사람의 모습인 듯한 것이.

"사람이 지나고 있어." 과장이 외쳤다. "얼른 육안으로 운동장을 보게."

"그건 이쪽 렌즈로 보시면……." 수사과장의 귓가에서 다리아의 목소리가 들려왔다.

"앗."하고 과장이 당황한 듯하다가, "아니, 그렇군요. 잘 보입니다. 뭐야, 그 용무원이 진짜로 지나가고 있잖아."

적외선 사나이가 아니었기에 우선은 안심했다.

"이 부근이니, 자 번갈아가며 스크린을 보시기 바랍니다." 이학사가 기계에서 떨어지며 말했다.

"그럼 순서대로 보기로 하지." 검사가 뒤에서 말했다.

따각따각 발소리가 들리고 스크린 앞으로 관찰자들이 번갈아가며 다가가고 있는 듯했다.

"어째 적외선 사진이라는 건 색이 죽은 자들의 세계를 들여다보고 있는 것 같군." 판사가 중얼거리며 들여다보고 있었다.

그때 새카맣게 어두웠던 실내로 갑자기 하얀 빛이 환하게 쏟아졌다.

"앗!"

"무, 무슨 일이야?" 이학사가 외쳤다.

한 창문의 커튼이 슥 젖혀진 것이었다. 이 눈부신 빛 때문에 모두의 눈앞이 어두워졌다.

"아니, 아무것도 아니에요. 죄송합니다." 창가에서 다리아의 목소리가 들려왔다.

"왜 그러는가?" 미야마가 말했다.

"그게, 제 몸에 무엇인가가 살짝 닿았어요. 깜짝 놀라서 창을 연 거예요."

"아아, 벌써 나타난 건가?"

"적외선 사나이!"

"창문을 전부 열어!"

그때 시라오카 다리아가 명랑한 목소리로 말했다.

"아니요, 괜찮아요. 커튼을 열어보니 호무라 씨의 엉덩이였어요. 호호호."

"뭐야."

모두가 후하고 한숨을 내쉬었다.

"그럼 얼른 커튼을 내리게."

"죄송합니다."

커튼이 휙 닫혔다. 다시 원래의 어둠으로 돌아왔으나 모두의 망막에는 하얀 빛이 깊이 침투해 있었기에 암흑이 희미하게 밝게 느껴졌다. 스크린 앞에서는 가리가네 검사가 자꾸만 눈을 깜빡이고 있었다.

음 하고 낮은 신음소리가 들려온 듯했다. 콰당……하고 커다란 사과상자를 쓰러뜨린 것 같은 소리가 뒤이어 들려왔다.

앗, 이변이다!

"무, 무슨 일이야?"

"차, 창이야, 창이야, 창!"

"램프, 램프, 램프!"

휙, 창으로 하얀 빛이 흘러들었다. 어느 틈엔가 네온등에도 불이 들어왔다.

"꺄악."하고 소리를 지르며 커튼에 매달린 것은 창이 있는 곳으로 막 달려간 시라오카 다리아였다. 바닥에는 이쿠노 수사 과장이 흙과 같은 얼굴빛으로 두 눈을 부릅뜨고 입을 커다랗게 벌린 채 쓰러져 있었다.

이제는 적외선 텔레비전이고 뭐고 없었다. 모든 창을 열어젖혔다. 실내에 있는 사람들의 얼굴에는 하나 같이 생기가 없었다.

"적외선 사나이!"

"아아, 녀석의 짓이야."

당장이라도 자신의 몸에 적외선 사나이의 원숭이처럼 긴 팔이 휙 닿는 것이 아닐까 생각하면 섬뜩한 전율이 전기처럼 전신을 휘감았다. 눈에 보이지 않는 적! 그 녀석을 어떻게 막으면 좋단 말인가? 그 마수에서 어떻게 벗어나면 좋단 말인가?

그때 호무라 탐정이 홀로 앞으로 나서 수사과장을 안아 일으켰다. 과장의 머리가 앞으로 툭 떨어졌다.

"앗, 이건 좀 심한데!"

호무라가 중얼거렸다. 이쿠노 과장의 뒷목 한가운데에 은으로 된 침이 푹 박혀 있었다.

마음을 가라앉힌 사람들이 적외선 사나이에 대해서는 잠시 잊고 과장의 시체 주위로 몰려들었다.

"숨골을 단번에 찔렀어……."

"두꺼운 침이로군!"

"지문이 지워지지 않도록 손수건으로라도 감싸서 뽑아!"

"이건 안 뽑힐 겁니다."라고 호무라가 말했다.

아니나 다를까 힘이 센 형사가 당겨도 빠지지 않았다. 침에 근육이 엉겨 붙어 버린 듯했다.

"이걸 대체 어떻게 수사해야 하는 거지?" 판사가 당혹스럽다는 듯한 기색을 그대로 드러내며 말했다.

"아무래도 상대방이 만만치가 않아."라고 검사가 중얼거렸다.

"적외선 사나이는 그냥 내버려두고 다른 평범한 사건과 마찬가지로 이 방에 있는 사람들 모두를 철저하게 취조해주시기 바랍니다."라고 호무라가 말했다.

이에 담당관들이 번갈아가며 담당관 자신들과 호무라, 미야마 이학사, 시라오카 다리아를 조사해 보았으나, 특별히 수상한 점은 무엇 하나 발견되지 않았다.

결국 적외선 사나이의 짓이라는 사실을 뒷받침하는 형국이 되어버리고 말았다. 제아무리 호무라 탐정이라 할지라도 어떻게 손을 쓸 방법이 없었다.

6

수사과장 살해사건은 단번에 일본 전국의 신문을 떠들썩하게 만들었다. 그와 동시에 적외선 사나이에 대한 소문이 한층 더 커져만 갔다. 경찰청의 무능함이 신문의 논설이 되었으며, 투서의 기관총이 되었고, 총감을 비롯한 각 부장은 체면이 말이 아니게 되었다.

요쓰야에 적외선 사나이가 나타났다. 미카와시마에도 적외선 사나이가 나타났다며 시간과 장소를 가리지 않고 존재를 드러냈다. 물론 그 모든 것이 정말 적외선 사나이라고는 여겨지지 않았으며, 이야기를 잠깐 듣는 것만으로도 가짜 적외선 사나이라고 간파할 수 있는 것도 있었다.

호무라 탐정은 직접 공격을 받은 것은 아니었으나, 내심 매우 편치 않은 무엇인가가 있었다. 그는 서재의 소파에 몸을 물고 가느다란 담배인 하바나에 불을 붙여 멍하니 보라색 연기를 뱉었다. 그는 원래 적외선 사나이네 뭐네 하는 신기한 생물이 있으리라고는 믿지 않았다. 그러나 거기에 특별히 근거가 있는 것은 아니었다. 수사과장인 고 이쿠노 씨 참사 사건을 놓고 봤을 때, 그건 적외선 사나이라면 물론 가능한 일이지만, 그와 동시에 그 방에 있던 사람에게도 가능한 일이라고 생각했다.

가리가네 검사, 나카가와 판사, 이 두 사람은 우선 범인이 아닐 것이다. 본청에서 그들이 빚어낸 역사와 공적은 모두 오래되고 큰 것이었다.

경위, 형사도 의심하려 들자면 의심하지 못할 것도 없지만 평소 알고 지내던 사이이니 문제없을 듯하다.

구마오카 경관은 어떨까? 이 사람은 처음 본 사람이지만 Y서에서는 모범경관이라고 하니 문제없을 것이다. 단 여러 가지로 정탐하려는 듯한 눈을 가진 것이 평범한 경관치고는 약간 마음에 걸리지 않는 것도 아니었으나 일일이 의심하려 들자면 끝이 없다.

남은 것은 미야마 이학사다. 이 사람은 틀림없이 의심해도 좋을 인물이다. 하지만 그는 적외선 사나이를 보았다고 한다. 적외선 사나이가 둘이나 있다면 얘기는 달라지겠지만, 하나라면 그의 혐의는 옅어진다. 게다가 그는 적외선 사나이의 습격을 받아 변압기 위에 올려진 피해자이기도 했다. 의심이 그렇게 크지는 않았다.

그렇다면 시라오카 다리아 양은 어떨까? '적외선 사나이'라고 하니 다리아 양은 성별이 다르다. 그녀의 발랄한 육체미로 봐서 남자가 여장을 하고 있는 것이라고는 믿기 어려웠다. 특히 과장이 살해당한 날에는 눈이 좋지 않았다. 그렇게 시력이 나빠졌는데 숨골을 찌르는 것처럼 정밀함과 정확함을 요하는 일을 할 수 있었을까?

아니, 그 방에 있던 사람들은 모두 암흑 속에 침전되어 있었다. 모든 사람들이 시력을 빼앗긴 상태였다. 어둠 속에서 숨골을 찌르는 일은 누구에게나 불가능할 터.

남은 혐의자는 나뿐이지만, 내게 대해서도 역시 같은 말을 할 수 있다.

그렇다면 누가 과장을 살해한 것일까?

아아, 적외선 사나이! 네놈은 역시 존재하고 있었단 말인가? 네놈이 아니면 그 살인은 불가능한 셈이 되는데, 네놈은 대체 누구란 말이냐?

호무라는 한숨을 내쉬면서도 아직 잊고 있는 무엇인가가 있지 않을까 아픈 머리를 쥐어짰다.

있기는 했다. 그 숨골을 찌른 침이었다. 조사해보니 지문이 있었다. 하지만 가느다란 침 위에 찍힌 폭이 좁은 지문 따위가 무슨 소용이 있겠는가?

그리고 미야마 이학사의 방에서 발견된 커다란 발자국. 그것이 적외선 사나이의 것이라고 보고 키를 산출해보면 5척 7치 정도. 이건 그렇다 치자.

다음으로 사무실에서 도둑맞은 1,200엔. 적외선 사나이에게 돈이 필요하다니 우스운 얘기다. 하지만 구두를 신기도 하고 검은 양복 같은 것을 입고 있기도 했다고 하니 역시 돈이 필요한 걸까? 하지만 그 돈을 어떻게 쓸 수 있단 말인가? 그 자신이 쥐고 있어서는 돈이 다른 사람의 눈에 보이지 않을 테고, 무엇보다 양복점에 들어가 양복을 주문한다 한들 키와 몸집을 알 수 없고, 가게 쪽에서도 목소리만 들린다면 놀라 이상한 소문이 삽시간에 퍼질 것이다. 그런 소문도 들을 수 없으니, 혹시 적외선 사나이에게 부하가 있는 것 아닐까?

세상 사람들은 신주쿠의 플랫폼에서 전차로 뛰어든 여자의 신원이 아직도 밝혀지지 않았고 땅속에 묻었던 시체가 분실되었다는 신기한 일을 지금도 여전히 기억하고 있어서, 그것도 역시 적외선 사나이의 짓일 것이라고 떠들어대고 있는 듯하다. 시체를 훔친 것이 적외선 사나이라고 한다면 그것은 대체 무엇을 위해서였을까? 외국 소설 가운데는 화성인이 지구의 인간을 포로로 잡아 그 껍데기를 벗긴 뒤 자신이 그것을 뒤집어써서 인간인 양 가장해서 우리 사회에 섞여든다는 얘기가 있다. 그러나 그 여자의 얼굴은 엉망이 되었다고 했다. 여자로 변장한다 할지라도 그 얼굴은 어떻게 한단 말인가? 인도나 터키라면 모르겠지만 우리나라에 얼굴을 가리는 여자는 없다. 여자의 시체가 어디로 갔는지 밝혀내지 못하는 한 이 문제는 해결할 수 없다.

그리고 구마오카 경관이 전차사고로 죽은 여자의 핸드백에서 찾아낸 타다 만 필름. 그건 대체 뭘까? 그것이 판명된다면 여자의 사인은 물론 신원까지도 알아낼 수 있으리라.

적외선 사나이와 관계가 있을지 없을지는 모르겠으나, 그 여자의 문제를 푸는 것은 그리 어려운 일도 아니다. 게다가 스미다 우메코라는 여자와 전차사고로 목숨을 잃은 여자가 같은 의류와 소지품을 가지고 있었다는 암호, 그리고 구로코우치 자작부인이 행방불명되어 지금까지도 여전히 생사조차 알 수 없는데 그 조금 전에 란포 씨의 『음수』에 대해서 이야기했다는 사실. 그래, 내일부터는 이쪽을 철저히 조사해보기로 하자.

호무라는 이렇게 생각한 뒤 의자에서 조용히 일어나 테이블 위에 있던 재떨이에 길어진 하얀 담뱃재를 툭 털었다.

그 순간 테이블 위에 있던 전화기가 따르릉 울렸다. 호무라는 눈을 번쩍이며 전화기를 집어 들었다.

"호무라 군을 바꿔주십시오." 다급한 목소리가 들려왔다.

"제가 호무라입니다만, 누구십니까?"

"아아, 호무라 군. 접니다. 수사과장인 오에야마 경위입니다." 그는 고 이쿠노 과장의 뒤를 이은 신진 경위였다.

"오에야마 씨십니까? 또 무슨 일이 있었나요?"

"네, 있는 정도가 아닙니다. 조금 전에 총감 각하가 살해당했습니다."

"뭐, 총감 각하가……?"

"어처구니없는 일입니다만, 사실입니다."

"대체 어떻게 된 일입니까? 어디서 당한 겁니까?"

"전에 말씀드린 대로 오늘 미야마 이학사의 적외선 텔레비전 장치를 본청의 한 방에 설치했습니다. 그건 충분히 경계를 해서 이 장치로 적외선 사나이를 꼼꼼히 찾아보기 위해서였습니다. 미야마 씨와 시라오카 씨 두 분이 오셔서 설치를 했습니다. 실험은 오후 3시부터 시작할 예정으로, 당신에게도 오시라고 말씀드렸습니다만 조금 전에 총감 각하께서 갑자기 보고 싶다고 하시기에 결국은 보여드린 겁니다."

"일을 왜 그렇게 처리하셨습니까?"라고 호무라는 화가 난다는 듯 말했다.

"저희도 처음에는 말렸습니다. 하지만 각하께서는 외출하실 약속이 있어서 오늘 3시에는 보실 수 없었습니다. 그랬기에 강하게 말씀하셨고, 또 예의 준비도 되어 있었기에 저희도 괜찮을 것이라 생각했던 겁니다."

예의 준비란 미야마 이학사와 시라오카 다리아에게는 비밀로 그 방 안의 한쪽 구석에 조그만 적외선 발생등을 켜고 숨겨진 구멍을 통해 옆방에서 그 방 안을 활동사진으로 찍는 것이었다. 즉, 육안으로는 볼 수 없는 광선을 방 안으로 쏘아, 방 안 사람들의 동정을 적외선 영화로 찍겠다는 것이었다. 그렇게 하면 그 가운데 수상한 행동을 한 사람이 필름에 찍힐 테니 나중에 현상을 하면 그 사실을 알 수 있을 터였다. 이런 장치를 미리 해둔 것이었다. 그러나 총감 각하가 희생되었다니 이제 와서 그게 무슨 소용이겠는가? 본청 사람들의 아둔함에 호무라는 어이가 없을 뿐이었다.

"그럼 각하가 들어가신 뒤부터 필름을 돌렸겠죠?"

"그렇습니다. 제대로 찍혔을 겁니다. 하지만 각하가 살해당했습니다. 흉기는 침이고, 역시 숨골을 찔렸습니다."

"현상은……."

"지금 하고 있습니다. 지금 바로 와주셨으면 합니다."

"네, 가겠습니다."

호무라가 우울하게 대답했다.

달려가 보니 본청에서는 커다란 소동이 벌어졌다. 다른 사람도 아니고 총감 각하가 잠시 방심한 틈에 비명횡사하고 말았으니 이건 이만저만한 큰일이 아니었다.

"어떻습니까? 필름의 현상은 끝났습니까?" 호무라가 과장을 만나자마자 바로 물었다.

"끝났습니다만……."

"왜 그러십니까?"

"틀렸습니다. 어떻게 된 일인지 적외선등 앞에 사람들이 한꺼번에 몰려 서 있어서 중요한 곳은 새카맣게 나왔을 뿐, 아무것도 찍혀 있지 않습니다."

과장이 면목 없다는 듯 고개를 숙였다.

"미야마 씨와 다리아 양은 조사를 해봤습니까?"

"사건이 사건인 만큼 잘 조사를 했습니다. 신체검사도 120퍼센트 했습니다. 다리아 양이 조금 가엾기는 했습니다만, 여성 경관에게 넘겨 조금은 심하다 싶은 곳까지 남김없이 샅샅이 살피게 했고, 붕대도 완전히 풀게 했으며, 안경도 벗게 해서 눈꺼풀을 뒤집어보기까지 했습니다만 아무것도 얻지 못했습니다."

"다리아 양의 눈은 어땠습니까?"

"더욱 심해진 듯합니다. 왼쪽 눈은 영원히 시력을 잃을지도 모릅니다. 오른쪽 눈도 충혈이 더욱 심해졌다고 합니다."

"다리아 양은 눈이 좋지 않으니 그렇다 치고, 미야마 씨의 행동에 수상한 점은 없었습니까?"

"그런데 미야마 씨는 각하에게 여러 가지로 자세히 설명을 하던 중이었습니다. 미야마 씨가 설명을 하고 있는데 각하께서 신음을 하시며 쓰러지셨습니다. 미야마 씨를 의심하자면 이야기를 하며 손을 움직여 침을 꽂았다고 봐야 하는데 이는 실행 불가능한 일입니다."

"그렇다면 두 사람은 혐의를 벗었단 말입니까?"

"말하자면 그런 셈입니다. 두 사람 모두 이번 일에 질려서 앞으로는 무슨 일이 있어도 그 장치를 움직이는 암실 안에는 절대로 가지 않겠다고 말했습니다."

"그렇다면 범인은 대체 누구입니까?"

"적외선 사나이……겠지요."

"과장님은 적외선 사나이가 정말 범인이라고 생각하고 계신 겁니까?"

"지금은 그렇게 생각하게 되었습니다. 어제까지는 약간 의심스러운 구석도 있었습니다만, 오늘은 적외선 사나이의 짓이라고 믿게 되었습니다. 지금부터는 저희의 손으로 저 장치를 24시간 쉴 새 없이 가동해서 적외선 사나이를 반드시 찾아내고 말겠습니다."

"하지만 렌즈는 방 안을 향하게 하는 게 좋을 겁니다. 그 실내에서 적외선 사나이가 어슬렁거리고 있을 테니."

호무라는 과장의 용맹심이 황당하게 느껴져 약간은 비아냥거리듯 말했다.

7

그 이튿날 아침이었다.

일찍 일어난 호무라 소로쿠는 무슨 바람이 불었는지 옷장에서 니커스와 헌팅캡을 꺼내 골프라도 치러 가는 듯한 분장을 했다.

그러나 딱히 골프채 가방을 꺼내들지는 않았으며, 가느다란 대나무 지팡이를 손에 가볍게 들더니 밖으로 달려 나갔다. 불길하게도 첫 번째, 두 번째 희생자를 어제와 그저께 떠나보냈다고는 여겨지지 않을 정도로 화창한 봄날 하늘이었다.

그는 우선 경찰청의 커다란 돌계단을 터벅터벅 올라갔다.

"어떻습니까? 뭣 좀 발견하셨습니까?" 그가 수사과장의 수면부족으로 부은 얼굴을 바라보며 이렇게 물었다.

"틀렸습니다."라고 과장은 심기가 불편하다는 듯 외치고, "그런데 어젯밤에 희생자가 또 나왔습니다. 오늘 아침에 보고가 있었습니다."

"그럼 누군가가 또 당했단 말입니까?"

"이렇게 되고 보니 저는 당신까지 경멸하고 싶어집니다."

"그건 또 무슨 말씀이십니까?" 호무라는 스스로도 무엇인가 문득 짚이는 것이 있는 듯, 숨을 거칠게 아주 거칠게 내쉬며 되물었다.

"아사쿠사의 이시하라라는 곳에서 어젯밤 1시 무렵에 남자와 여자가 찔려 죽었습니다. 방법은 역시 똑같습니다. 여자는 오카미 모모에라는 사람이고 남자는 바로……."

"남자는 바로?"

"미야마 이학사입니다! 이것으로 뭐가 뭔지 하나도 모르게 됐습니다."

과장은 분하기 짝이 없다는 듯 호무라 앞임에도 불구하고 어린아이처럼 눈물을 줄줄 흘렸다.

"그렇습니까?" 호무라도 덩달아 눈물이 날 것만 같았다. "그렇다면 당신도 미야마 이학사는 아니라고 말씀하셨지만, 한편으로는 크게 의심하고 계셨던 거군요."

"그야 당연한 일입니다. 이제 와서 얘기해봐야 소용없는 일입니다만, 어쩌면 적외선 사나이라는 건 미야마 이학사가 만들어낸 것이 아닐까 생각하고 있었습니다."

"저 역시 동감입니다."

"보이지도 않는 것을 봤다고 그가 떠들어댄 것이라 생각해도 얘기는 성립됩니다. 그런데 그 장본인이 살해되고 말았으니 이건 문제가 더욱 어려워졌습니다."

"어쨌든 저는 가서 좀 보고 오겠습니다. 그건 니혼쓰쓰미 서의 관내지요?"

과장은 말없이 고개를 끄덕였다.

경찰서로 가보니 현장은 아직 그대로 보존하고 있다고 했다. 장소를 알아낸 뒤 그는 곧장 경찰서에서 뛰어나왔다.

거기서 모모에의 집까지는 5정(약 545m)쯤 떨어져 있어서 그리 먼 곳이 아니었다. 그는 지름길로 질러서 걸어갈 생각으로 거리에 나서자마자 바로 왼쪽으로 꺾어져 다나카마치 쪽으로 발걸음을 향했다. 진재 전까지만 해도 이 부근은 호무라의 활동 구역이었으나 지금은 거리의 풍경이 완전히 변해서 어디를 걷고 있는지조차 짐작할 수 없었다. 어딘가에서 금덩이를 찾아 가져다 놓은 것처럼 보이는 당당한 5층 아파트 등이 눈앞에 우뚝 솟아서 앞길을 가로막았다. 그는 화가 난다는 듯 혀를 차며 오타나카 아파트에 가로막히자 그 옆으로 빠져나가려 했다. 순간 퍼뜩 눈에 들어온 장면이 있었다.

올려다보니 아파트의 높다란 비상계단에 주민인 듯한 사람들이 열네다섯 명이나 나와 서서 무엇인가 위아래로 부르짖고 있었다.

"무슨 일인가요?"

호무라가 길가에 서 있던, 사람 좋아 보이는 아주머니에게 물었다.

"그게 말이죠, 정말 기분 나쁜 얘기에요."라며 아주머니가 가느다란 눈썹을 찌푸리더니 빨간 천을 뒤에 댄 앞치마를 두 손으로 얼굴까지 들어올렸다. "저 아파트 5층에 사람이 죽어 있었다고 해요. 어쩐지 요즘 동네에서 아주 이상한 냄새가 난다 했는데 그 시체 때문이었어요. 아유, 끔찍해라."

아주머니는 퉤퉤 땅바닥에 침을 뱉었다.

"그럼 시간이 꽤 흐른 시체로군요."

"그렇대요. 사람들 말에 의하면 벽장 안에 그게 있었는데 살도 피부도 벌써 전부 문드러져서 아주 끔찍하대요. 한 장 걸치고 있는 옷으로 봐서 여자의, 그것도 젊은 여자라는 사실을 알 수 있었다고 해요."

"뭐? 젊은 여자의 시체?" 호무라는 가슴이 덜컥 내려앉았다. 그래, 오늘 찾아보려 했던 그 여자의 시체일지도 몰라. 여러 날이 지났다고 하는 점으로 봐서도 이건 그냥 지나칠 수 없다고 마음속으로 외쳤다.

"거기는 그 여자가 살던 집인가요?"

"아니요, 여자가 아니에요. 거기는 우시오 씨라는 젊은 학생이 혼자 빌려서 살고 있는 집이에요. 그런데 우시오 씨, 요즘에는 통 보이지 않는다고 하던데······."

"그 우시오 씨라는 사람, 혹시 키가 크고, 아니, 5척 7치쯤 되는 사람이죠?"

"잘 알고 계시네요."라고 아주머니가 벌어진 앞가슴을 여미며 말했다.

"조금 괜찮은 남자에요, 홋홋호."

호무라는 쓴웃음을 지었다.

"어머, 저기, 우시오 씨가 오고 있네요."

"넷?"하며 호무라는 놀라 아주머니의 시선 끝을 보았다.

"세상에, 안색이 아주 좋지 않지만 틀림없이 그 사람······."

그 말이 채 끝나기도 전에 호무라는 맞은편에서 가볍게 걸어오고 있는 우시오인 듯한 인물의 소맷자락을 쥐고 있었다.

"우시오 군."

"앗!"

청년은 호무라의 팔을 휙 뿌리치고 얼른 달아나기 시작했다. 호무라도 필사적으로 이 보폭이 넓고 날랜 사람의 뒤를 좇았다. 결국 골목을 돌아선 곳에서 따라잡아 마침내 격투가 시작되었다. 순간 청년의 품속에서 납작하고 둥근 깡통 같은 것이 떨어져 데굴데굴 도랑 쪽으로 굴러갔다.

"아아, 저건······."

하며 청년이 팔을 뻗으려던 순간, 호무라가 그를 제지하고 자신의 손에 그것을 넣었다. 그때 경관과 형사들이 우르르 달려왔기에 호무라는 잘못해서 두어 방 걷어차였을 뿐, 도움을 받을 수 있었다. 그가 손에 넣은 것은 한 권의 필름이었다. 그것도 16㎜짜리 작은 것이었다.

그래, 필름이라고 하면 전차사고로 죽은 신원불명의 여자의 핸드백에도 타고 남은 필름이 있었잖아.

호무라는 미야마 이학사와 정부인 모모에 살해 장소를 점검한 뒤, 급히 서둘러 니혼쓰쓰미 서로 돌아갔다. 그때는 본청에서도 예심판사가 이미 달려온 뒤였는데, 이제는 모든 것을 포기한 듯 우시오 주키치라는 청년은 무덤에서 여자의 시체를 파내 달아났다는 사실을 자백했다. 그러나 여자가 누구인지, 그와 어떤 관계인지에 대해서는 끝끝내 입을 열지 않았다. 필름에 대해서는 뜻밖에도 미야마 이학사의 방에서 훔친 것이라고 자백했으나 사무실에서 1,200엔이라는 거금을 훔친 일에 대해서는 극력 부인했다.

나머지는 본청에서 조사하기로 했기에 나이 든 판사는 우시오 주키치와 호무라를 데리고 의기양양하게 경찰청으로 돌아갔다.

오늘 아침에 보여주었던 불편한 심기는 어딘가에 두고 온 듯한 오에야마 수사과장 앞에, 호무라 탐정은 자신이 손에 넣은 필름 한 권을 놓고 여러 가지로 협의를 했다.

"그럼 오후 5시에 본청의 제4 영화 검열실에서 시사를 하기로 하겠습니다."

"그럽시다. 그럼 나머지 일들도 잘 부탁드리겠습니다." 수사과장은 뭐가 그리 기쁜지 호무라의 손을 꼭 쥐었다.

8

호무라는 경관 한 명을 데리고 구로코우치 자작을 찾아갔다. 자작 대신 예의 시라오카 다리아가 나와서 자작이 중태에 빠졌기에 간호부가 두 명이나 붙어 있는 소동이 벌어졌다고 했다.

"사실은 실종된 자작부인과 관련해서 꼭 봐주셨으면 하는 영화의 시사가 있는데, 그거 참 곤란하게 됐습니다."라며 호무라는 길지도 않은 턱을 손가락 끝으로 집었다.

"영화라고요? 제가 대신 갈까요?"

"글쎄요. 그럼 자작의 허락을 받으십시오. 괜찮으시다면 같이 가시죠."

"네, 그러세요."

다리아는 아직 붕대를 풀지 않은 커다란 머리를 흔들며 안으로 들어갔다가 바로 코트와 모자를 들고 다시 모습을 드러냈다.

"그럼 가시죠."

세 사람은 예정 시간보다 훨씬 일찍 경찰청에 도착했다.

"저기, 다리아 씨. 아직 40분이나 남았습니다."

"따분하네요."

"아직 멀었군요."라고 호무라가 말했다. "아, 맞다. 이 안에 재미있는 곳이 있습니다. 경관들에게 사격 훈련을 시키기 위해서 실내에 사격장을 만들어놓았습니다. 저희가 들어가도 상관없습니다. 가보시겠습니까?"

"사격이요? 저, 이래봬도 사격에 소질이 있어요."

"그거 잘 됐네요. 그럼 가봅시다."

참으로 한가롭게도 호무라는 다리아를 데리고 경관의 사격장으로 갔다. 그곳은 활터처럼 길게 뻗은 방이었는데 앞쪽에 권총이 나란히 놓여 있는 높은 대가 있고 저 멀리 벽에는 커다란 괘도 같은 표적이 걸려 있었다. 그 표적은 하얀 종이 위에 물방울을 모아놓은 것처럼 찻잔만 한 크기의 파랑, 빨강, 노랑 원이 전면에 그려져 있고 그 위에 5네 3이네 하는 점수가 적힌 것이었다.

"제가 한번 해볼까요?" 호무라가 선뜻 권총을 쥐어 조준을 하더니 탕 하고 한 발을 쏘았다. 3점이라고 적힌 크고 빨간 원에 조그만 구멍이 뻥 뚫렸다.

"어떻습니까? 상당한 솜씨죠?"

이렇게 말하며 그는 차례차례로 그렇게 점수가 높지 않은 색색의 원을 맞혀나갔다.

"이번에는 다리아 씨가 쏴보십시오." 호무라가 권총을 그녀에게 권했다.

"네……."하고 다리아는 대답했으나, "전 그만둘래요."라고 분명하게 말했다.

"그러지 말고 한번 해보세요."

"하지만 저……, 전 눈이 안 좋아서 할 수가 없어요."

이렇게 말하고 다리아는 남자처럼 껄껄 소리 내어 웃었다.

아직 시간이 남았기에 두 사람은 식당으로 갔다. 거기서 오렌지에이드를 주문해 빨대로 쪽쪽 빨아 마셨다.

"경찰청이란 곳도 꽤나 개방적이군요." 다리아가 호무라와 완전히 친구가 된 듯한 투로 말했다.

"그야 물론이죠. 당신과 같은 분을 초대하는 일도 있으니까요."

"그런데 이 오렌지에이드, 어딘가 비누 냄새가 나요. 전, 그만 마실래요."

절반쯤 마시다 다리아는 빨대를 내려놓았다.

그러는 사이에 어느 틈엔가 시간이 흘러 경관이 일부러 두 사람을 데리러 왔을 정도였다.

계단을 따라 지하로 내려가 긴 복도를 빙글빙글 돌더니 천장이 아주 낮고 어두운 곳으로 들어갔다. 예의 적외선 사나이가 나올 것 같은 분위기였으나, 어둡기는 하지만 전등이 달려 있었기에 정전이라도 되지 않는 한 그럴 염려는 없을 듯했다.

영화검열용 시사실은 생각 외로 넓었다. 벽은 전체가 초콜릿색으로 칠해져 있었으며, 마치 강당처럼 좌석이 나란히 놓여 있었다. 정면에는 사방 2m 정도의 스크린이 있었다.

벌써 일고여덟 명의 사람들이 들어와 있었다. 가리가네 검사, 나카가와 판사, 오에야마 수사과장의 얼굴도 보였다.

그때 다른 입구를 통해서 경관의 보호하에 우시오 주키치가 수갑을 짤그락거리며 들어와 제일 앞줄에 앉았다. 그곳은 호무라 탐정과 시라오카 다리아가 나란히 앉아 있는 곳의 바로 옆이었다.

"이제 전부 모이셨습니까?"

영사 기사를 담당하고 있는 경관이 가장 뒤에서 말했다.

"그래, 전부 모였어. 이제 시작하도록 하게."

호무라의 뒷자리에 있던 수사과장이 말했다.

"그럼 시작하겠습니다. 그것을 상영하기 전에 분위기를 만들기 위해서 실사 영화를 하나 잠깐 상영하겠습니다. 빈의 감옥입니다."

스크린 위에서 슥 하얀 빛이 춤추자 실내의 전등이 탁 꺼졌다. 순간 모두가 긴장했다. 스크린의 빛 때문에 방 안이 짙은 어둠에 잠겼다고는 할 수 없었으나, 의자 아래와 뒤쪽의 양옆 등에는 어두운 그림자가 드리워졌다. 그런데 이렇게 태연하게 영화에 집중해도 되는 것인지? 적외선 사나이가 나타나기 좋은 지하실 아닌가?

그러나 한 편의 영화는 극히 짧은 것이었다. 게다가 영화가 아직 진행 중인데 전등에 불이 들어와 실내를 밝게 비췄다.

"자, 드디어 이 다음이야."

"대체 어떤 영화일까?"

사람들은 가슴속에서 저마다 여러 가지 상상을 하고 있었다.

"저를 내보내주십시오." 우시오 주키치가 옆에 있던 경관에게 말했다.

"아니, 안 돼."

경관의 목소리는 매몰찼다.

드디어 문제의 영화가 상영되려 하고 있었다. 우시오 주키치가 미야마 이학사의 방에서 훔쳐온 필름이었다. 그리고 전차사고로 희생당한 신원을 알 수 없는 여자의 핸드백 바닥에서 발견된 것도 역시 같은 필름이었다. 이 영화가 상영되는 순간 뜻밖의 일이 벌어지는 것 아닐까? 구두 발자국 때문에 이미 혐의가 짙어진 우시오 주키치였으나 이 한 편의 영화에 의해서 그의 정체가 폭로되는 것 아닐까? 적외선 사나이는 우시오 주키치일까? 아니면 적외선 사나이의 동료라도 되는 것일까?

덜컥 소리가 나더니 스크린 위로 푸르스름한 빛이 펼쳐졌다. 이번에는 16㎜이기 때문에 화면은 스크린의 한가운데 조그맣게 비췄다.

"아아, 저건……."

"흠……."

영화가 전개됨에 따라서 사람들은 참기 어렵다는 듯 중얼거렸다. 누군가가 부자연스럽게 헛기침을 했다.

지금 스크린 위에 비치고 있는 화면에는 두 인물이 있었다.

"아아, 이쪽 사람은 우시오 주치키야." 호무라가 헐떡이듯 외쳤다.

"아아, 저건 큰어머니에요. 분명히 큰어머니에요. 하지만, 호호……, 어멋……."

이라고 말한 뒤로 시라오카 다리아는 입을 다물고 말았다.

그 뒤로 화면에 어떤 정경이 전개되었는지, 그 내용을 여기에 옮겨 적는 것은 허락되어 있지 않다. 어쨌든 그것은 밀폐된 방 안에서 펼쳐진 위태로운 장난이었다. 그런 정경은 사람들의 눈에 띄지 않는 한밤중에 행해져야 한다고 여겨지고 있으나, 그것이 참으로 밝은 빛 아래서 행해지고 있었다. 그 이상스러움은 화면을 더욱 자세히 점검함으로 해서 점차로 명료해졌다. 그것은 적외선으로 촬영한 활동사진이었던 것이다.

시간은 아마도 한밤중이었으리라. 어두운 방 안에서 그 장면들이 연출되었음에 틀림없었다. 그런데 어딘가에서 그 방으로 적외선을 쏘아 그것을 적외선 활동사진으로 촬영한 것이었다. 그리고 인물은 자작부인인 구로코우치 교코와 청년 우시오 주키치!

그렇다면 그 저주스러운 촬영자는 대체 누구란 말인가?

우시오는 이 영화가 상영되는 동안 고개를 숙이고 얼굴을 묻은 채 한 번도 머리를 들려하지 않았다. 영화가 끝나자 모두의 깊은 한숨과 함께 팍 전등이 밝혀졌다.

"우시오." 오에야마 과장이 불렀다. "이건 누가 촬영한 거지?"

"그놈입니다." 청년이 갑자기 머리를 쳐들었다. "그놈입니다. 미야마 나라히코……, 그놈이 찍은 겁니다. 자작부인과 저는 잘못된 행동을 하고 있었습니다. 그런데 미야마는 그 부인을 사랑하고 있었습니다. 녀석이 깊은 밤 저희들의 방을 몰래 엿보고 어둠 속에서 그 적외선 영화를 찍은 것입니다. 미야마는 그것으로 가련한 자작부인을 계속 협박했습니다. 한번은 부인이 그 필름의 일부를 손에 넣었는데 그것은 불에 태웠습니다. 핸드백 바닥에 남아 있던 타다 남은 필름 조각이 바로 그것입니다. 악귀와도 같았던 미야마는 적외선 관련 기술을 악용해서, 이전까지도 남의 침실을 은밀하게 사진으로 찍어서는 그것을 즐기던 치한이었습니다. 그러나 언제까지고 부인에 대한 미련을 버리지 못했던 그는 부인이 말을 듣지 않으면 저 영화를 공개하겠다고 협박했습니다. 부인은 모든 것을 포기하고 마침내 신주쿠의 플랫폼에서 몸을 던진 것입니다. 이것도 전부 미야마의 짓입니다. 부인은 신원이 밝혀질 것을 두려워하여 언제나 그런 복장을 가지고 다녔습니다. 그건 가장 평범하고 세상 어디에나 있는 물건들만 끌어 모은 것입니다. 말하자면 평범하기 짝이 없는 옷과 소지품들입니다. 그것이 제대로 효력을 발휘해서 스미다 씨의 여동생이라고 착각을 하게 만든 것입니다. 얼굴을 알아볼 수 없게 된 것은, 신께서도 부인의 마음을 가엾게 여기셨기 때문일 겁니다. 저는 복수를 맹세했습니다. 그리고 미야마의 방으로 들어가서 그 필름을 빼앗아온 것입니다. 그놈을 찾아보았는데, 어떻게 된 일인지 침대는 있었지만 녀석의 모습은 보이지 않았습니다. 일찌감치 낌새를 알아채고 허둥지둥 달아난 뒤였던 것입니다. 그래서 저는…….”

이때 시라오카 다리아는 아까부터 참고 있던 요의를 더 이상은 도저히 참을 수 없게 되었다. 그 격렬함은 지금까지 경험한 적이 없었을 정도였다. 그녀는 허둥지둥 시사실을 나서 어둑어둑한 복도로 뛰쳐나갔다. 둘러보니 바로 가까이에 빨간 전등이 밝혀져 있고 거기에서 ‘변소’라는 글자가 눈에 들어왔다.

그녀가 뛰어들듯 한 심정으로 그 문을 밀었다. 문이 열리자 그곳은 청결한 변기가 나란히 늘어서 있는 서양식 화장실이었다. 다리아는 그 가운데 하나로 뛰어들어 문을 쿵 닫고 기분 좋을 정도로 시원하게 볼일을 보았다.

커다란 거울이 있었기에 다리아는 거기서 붕대에 신경을 써 가며 황산 때문에 화상을 입은 얼굴에 가루분을 발랐다. 그리고 입구의 문을 열어 복도로 나왔다. 그 순간 다리아는 깜짝 놀라서,

“앗!”

하고 소리를 질렀다.

뜻밖에도 거기에서 호무라를 비롯해 수사과장, 검사, 판사 등 열네다섯 명의 사람들이 다리아를 잡으려 하고 있었다.

“어머, 무슨 일이에요, 호무라 씨?”

다리아가 도움을 청한 호무라는 이제, 조금 전 사격을 하며 함께 즐기던 호무라와는 전혀 다른 사람이 되어 있는 듯했다.

"시라오카 다리아 씨. 그건 오에야마 수사과장님께서 지금 설명을 해주실 겁니다."

말이 끝나자마자 오에야마 과장이 슥 앞으로 나섰다.

"시라오카 다리아. 지금 너를 체포하겠다."

"저를 체포하겠다고요? 농담하지 마세요."

"아직도 시치미를 뗄 생각이로군. 더는 우리의 눈을 속일 수 없을 거야. 시라오카 다리아가 마음에 들지 않는다면 '적외선 사나이'로 너를 체포하기로 하지. 자!"

와, 소리를 지르며 특별히 가려 뽑은 솜씨 좋은 형사들이 다리아를 덮쳤다. 더는 도망칠 길도 없었으며, 방법도 없었다.

'적외선 사나이'는 그대로 자유를 잃고 말았다.

*   *   *

사건이 일단락 지어진 뒤의 어느 날, 필자는 미나미이즈에 있는 온천장에서 뜻밖에도 호무라 탐정을 만났다. 그는 마침 사건으로 피로해져 있던 머리를 잠깐 식히러 온 참이었다. 유황의 냄새가 희미하게 남아 있는 목욕 후의 피부를 기분좋게 느끼며 두 사람이서 차가운 맥주를 마셨다. 그때 그의 입을 통해서 이번 사건에 대한 진상을 전부 들을 수 있었다. 그는 동급생이었던 중학교 시절과 다름없이 꾸밈없는 말투로, 사건의 마지막 해결에 대해서 이렇게 말했다.

"적외선 사나이가 다리아라고 말했더니 경관 중에도 믿지 않으려는 사람이 있었을 정도였어. 하지만 요점을 말하자면 원래 '적외선 사나이'라는 이름은 살해당한 미야마 이학사가 붙인 것이야. 그는 '적외선 사나이'를 봤다며 여러 가지 이야기를 했지만, 사실은 한 번도 본 적이 없었어. 그건 그가 편의상 만들어낸 창작적 관념으로 실재하지는 않았어.

왜 그런 짓을 했는가 하면, 처음에는 그 새로운 설로 세상을 놀라게 해서 허명을 얻어야겠다는 정도였던 듯했으나 마지막에는 사무실의 금고에서 그가 함부로 써버린 큰돈을 메우기 위해서 '적외선 사나이'를 이용한 거였어. 우시오가 연구실을 습격하자 그는 얼른 달아났다가, 그 기회를 교묘하게 이용하기 위해서 우시오가 돌아간 뒤에 자신의 방과 사무실을 자신의 손으로 한껏 파괴하고 스스로 변압기 위에 올라가 자신의 몸을 묶은 거야. 머리가 좋은 사람에게는 아주 간단한 일이었지.

그런데 이 범행의 뒤에는 3명의 여자가 숨어 있어. 이렇게 말하면 이상하게 생각할 테지만, 한 명은 정부라는 평판이 있는 여자 모모에야. 그 여자를 위해서 남 몰래 돈을 많이 쓴 듯해. 금고의 돈에 손을 대기 시작한 것도 그 여자 때문이야.

또 한 명의 여자는 자작부인인 교코야. 이 여자에 대해서는 우시오가 말한 것 같은 색이 아니라, 오히려 욕정이 더 많았어. 부인과 우시오의 은밀한 만남을 적외선 영화로 찍은 것은, 부인을 손에 넣기보다 막대한 돈을 얻고 싶었기 때문이야. 만약 부인이 상당한 돈을 주었다면 미야마는 사무실의 금고를 깰 필요도 없었을 거고 '적외선 사나이'를 억지로 끌어들이는 고생을 하지 않아도 되었을 거야. 하지만 교코 부인에게 그런 막대한 돈을 만들어낼 방법은 없었어. 부인은 죽음을 선택했지.

여기서 또 한 명의 여성, 시라오카 다리아라는 여자가 좋지 않았던 거야. 이 여자는 선천적으로 이상성(異常性)을 가지고 태어난 사람이었어. 왼쪽 눈과 오른쪽 눈으로 보는 물체의 색깔이 아주 다르다는 것은 단지 하나의 발로에 지나지 않아. 그 개코원숭이처럼 커다란 여자는 자신과 반대로 진주처럼 조그만 미야마 선생에게서 식욕을 느껴 여러 가지로 부추겼어. '적외선 사나이' 역시 다리아에게서 나온 아이디어였을지도 몰라.

하지만 다리아의 사주를 받던 이학사도 금고의 돈을 훔치기도 하고, 또 다리아가 기뻐할 리 없는 정부 모모에의 존재를 편지 때문에 들키기도 했기에 다리아에게 완전히 약점을 잡힌 꼴이 되어버리고 말았어. 그 뒤에 올 것들, 그것을 생각하면 그는 마음 편히 있을 수 없었지. 그래서 미야마는 다리아가 같은 방에서 자고 있다는 점을 이용해 과감하게 수소 가스로 자고 있는 그녀를 살해하려 했지만, 수소건조용 황산 병이 폭발

해서 다리아가 눈을 떴기에 실패로 끝나버리고 만 거야.

　다리아는 물론 이 사실을 눈치채고 있었어. 하지만 말이지, 그녀는 악마인 만큼 현명했어. 사건을 시끄럽게 만들기보다는 오히려 미야마의 약점을 잡아 그를 철저하게 조종하기로 한 거지. 그런데 그 소동으로 인해서 그녀의 몸에 커다란 이변이 일어났어. 튀어 날아온 황산에 눈을 다쳐서 오른쪽 눈은 커다란 손상을 입지 않았지만, 왼쪽 눈을 완전히 못 쓰게 되어버리고 만 거야. 결국 오른쪽 눈 한쪽만 남게 되었지. 하지만 왼쪽 눈을 못 쓰게 되었다는 것을 이변이라고 말한 게 아니야. 왼쪽 눈을 못 쓰게 되었기에 나머지 한쪽 눈의 기능이 갑자기 날카로워졌어. 좌우의 폐 가운데 하나가 결핵균에 감염되어 못 쓰게 되면 나머지 한쪽 폐가 그 대신 갑자기 강해져서, 하나의 폐가 두 개의 역할을 한다는 것은 의학상 흔히 들을 수 있는 얘기야. 그것과 마찬가지로 다리아는 왼쪽 눈의 빛을 잃음과 동시에 오른쪽 눈의 시력이 갑자기 이상할 정도로 예민함을 더해갔어. 원래 다리아의 오른쪽 눈은 왼쪽 눈보다 사물이 붉게 보인다고 했는데 붉은 광선을 느끼는 신경이 발달해 있었던 거야. 그런 이유로 한쪽 눈이 된 뒤, 시신경의 이상 발달로 인해 평범한 사람의 눈에는 절대로 보이지 않는 적외선까지 그녀의 망막에는 생생하게 비치게 된 거야. 평범한 사람은 어둠이라고 느끼는 곳에서도 분명하게 볼 수 있게 된 거지. 이 이상한 감각을 자각했을 때 다리아는 거의 광적일 정도로 크게 기뻐했을 거야.

그러나 그 광적인 기쁨은 동시에 그녀의 파멸을 예약한 일이기도 했어. 다리아는 완전히 악마가 되어버리고 말았어. 살인에서 희열을 느끼는 무시무시한 범죄자로 타락해버리고 말았지. 하지만 적외선이 보인다는 사실이 그녀를 배반해서 비밀을 폭로하는 열쇠가 되어버리고 만 거야. 그건 나중의 일이지만."

이렇게 말한 호무라는 뭔가 끔찍한 일이라도 떠올랐는지 크게 한숨을 내쉬고 맥주를 입으로 가져가 호박색 액체를 벌컥벌컥 전부 마셔버렸다. 필자는 병을 들어 조용히 술을 따라주었다.

"그때부터 그 살인 소동이 벌어진 거야. 어둠 속에서 차례차례로 일어난 무시무시한 살인사건. 일단 의심의 눈초리로 바라본다 할지라도 눈이 좋지 않은 아가씨가 그런 재주를 부릴 수 있으리라고는 누구도 생각지 못했어. 그리고 '적외선 사나이'라는 이름의 '사나이'라는 관념이 널리 퍼져 있었기에 아가씨에게 주목하는 것을 방해하고 있었어. 그 어둠 속에서 다른 곳도 아니고 상당한 정확성을 요하는 숨골의 한가운데에 침을 꽂는 일을 과연 누가 할 수 있을까? '적외선 사나이'라는 초인이 아니라면 도저히 상상할 수도 없는 일이었지. 다리아 양은 바로 그 초인적 시력을 가진 '적외선녀'였던 거야. 이건 나중에 알게 된 일인데 그녀는 그 은으로 만들어진 침을 샤프펜슬의 심을 넣는 통 속에 숨겨 가지고 다녔어.

이에 대해서 나의 탐정 능력은 너무나도 빈약한 것이었어.

아무리 생각해봐도 '적외선 사나이'라는 초인을 긍정할 수밖에 달리 방법이 없었어. 나는 그런 말도 안 되는 일은 있을 수 없다고 배척하고 있었지만, 애초부터 크게 잘못된 생각은 아니었을지도 모르겠다는 마음이 들어, 이후 다시 한 번 내용 전체를 정리해보고 나서야 비로소 사정을 조금은 알게 되었어.

'적외선 사나이'가 살인을 저지르기 시작한 것은 극히 최근에 들어서였어. 이전에도 '적외선 사나이'가 세상을 떠들썩하게 만들기는 했지만 살인사건은 없었어. 거기에 어떤 비밀이 숨어 있을 것이라 깨달은 나는 살인사건의 발생이 다리아의 한쪽 눈 실명을 계기로 그 이후부터 연속해서 일어났다는 사실을 발견했어. 그와 동시에 탐색 결과 다리아의 양쪽 눈의 시력이 이상하다는 점에 대해서도 알게 되었어. 그래, 이렇게 된 이상 무슨 일이 있어도 그녀가 쓰고 있는 가면을 벗겨주겠다, 이렇게 다짐하고 다리아에게 접근해서 나는 그녀와 아주 친한 사이가 되었어. 마침 운 좋게도 자작부인과 우시오가 비밀스럽게 만나는 모습을 미야마가 찍은 적외선 영화가 손에 들어왔기에 그것을 이용해 기회를 잡기 위한 계획을 세웠어. 나는 모든 준비를 마치고 다리아 양을 경찰청으로 불러들인 거야.

첫 번째 계획은 안타깝게도 실패에 가까웠어. 그건 청 내의 경관 사격장에서 파랑, 빨강, 노랑 등 색색의 물방울처럼 둥근 표적을 둘이서 사격하는 것이었어. 나는 탕탕 가볍게 쏜 뒤, 그녀에게도 쏘게 하려 했지만 다리아는 진작부터 위험을 깨달고 권총을 들려 하지 않았어. 만약 그때 그녀가 사격을 시작했다면 틀림없이 벗어날 수 없는 증거가 남았을 거야. 색색의 둥근 표적 사이에 남아 있는 흰색 여백에 그 뒷면에서부터 적외선으로 비추고 있는 미야마의 다른 표적이 있었던 거야. 그녀는 적외선과 빨간색을 판별할 힘이 없어. 이유는 우리가 빨간색을 식별할 수 있는 것처럼 적외선도 그대로 눈에 보이기 때문이야. 하지만 그녀는 위험을 느끼고 우리 눈에는 보이지 않는 적외선 표적을 쏘는 것에서 벗어났어. 그러나 사격을 거부했다는 사실이 내 예상에 커다란 힘을 보태주는 역할을 해주었어.

그리고 마지막 트릭, 여기에는 귀재인 다리아 양도 멋지게 걸려들고 말았어. 이건 약간 천박한 얘기야. 바로 그 변소에서의 일을 말하는 거지. 예의 필름을 보는 동안 그녀는 커다란 요의를 느꼈어. 그건 물론 상영 조금 전에 식당에서 그녀가 마신 오렌지에이드에 약을 넣었기 때문이야. 영화가 끝나자마자 다리아 양은 정신없이 복도로 달려나갔어. 거기서 더 이상 참았다가는 여자로서 얼굴에 불이 붙을 만한 실수를 저지르게 되지. 그녀는 극도로 당황하고 있었던 거야. 어두운 복도의 건너편을 보니 다행스럽게도 거기에 '변소'라고 적힌 빨간 등이 밝혀져 있었어. 그녀는 문을 밀고 뛰어들었어. 아니나 다를까 거기에는 안쪽 깊이 변기가 나란히 놓여 있었어. 그녀는 볼일을 봤어. 하지만 그녀는 이미 돌이킬 수 없는 커다란 실수를 저지르고 만 거야.

그 '변소'라고 적힌 빨간 등은, 평범한 시력을 가진 사람으로서는 도저히 발견할 수 없는 빛이었던 거야. 다시 말해서 적외선 등으로 '변소'라는 문자를 비추고 있었던 거지. 우리 같은 사람이라면 그 앞을 그대로 지나쳐버렸을 거야. 적외선이 보이는 여자의 슬픔이라고 해야 할지, 다리아 양은 결국 그와 같은 등 아래로 들어가 버리고 만 거야. 그때의 광경은, 감시를 위해 미리 배치해두었던 감시원에 의해서 전부 목격당하고 말았어. 그 이상한 시력의 소유자도 결국은 자신이 쓰고 있던 가면을 벗게 된 거지. 제아무리 다리아 양이라 할지라도 이렇게 되고 보니 더는 벗어날 방법이 없었기에 결국은 모든 사실을 자백하고 말았어. '적외선 사나이', 아니 '적외선녀'의 사건은 대충 이렇게 된 거야."

날아다니는 별
The Flying Stars

길버트 키스 체스터턴
Gilbert Keith Chesterton

브라운 신부
Father Brown

브라운 신부(Father Brown)

체스터턴의 추리소설 '브라운 신부' 시리즈에 등장하는 가공의 인물.

영국 서섹스 교구의 가톨릭 사제로 아마추어 탐정. 세계 3대 명탐정으로 드는 사람들도 있다. 53편의 단편에 등장한다.

용모는 둥근 얼굴에 안경을 꼈으며 작은 키에 우산을 들고 있다. 이름은 모르지만 이니셜이 'J'라는 사실은 알려져 있다. 또한 여동생이 1명, 여자 조카가 1명 있다.

추리법은 날카로운 통찰력에 의한 직감에 의존하는 경우가 많으며 미학적 관찰에 의한 추리도 한다.

서섹스 교구에 있던 것은 초기의 이야기로 런던 교회나 남미의 교구로 이동한 적도 있다. 가난하고 때로는 범죄로 손을 더럽히는 사람들도 있는 교구가 많다. 또한 20년 전에는 시카고 형무소 예배당의 신부로 재직하기도 했다. 범죄자로부터 절도나 사기 등의 범행수법을 고해를 통해 듣기 때문에 여러 가지 범행수법을 잘 알고 있다.

친구로는 전 도적이자 사립탐정인 거구의 사내 플램보가 있다.

작가인 체스터턴은 브라운 신부의 모델이 자신과 친분이 있는 존 오커너 신부라고 밝혔다.

플램보는 나이를 먹어 완전히 선량한 사람이 된 뒤에 이런 이야기를 했다.

"내가 지금까지 저지른 범죄 가운데서 가장 아름다운 범죄는, 묘한 우연의 일치지만, 동시에 나의 마지막 범죄이기도 했지. 그걸 저지른 건 크리스마스 때였어. 이래봬도 예술가라고 할 수 있는 나는 언제나 그 당시의 계절과 특정한 지방색에 어울리는 범죄를 제공하려 마음을 쓰고 있었기에 마치 조각상 세울 곳을 고를 때와 같은 모습으로 대사건에 어울리는 테라스나 정원을 이래저래 고르곤 했지. 그런 이유로 시골 귀족에게 사기를 치는 곳은 떡갈나무 널빤지가 있는 기다란 방이 아니면 안 되었고, 반대로 유태인을 속여 무일푼으로 만드는 곳은 휘황하게 불을 밝혀놓은 카페 리슈의 칸막이 사이가 아니면 안 됐어. 마찬가지로 영국 안에서 교회의 부감독님으로부터 재물을 받아, 그 무거운 짐을 가볍게 해주는 경우라면(상대방이 성직자라고 해도, 그건 너희가 생각하고 있는 것처럼 그렇게 단순하지가 않아.) 나는 어딘가 커다란 교회가 있는 마을 언저리의 잔디밭이나 회색 탑 등의 배경이 있는 곳으로 상대방을 유인해서 일하기를 소망했으며, 무대가 프랑스로 옮겨져도 가령 부자 입장에서 성질이 나쁜 농부로부터 돈을 빼앗을 때에는(그런 농부는 물론 없지만), 화가 나서 머리를 마구 흩뜨린 상대방이 잘라낸 회색 포플러 가로수나 밀레의 위대한 혼이 명상에 잠겨 있는 그 골의 장엄한 평원을 배경으로 선명히 부각되게 하고 나서야 비로소 만족감을 맛보곤 했지.

그런데 나의 마지막 범죄는 크리스마스 때의 범죄였어. 다시 말해서 아담하고 활기에 넘치는 영국의 중류계급적인 범죄, 찰스 디킨스풍의 범죄였지. 장소는 퍼트니 부근에 있는 유서 깊은 중류층의 훌륭한 가정으로, 거기에는 초승달 모양의 마찻길이 있고 안채 옆에는 마구간이 있으며, 2쪽짜리 대문에는 문패가 있고 한 그루 '원숭이나무'가 자라고 있는 집이였어. 여기까지 말하면 그게 어떤 집인지 짐작이 가겠지? 나는 정말로 디킨스의 스타일을 모방한 내 방법이 교묘하고 문학적인 것이었다고 생각하고 있어. 바로 그날 밤에 회개해버린 것이 안타까울 정도야."

여기까지 말을 한 뒤 플램보는 내부에서 본 자로서 이 하나의 사건을 이야기하기 시작했다. 하지만 이것은 내부에서 봐도 기묘했다. 외부에서 보자면 도무지 이해할 수 없었으며, 게다가 제3자는 외부에서가 아니면 조사를 할 수 없었다. 이 외부의 관점에서 보자면 사건의 막이 열린 것은 마구간이 있는 그 집의 현관문이 '원숭이나무'가 있는 정원을 향해 열리고, 크리스마스 선물을 보내는 날 오후의 모이를 새들에게 주기 위해 한 젊은 아가씨가 빵을 들고 나왔을 때였다고 말할 수 없는 것도 아니다. 아가씨는 아름다운 이목구비에 씩씩한 갈색 눈을 가지고 있었지만 그 몸매는 도저히 가늠을 할 수가 없었다. 왜냐하면 갈색 모피로 몸을 완전히 감싸고 있어서 어느 것이 머리카락이고 어느 것이 모피인지 구분이 되지 않을 정도였기 때문이다. 그 사랑스러운 얼굴이 보이지 않았다면 아장아장 걷고 있는 새끼 곰으로 보였을 것이다.

겨울의 오후가 저물려고 점점 검붉은 빛을 띠기 시작했으며, 벌써부터 붉은색 빛이 꽃도 없는 화단 위에서 흔들려 비유적으로 말하자면 죽어 문드러진 장미의 망령으로 화단을 가득 채우고 있었다. 안채 한쪽 옆으로는 마구간이 있고, 그 반대편에는 뒤쪽의 더 넓은 정원으로 통하는 월계수 나무로 뒤덮인 통로가 있었다. 젊은 여자는 새들에게 빵을 던져준 뒤(모이를 주는 것은 그날 이것으로 네 번째인가 다섯 번째였다. 개들이 먹어치우기 때문이었다), 얌전하게 월계수 오솔길을 지나 상록수가 빛을 받아 반짝이고 있는 뒤뜰로 들어갔다. 그런데 그 순간, 정말 놀란 것인지 아니면 적당히 놀란 척해 보인 것인지, 어쨌든 커다란 울림의 목소리를 내며 우뚝 솟아 있는 정원의 담과, 그 위에 비현실적인 모습으로 걸터앉아 있는 비현실적인 사람의 모습을 바라보았다.

"뛰어내리지 말아요, 크룩 씨." 젊은 여자가 얼마간 불안한 목소리로 말했다. "너무 높아요."

천마에 걸터앉아 있는 것처럼 담 위에 올라앉은 것은 키가 크고 마른 젊은이로, 머리빗처럼 곤두선 검은 머리카락 밑으로는 지적이고 눈에 띌 만큼의 얼굴이 있었으나, 얼굴색은 누른빛이어서 외국인인 것처럼 보였다. 그 모습이 더욱 눈에 띄는 것은 젊은이가 요란스러울 정도의 새빨간 넥타이를 매고 있었기 때문인데, 그 넥타이로 말할 것 같으면 본인이 자신의 복장 가운데서 유일하게 신경을 쓰는 부분이었다. 아마도 그것은 심벌이리라. 청년은 아가씨의 초조한 탄원에는 귀를 기울이지 않고, 다리가 부러질지도 모를 높이에서 아가씨 옆의 지면을 향해 메뚜기처럼 뛰어내렸다.

"아무래도 내게는 강도로서의 소질이 있는 것 같아." 청년이 차분하기 짝이 없는 목소리로 말했다. "그래서 말인데 만약 내가 우연히도 이 옆집에서 태어나지 않았다면 틀림없이 강도가 되었을 거야. 강도가 되었다고 해서 특별히 나쁠 건 없을 테지만."

"무슨 소릴 하는 거예요!"라고 아가씨가 나무랐다.

"하지만 만약 내가 담장의 잘못된 쪽에서 태어났다면, 담을 넘어도 상관없지 않겠어?"라고 청년.

"당신은 다음에 무슨 말을 할지, 무슨 짓을 할지 전혀 예상도 할 수가 없어요."라고 아가씨.

"나 역시도 모를 때가 자주 있어."라고 크룩 씨가 맞받아쳤다. "어쨌든 나는 이것으로 마침내 담의 올바른 쪽으로 온 셈이야."

"올바른 쪽이라니, 어떤 쪽이죠?"라고 미소 지으며 젊은 여자가 물었다.

"어느 쪽이 됐든, 네가 있는 쪽이지."라고 크룩이라는 이름의 사내가 말했다.

두 사람이 월계수 오솔길을 따라 앞뜰 쪽으로 나란히 걷고 있자니, 자동차 경적이 3번, 1번 들려올 때마다 빠르게 가까이로 다가오며 울리는 것을 들었는데, 곧 아주 우아한 연녹색 자동차 한 대가 멋진 속도로 나타나서는 새처럼 현관 앞까지 달려가 차체를 부르르 떨며 멈춰섰다.

"어서 오십시오, 잘 오셨습니다."라고 빨간 넥타이의 청년이 말했다. "저 정도라면 틀림없이 올바른 쪽에 태어난 사람이야. 당신의 산타클로스가 저렇게 현대적일 줄은 꿈에도 생각지 못했습니다, 애덤스 양."

"어머, 저건 저의 대부이신 레오폴드 피셔 경이에요. 선물을 주는 날이면 언제나 오세요."

이렇게 말한 뒤 무심결에 잠시 말을 끊었는데 그 때문에 본인이 그다지 흥미를 가지고 있지 않다는 사실이 자연스럽게 폭로되었다. 그런 다음 루비 애덤스 양은 이렇게 덧붙였다.

"아주 친절하신 분."

신문기자인 존 크룩은 마을의 저명한 거물인 이 레오폴드에 대해서 들어 이미 알고 있었다. 그에 반해서 그 거물이 크룩이라는 사내에 대해 들어본 적이 없었다 할지라도 그건 어쩔 수 없는 일이리라. 신문 『클라리온』, 『신시대』에 실린 어떤 기사에서 레오폴드 경을 심하게 비난한 적이 있었던 것이다. 그러나 크룩은 아무런 말도 하지 않고 꽤나 손이 가는 짐 내리기 작업을 뚱한 표정으로 지켜보았다. 녹색 옷을 말끔히 차려입은 커다란 몸집의 운전수가 운전석에서 모습을 드러냈고, 뒷좌석에서는 회색 옷을 입은 조그만 체구에 단정한 차림의 하인이 나타나더니, 둘이 힘을 합쳐서 레오폴드 경을 현관의 계단 위에 안치한 뒤, 마치 취급주의 딱지가 붙은 소포라도 풀듯 경을 풀기 시작했다. 바자회를 한 번 열 수 있지 않을까 여겨질 정도의 무릎 덮개, 산 하나에 살고 있는 온갖 동물들의 모피, 무지개에 포함되어 있는 모든 색으로 물들어 있는 스카프, 이러한 것들이 하나, 또 하나 벗겨져나가더니 마침내 간신히 인간다운 모습을 한 것이 보이기 시작했다. 그것은 친숙하면서도 외국인과도 같은 풍모를 가진 노신사였는데, 회색 염소수염을 기르고 있었으며 생글생글 미소 짓는 얼굴로 커다란 가죽 장갑을 비비고 있었다.

경의 모습이 아직 완전히 드러나기 전부터 현관의 문이 양쪽으로 열리더니 애덤스 대령(그 모피를 입은 아가씨의 아버지)이 저명한 손님을 맞아들이기 위해서 일부러 밖까지 나와 있었다. 대령은 키가 크고 거뭇하게 탄 얼굴의 말이 없는 사내로 터키모자와 비슷한 빨간 흡연 모자를 쓰고 있었는데 그 때문에 이집트에 주둔하고 있는 영국군의 사령관이나 터키의 왕처럼 보였다. 대령의 옆에는 얼마 전에 캐나다에서 온 처남이 서 있었다. 그는 몸집이 크고 상당히 떠들썩한 젊은 호농이었는데 이름을 제임스 블라운트라고 했다. 거기에 한 사람 더, 근처 로마 가톨릭 교회의 신부도 함께 있었는데 그 신통치 않은 모습으로 말할 것 같으면, 제임스보다 한 수 위라고 여겨질 만큼 지독한 것이었다. 세상을 떠난 대령의 부인이 가톨릭 신자였기에 누구나 그렇듯 그 자녀들도 어머니를 배우도록 교육받은 것이었다. 이 신부는 하나에서부터 열까지 신통치 않은 모습이었으며, 브라운이라는 이름에 이르기까지 칙칙하기 짝이 없는 것이었다. 그래도 대령은 언제나 이 신부에게서 왠지 모를 친밀함을 느꼈기에, 이때와 같은 가족모임에 곧잘 초대하곤 했다.

이 집의 커다란 현관홀에는 레오폴드 경의 몸을 수용할 수 있는 여지는 물론, 그의 외피를 벗어버리기에도 충분한 공간이 있었다. 이곳의 차를 대는 현관 입구와 현관의 넓이는 집 전체의 크기와는 어울리지 않을 정도로 넓어서, 굳이 말하자면 한쪽 끝에 현관이 있고 다른 한쪽 끝에 계단을 오르는 입구가 있는 하나의 커다란 홀을 형성하고 있었다. 이곳의 커다란 난로 앞에서(난로 위에는 대령의 검이 걸려 있다) 예의 작업이 완료되자, 얼굴을 찌푸리고 있는 크룩을 포함한 모든 사람들이 레오폴드 경에게 소개되었다. 그런데 정작 지체 높으신 금융업자 나리는 빳빳하게 줄이 잡힌 옷의 곳곳을 여전히 손으로 더듬고 있었다. 그러다 간신히 연미복의 깊숙한 곳에 있는 주머니에서 검은 달걀 모양의 케이스를 꺼내, 이게 대녀(代女)에게 주는 크리스마스 선물이라고 얼굴을 반짝이며 설명했다. 노골적으로 자랑하려는 듯한, 그러나 왠지 미워할 수 없는 얼굴로 경이 케이스를 모두의 앞으로 내밀었다. 손가락으로 살짝 건드리자 휙 뚜껑이 열려 모두의 눈을 놀라게 했다. 마치 수정의 분수가 모두의 눈에 포말을 뿌리고 있는 듯했다. 들여다보니 오렌지색 벨벳 속에 달걀처럼 생긴 것이 3개 놓여 있었는데, 그것은 주위 일대의 공기를 불타오르게 할 것처럼 보이는 3개의 희고 한없이 맑은 다이아몬드였다. 피셔는 커다란 은인이라도 되는 양 상냥한 미소를 지으며 아가씨가 깜짝 놀란 표정으로 황홀해하는 모습과, 대령이 웃음기 없는 얼굴로 칭찬하기도 하고 무뚝뚝하게 감사의 인사를 하기도 하는 모습과, 자리에 있던 사람 모두가 발하는 찬탄의 목소리를 마음껏 맛보고 있었다.

"그만 넣어두기로 하지."라고 말한 뒤 피셔는 케이스를 연미복의 주머니에 넣었다. "오는 동안에도 조심하지 않을 수 없었어. 이건 아프리카산의 유명한 보석으로 너무 자주 도난 당했기에 '날아다니는 별'이라 불리고 있어. 범죄계의 거물들도 모두 이걸 노리고 있지만, 거리나 호텔에서 어슬렁거리고 있는 불한당들 역시 손을 내밀지 않고는 견딜 수 없을 거야. 여기에 오는 동안에도 분실하지 말라는 법은 없었어. 충분히 있을 수 있는 일이지."

"당연한 일일 겁니다."라고 빨간 넥타이를 맨 남자가 약간 거칠게 말했다. "그들이 이걸 훔쳤다고 해도 저는 그들을 나쁜 놈들이라고는 생각지 않을 겁니다. 녀석들이 빵을 구걸하고 있는데 당신이 돌멩이 하나 주지 않는다면 녀석들은 스스로 이 돌을 빼앗아도 상관없을 겁니다."

"그런 식으로 말하지 마세요."라고 아가씨가 외쳤다. 그녀는 이상할 정도로 뺨이 붉게 물들어 있었다. "당신이 그런 식으로 말하게 된 건, 당신이 그 뭐라고 하는 무서운 것이 된 다음부터에요. 제가 무얼 말하는지 알고 계시잖아요. 굴뚝청소부를 끌어안고 싶어 하는 사람을 뭐라고 했었죠?"

"성자라고 합니다."라고 브라운 신부가 말했다.

"내 생각에," 사람들을 얕잡아보는 듯한 미소를 지으며 레오폴드 경이 말했다. "루비가 말하고 싶어 하는 것은 사회주의자인 듯하군."

"급진파(radical)라는 건 무(radishes)를 먹고 살아가는 사내를 말하는 게 아닙니다." 조금은 참을 수 없다는 듯한 투로 크룩이 말했다. "또한 보수파라는 건, 잼을 보존해두는 사내라는 의미가 아니지 않습니까? 그와 마찬가지로 사회주의자라는 건 굴뚝청소부와 담소를 나누며 하룻밤을 보내고 싶어 하는 사내를 말하는 게 아닙니다. 사회주의자란 모든 집의 굴뚝이 똑같이 청소되고 모든 굴뚝청소부들이 그 보수를 받게 되기를 바라는 사람을 말합니다."

"그렇다면 사회주의자는 사람이 자신의 그을음을 소유하는 것을 용납하지 않는다는 말인가요?"라고 조그만 목소리로 신부가 껴들었다.

크룩이 흥미롭다는 듯한, 존경의 빛마저 섞인 눈으로 신부를 바라보았다.

"그을음을 자신의 것으로 삼고 싶어 하는 사람도 있나요?"라고 크룩이 물었다.

"아주 없다고도 할 수 없을 겁니다."라고 생각에 잠긴 듯한 눈빛으로 브라운 씨가 대답했다. "정원사가 그을음을 사용한다는 말을 분명히 들은 적이 있고, 또 저는 어떤 크리스마스의 모임에 마술사가 오지 않았기에 그을음만을 사용해서 여섯 명의 아이들을 기쁘게 해준 적도 있었습니다, 얼굴에 발라서 말입니다."

"어머, 멋져라." 루비가 외쳤다. "여기에 모인 사람들도 한번 해보면 좋겠네요."

활기찬 성격의 캐나다인 블라운트 씨가 선천적으로 커다란 목소리를 높여 이 이야기를 칭찬하고, 가슴이 덜컥 내려앉은 금융업자가 (그것을 타박하려고) 역시 커다란 목소리를 내기 시작했을 때였다. 양쪽으로 열게 되어 있는 현관문에서 노크 소리가 들려왔다. 신부가 문을 열자 상록수와 '원숭이나무'와 그 외의 여러 가지 식물이 자라고 있는 앞뜰의 광경이 호화로운 자줏빛으로 물든 서쪽 하늘을 배경 삼아 점점 내려앉는 땅거미 속으로 보였다. 액자에 담긴 것 같은 이 풍경이 연극의 배경과 똑같은 선명함으로 보기 드문 광경을 연출했기에 사람들은 눈에 잘 띄지 않는 모습으로 문가에 서 있는 한 그림자를 한동안 잊고 있었다. 그 사내는 먼지투성이 얼굴에 닳고 닳은 옷을 입고 있었는데 틀림없이 어디서나 흔히 볼 수 있는 메신저보이였다.

"여러분 가운데 블라운트 씨라는 분 계십니까?"라고 그 사내가 말한 뒤, 반신반의하는 듯한 모습으로 편지 한 통을 내밀었다. 블라운트 씨가 성큼성큼 걸어가 내가 블라운트라고 커다란 목소리로 외치며 발걸음을 멈췄다. 놀라는 표정을 그대로 드러내며 봉투를 찢듯 열어서 편지를 읽었다. 얼굴이 약간 흐려지는가 싶더니 곧 다시 밝은 표정으로 돌아와 그는 매형이자 주인공인 대령을 돌아보았다.

"이렇게 폐를 끼치는 건 참으로 죄송한 일입니다만, 대령." 식민지에서 자란 사람다운 쾌활함으로 블라운트 씨가 말했다. "사실은 저의 오랜 지인이 할 얘기가 있어서 오늘 밤 여기로 저를 찾아오겠다고 하는데, 괜찮으시겠습니까? 솔직히 말씀드리자면 그 남자는 어떤 유명한 프랑스의 곡예사 겸 희극배우인 플로리안입니다. 벌써 수년도 전에 캐나다에서 알게 된 사람입니다만(그 사람은 프랑스계 캐나다인입니다.) 그 사람이 제게 무슨 볼일이 있다고 하는데 무슨 일인지는 전혀 모르겠습니다.”

 “물론 괜찮고말고.” 대령이 대수롭지 않다는 듯 대답했다. “자네 친구라면 누구든 상관없네. 그 사람은 틀림없이 뜻밖에도 좋은 사람일 거야.”

 “네, 그렇습니다. 그 사람이라면 얼굴을 그을음으로 새카맣게 칠하고도 남을 겁니다.”라고 웃음 섞인 목소리로 블라운트가 외쳤다. “상대가 누가 됐든 그 사람의 눈을 새카맣게 만드는 일도 틀림없이 해낼 겁니다. 저는 그런 것 아무렇지도 않습니다. 어차피 품위 있는 사람이 아니니. 저는 예전의 유쾌한 팬터마임을 좋아합니다. 배우가 실크해트를 엉덩이로 깔고 앉거나 하는 팬터마임을.”

 “내 실크해트는 사양하겠네.”라고 레오폴드 피셔 경이 위엄 있는 목소리로 말했다.

 “자, 자.”라고 가벼운 말투로 크룩이 껴들었다. “논쟁은 그만두기로 합시다. 실크해트를 엉덩이로 깔고 앉는 것보다 더 저급한 광대도 있으니.”

 걸핏하면 파괴적인 의견을 피력하고, 자신의 대녀인 미녀와 아주 친하게 지내고 있다는 사실을 한눈에 알아볼 수 있는 빨간 넥타이의 청년에 대해서 불편한 마음을 느끼고 있던 피셔가, 특유의 비아냥거림과 대부로서의 마음을 가득 담아 말했다. “그렇다면 자네는 실크해트를 엉덩이로 깔고 앉는 것보다 훨씬 더 저급한 것을 알고 있는 모양이군. 그건 대체 어떤 것인가?”

"실크해트를 머리에 얹는 것입니다, 그 예를 한 가지 들자면."이라고 사회주의자가 말했다.

"자, 자, 자."라고 캐나다의 농업가가 야생에서 생활하는 사람다운 마음의 여유를 내보이며 외쳤다. "즐거운 밤을 망치는 일은 그만두기로 합시다. 그러지 말고 오늘 밤에는 이 모임을 위해서 무엇인가를 한번 해봅시다. 얼굴을 새카맣게 칠하기도 하고, 모자를 엉덩이로 깔고 앉기도 하는 게 싫다면 할 필요는 없지만, 어쨌든 그런 비슷한 걸 뭔가 해보지 않으시겠습니까? 예를 들어서 오래 전부터 내려온 영국 특유의 팬터마임 같은 건 어떻겠습니까? 광대나 콜럼바인 같은 게 등장하는 영국 특유의 것을! 저는 12살에 영국을 떠날 때 그것을 봤는데, 이후로 그 인상이 마치 모닥불처럼 제 머릿속에서 불타오르고 있었습니다. 그런데 몇 년 전에 모국으로 돌아와 보니 그건 벌써 사라지고 없지 않겠습니까? 구슬픈 옛날이야기 같은 극만이 성행하고 있을 뿐입니다. 저는 불에 탄 부지깽이와 경찰이 소시지가 되어버리는 걸 보고 싶어서 몸이 근질근질한데, 그들이 보여주는 건 달빛을 받으며 잔소리를 하는 공주님이네, 파랑새네 하는 것들뿐입니다. 파랑새보다 파란 수염이 제게는 훨씬 더 재미있습니다. 특히 파란 수염이 늙은 광대 판탈롱이 되는 대목은 최고입니다."

"경찰을 소시지로 만들어버리는 건 저도 찬성입니다."라고 존 크룩이 말했다. "이게 아까 것보다 훨씬 더 뛰어난 사회주의에 대한 정의야. 그야 어찌됐든 도구를 갖추기란 그리 쉬운 일이 아니겠지요?"

"천만에요."라고 완전히 흥에 취한 블라운트가 외쳤다. "우리들이 하려는 것이야말로 가장 빨리 할 수 있는 것입니다. 그 이유는 2가지입니다. 먼저 첫 번째로 몸짓이나 동작을 제한 없이 할 수 있다는 점, 두 번째로 모든 도구를 집 안에 있는 것들 가운데서 구할 수 있다는 점. 테이블이나 수건걸이나 세탁바구니 등과 같은 것이면 충분합니다."

"정말 그렇군요."라고 크룩이 힘차게 고개를 끄덕이고 이리저리 걸어다니며 일단 상대방의 말을 인정했다. "그렇지만 저의 경찰 의상이 없지 않습니까? 요즘에는 경찰을 한 명도 죽이지 않았습니다."

블라운트가 잠시 얼굴을 찡그린 채 생각에 잠겨 있다가, 곧 묘수가 떠올랐다는 듯 무릎을 쳤다.

"아니, 걱정할 것 없습니다!"라고 블라운트가 외쳤다. "이 편지 덕분에 플로리안의 주소를 알게 되지 않았습니까? 그 사람은 런던 안의 의상실을 전부 알고 있습니다. 오는 김에 경찰복을 한 벌 가져다 달라고 전화를 하면 될 겁니다." 이렇게 말했는가 싶더니 그는 자리에서 벌떡 일어나 전화기가 있는 쪽으로 가버렸다.

"정말 멋진 일이에요, 대부님."하고 루비가 춤이라도 출 듯한 모습으로 외쳤다. "저는 콜럼바인, 당신은 판탈롱이 되는 거예요."

상대방인 백만장자가 이른바 이교도적인 엄숙함을 나타내며 몸을 긴장시켰다.

"얘야, 판탈롱은 누군가 다른 사람에게 부탁하기로 하자."라고 그가 말했다.

"판탈롱은 제가 맡기로 하겠습니다."라고 애덤스 대령이 입에서 시가를 떼고 말했는데 대령이 입을 연 것은 전에도, 후에도 이때뿐이었다.

"아주 볼 만할 겁니다." 이렇게 외친 캐나다인이 얼굴 가득 웃음을 지으며 전화기에서 돌아왔다. "이것으로 배우가 다 모였습니다. 크룩 군은 광대역입니다. 신문기자로 전부터 내려오는 해학을 잘 알고 있을 테니. 저는 할리퀸(판탈롱의 하인으로 콜럼바인의 애인)이라면 할 수 있을 것 같습니다. 그저 긴 다리로 뛰어다니기만 하면 되니. 전화를 해서 친구인 플로리안이 경찰의 의상을 가지고 오기로 했습니다. 게다가 오는 도중에 그것으로 갈아입고 여기에 등장하겠다고 합니다. 무대로는 이 홀을 쓰면 되고, 관객들은 저 안쪽의 널따란 계단에 몇 줄이고 위로 위로 앉으면 됩니다. 이쪽 편의 현관 문은 배경입니다. 열려 있든 닫혀 있든 도움이 됩니다. 닫혀 있으면 배경은 영국 가정의 실내, 열려 있으면 달빛 아래의 정원인 셈입니다. 모든 것이 마법에 걸린 겁니다."

이렇게 말한 그는 마침 주머니에 들어 있던 당구용 초크를 꺼내 정면의 입구와 계단의 중간쯤 되는 곳, 홀의 한쪽 끝에서부터 다른 쪽 끝까지 선을 그어 각광을 놓을 위치를 표시했다.

이 터무니없는 연극이 대체 어떻게 해서 시간 내에 준비되었는지는 하나의 수수께끼였다. 어쨌든 사람들은 젊음이 집 전체에 넘쳐나고 있을 때면 언제나 볼 수 있는 무모함과 열성적인 마음이 뒤섞인 태도로 거기에 착수했다. 그날 밤, 이 집에서는 젊음이 넘쳐나고 있었던 것이다. 그렇다고 해서 그 젊음을 발산하고 있는 근원인 두 개의 얼굴과 마음이 누구의 것인지를 주위의 모든 사람들이 깨닫고 있었던 것은 아니었다. 부르주아적인 조용한 관습이 이 창의적 고안의 출발점이 되었으나, 이 경우도 예외 없이 고안은 분방한 것이 되어 갔다. 콜럼바인은 객실의 커다란 램프의 갓과 신기할 정도로 꼭 닮아 사람들의 눈길을 끄는 스커트를 입어 매력 넘치는 모습이었으며, 광대와 판탈롱은 요리사에게서 얻어온 식용 가루로 새하얗게 화장을 하고 역시 하녀에게서 가로채온 루주를 빨갛게 마구 발랐다. 이 루주의 기증자는(참된 크리스천 기증자가 모두 그렇듯) 마지막까지 무명이었다. 할리퀸은 일찌감치 시가 상자에서 떼어낸 은박지 의상을 두르고 있었는데 이번에는 찬란한 수정으로 몸을 장식하겠다며 빅토리아 왕조 시대의 오래 된 샹들리에를 부수려 했기에 모두가 그를 간신히 말렸다. 만약 루비가 언젠가의 가장무도회에서 다이아몬드의 여왕으로 분장했을 때 썼던 무언극용 낡은 인조보석을 꺼내오지 않았다면 그는 틀림없이 샹

들리에를 부수고 말았을 것이다. 루비의 외삼촌인 제임스 블라운트의 흥분한 모습은 참으로 굉장한 것이어서 도저히 감당할 수 없을 정도였다. 어린아이 뺨칠 정도였다. 그는 갑자기 브라운 신부의 머리에 종이로 만든 당나귀 머리를 씌웠다. 신부는 인내심 강하게 그것을 끝까지 쓰고 있었는데 가만히 자신의 귀를 움직이는 요령을 발견하기까지 했다. 그리고 블라운트는 뒤이어 종이로 만든 당나귀의 꼬리를 레오폴드 피셔 경의 연미복 끝자락에 달 계획을 세웠다. 그러나 상대방은 이를 찌푸린 얼굴로 물리쳤다.

"외삼촌의 한심한 장난도 도가 지나쳐요."라고 크룩의 어깨에 실로 꿴 소시지를 진지한 얼굴로 막 달아주고 난 루비가 크룩을 향해 외쳤다. "어째서 저렇게 열광하는 걸까요?"

"누가 뭐래도 당신의 상대역이니."라고 크룩. "나는 고릿적 웃음거리를 연기하는 일개 광대역에 지나지 않아."

"당신이 할리퀸이었으면 좋았을 텐데."라고 루비는 말하고 염주 알처럼 꿴 소시지 달기를 마친 손을 떼었다.

브라운 신부는 무대 뒤에서 행해지고 있는 세세한 준비를 전부 알고 있었으며 심지어는 베개를 손봐서 팬터마임에 쓸 아기를 만들어내 갈채를 받기까지 했으나, 이윽고 정면에 있는 객석으로 돌아가 태어나서 처음으로 연극을 보는 어린아이처럼 진지하고 기대에 가득 찬 표정으로 구경꾼들 사이에 섞여 자리를 잡았다. 관객은 친척들과 이 지역에 사는 두어 명의 친구와 하인들뿐으로 극히 적은 수에 불과했다. 여전히 모피의 목깃을 세우고 있는 경의 커다란 몸집이 그 뒤에 있는 땅꼬마 신부의 관람을 적잖이 방해했다. 그러나 이 공연이 잘 보이지 않았다고 해서 신부가 과연 손해를 봤을까 하는 점은 예술에 권위가 있는 소식통의 판정을 기다리지 않으면 안 될 것이다. 팬터마임의 공연 모습은 혼란 그 자체였으나, 그래도 결코 무시할 수는 없는 것이었다. 극에는 시종일관 분방한 즉흥성이 흐르고 있었는데 그것은 주로 광대역인 크룩에게서 흘러나온 것이었다. 크룩은 평소에도 머리가 좋은 사람이었는데 오늘 밤에는 특히 영감을 얻어 비현실적일 정도의 전능함, 세상의 어떤 자보다도 현명한 어리석음을 발휘하기에 이르렀을 정도였다. 이는 어떤 특정한 사람의 얼굴 위에 있는 특별한 표정을 언뜻 읽어낸 젊은 남자가 느끼는 영감에 다름 아니었다. 그는 일단 광대역을 맡기로 되어 있었으나 실제로는 다른 온갖 역할도 도맡아서 작가(이 극에 작가가 있다는 가정하에 하는 말이지만)와 프롬 프터는 물론, 배경화가에서부터 도구담당에 이르기까지 모든 역할을 수행했으며, 특히 그 오케스트라는 눈에 띄는 것이었다. 종횡무진으로 펼쳐지던 극이 일순간 막을 내리자 그는 무대 의상을 입은 채 피아노 앞으로 달려가 익살스럽지만 동시에 지금의 장면에 아주 잘 어울리는 통속곡을 연주하기 시작했다.

이 극의 클라이맥스는 정석대로 무대 안쪽에 해당하는 현관의 문이 휙 양쪽으로 열려 달빛에 비친 아름다운 정원이 보이고, 그와 동시에 경찰로 분장한 그 유명한 직업배우인 플로리안이 등장하는 모습이 아름다운 정원보다 한층 더 인상적으로 보인 순간이었다. 피아노에 앉아 있던 광대가 「펜잔스의 해적」 가운데서 경찰부대의 합창을 연주했다. 하지만 그것도 귀를 때리는 듯한 박수갈채 소리에 지워져 들리지 않을 정도였다. 그 정도로 이 훌륭한 희극배우의 일거수일투족이 절제된 행동 속에서도 경찰의 모습을 참으로 멋들어지고 생생하게 전달해 주었기 때문이었다. 그러자 할리퀸이 경찰에게로 달려들어 헬멧을 쓴 머리를 내리쳤다. 「그 모자는 어디서 났지?」를 연주 중인 피아니스트는 아주 놀랐다는 듯 섬세한 동작으로 두리번두리번 주위를 둘러보았다. 경중경중 뛰고 있던 할리퀸이 다시 경찰을 때렸다. (피아니스트는 「그때 다른 것을 가지고 있었다」를 암시하는 두어 소절을 연주하고 있었다.) 그런 다음 할리퀸은 경찰의 팔 속으로 그대로 뛰어들어 떠나갈 듯한 갈채 속에서 경찰을 집어던져 쓰러뜨린 뒤, 그 위에 걸터앉았다. 지금까지도 퍼트니 부근에서 화젯거리가 되고 있을 정도로 유명한, 죽은 사람의 흉내를 이 기묘한 배우가 연기한 것은 바로 그 순간이었다. 살아 있는 사람이 그 정도로 흐물흐물하게 보일 수 있다니, 거의 믿을 수 없는 일이었다.

운동선수 뺨칠 정도인 할리퀸은 자루라도 다루듯 경찰을 휘둘렀으며, 체조용 곤봉이라도 되는 양 이리저리 구부리기도 하고 내던지기도 했다. 이 모든 것이 광적이고 익살스러운 피아

노곡에 맞춰서 행해졌다. 할리퀸이 이 희극미 넘치는 경찰을 무겁다는 듯 바닥에서 들어 올릴 때 광대는 「너의 꿈에서 일어난다」를 연주했다. 경찰을 등에 업을 때에는 「짐을 짊어지고」가 연주되었으며, 마지막으로 할리퀸이 실제와 똑같이 털썩 소리를 내며 경찰을 내던지자 광란의 피아니스트는 어떤 가사를 흥얼거리며 경쾌한 곡을 기세 좋게 연주했다. 그 가사는 '연애편지를 보냈는데 도중에 떨어뜨리고 말았네.'라는 것이었다고 지금도 사람들은 믿고 있다.

이렇게 해서 정신적 무정부상태가 극에 달했을 무렵, 브라운 신부의 시야는 완전히 막혀버리고 말았다. 앞에 앉아 있던 마을의 거물이 몸을 한껏 펴고 일어나 부산스럽게 모든 주머니에 두 손을 찔러 넣었기 때문이었다. 부스럭거리며 차분하지 못하게 자리에 앉는가 싶더니 다시 일어나 일순 그대로 당장 각광을 뛰어 넘어갈 듯한 모습을 보이다가, 뒤이어 피아노를 치고 있는 광대를 가만히 응시했고, 결국에는 말없이 방에서 뛰쳐나가 버렸다.

그로부터 겨우 몇 분 동안 신부는 아마추어 배우인 할리퀸이, 기절한 모습을 멋지게 연기하고 있는 적의 몸을 뛰어넘으며 익살스럽기는 하지만 꽤나 우아하고 아름다운 춤을 추는 것을 바라보고 있었다. 거칠기는 하지만 생동감 넘치는 연기였는데 춤을 추며 할리퀸은 뒷걸음질로 천천히 현관에서 벗어나 달빛과 정적이 전체를 지배하고 있는 정원으로 나갔다. 각광을 받을 때에는 촌스러울 정도로 번쩍이던 은박지와 인공보석으로 꾸며진 의상이, 맑은 달빛 속에서 춤추며 멀어져감에 따라서 점점 신비로운 은색을 띠기 시작했다. 관객들이 폭포 쏟아지는 소리와 같은 박수를 보내며 무대 가까이로 다가가기 시작했을 때였다. 누군가 아닌 밤중에 홍두깨처럼 브라운의 팔을 두드린 사람이 있었으며, 그와 동시에 대령의 서재로 와달라고 청하는 속삭임이 귓가에 들려왔다.

브라운은 점점 깊어지는 의문을 품은 채 자신을 불러낸 사람의 뒤를 따라 나갔는데, 서재에 들어서 그곳의 엄숙함과 우스꽝스러움이 뒤섞인 광경을 보고서도 그 의문을 씻어내지는 못했다. 거기에 있던 애덤스 대령은 위엄이고 뭐고 아무것도 없는 판탈롱 분장을 한 채 둥근 손잡이가 달린 고래수염을 이마 위로 늘어뜨리고 있었다. 그런데 그 나이 든 눈을 보니 거기에는 놀랍게도 악마의 연회조차 조용하게 만들어버릴 것 같은 비탄의 빛이 깃들어 있지 않겠는가? 레오폴드 피셔 경은 난로 위 선반에 기대어 참으로 중대한 일이라고 말하기라도 하듯, 당황한 기색이 역력했다.

"참으로 난처한 일이 벌어졌습니다, 브라운 신부님."하고 애덤스가 말했다. "사실은 오늘 오후, 모두가 함께 보았던 그 다이아몬드가 이 분의 연미복 주머니에서 사라진 모양입니다. 그래서 당신이……."

"제가 이분 바로 뒤에 앉아 있었으니……."라고 브라운 신부가 크게 히죽 웃으며 상대방의 말을 보충했다.

"아니, 아니. 그런 의심은 제가 절대로 용납하지 못합니다."
라고 말하며 애덤스 대령은 피셔의 얼굴에 가만히 망설임 없는
시선을 보냈다. 그 눈빛으로 봐서 아무래도 그런 의심이 이미
대화로 오간 듯했다. "제가 바라는 건 단지 당신께서 신사로서
할 수 있는 모든 도움을 주셨으면 하는 것뿐입니다."

"그러니까 주머니 속을 전부 보여달라는 말씀이시죠?"라고
말하고 브라운 신부는 바로 몸을 움직여 돈 7실링과 6펜스,
왕복표 1장, 조그만 은 십자가, 소형 기도서, 그리고 막대 초콜
릿 하나를 꺼내 늘어놓았다.

한동안 신부의 얼굴을 바라보고 있다가 대령이 마침내 말했
다. "사실은 당신의 주머니 속보다 머릿속을 보여주셨으면 합
니다. 제 딸은 당신의 신자 가운데 한 사람입니다만, 그 딸이
요즘……."이라고 말하다 중간에서 끊어버리고 말았다.

"그 아이가 요즘,"이라고 피셔 노인이 커다란 목소리로 말했
다. "방약무인한 사회주의자에게 아버지의 집을 개방했는데,
그 사람은 부자에게서라면 무엇이든 훔치겠다고 공언하고 있
습니다. 이번 일이 그 결과입니다. 그리고 저는 부자입니다.
그것도 누구도 부럽지 않을 정도의 부자입니다."

"제 머릿속을 원하신다면 기꺼이 보여드리겠습니다."라고
브라운 신부가 약간 노곤한 듯한 태도로 말했다. "그 내용물이
얼마나 가치 있는 것인지는 나중에 판단해주시기 바라며, 우선

이 고물과 다를 바 없는 머릿속 주머니에서 가장 먼저 나오는 것은 진심으로 다이아몬드를 훔쳐야겠다고 생각하는 사람들은 사회주의에 대한 이야기 따위 입에 담지 않는다는 사실입니다. 그들은 오히려,"라고 신부가 자못 진지하게 덧붙였다. "사회주의를 비난하지 않을까요?"

두 사람 모두 깜짝 놀라 몸을 움직였다. 신부는 그대로 이야기를 이어나갔다.

"저희는 자세히든 그렇지 않든 여기에 모여 있는 분들 모두를 알고 있습니다. 저 사회주의자 역시 설마 다이아몬드를 훔치는 터무니없는 짓을 할 사람으로는 보이지 않습니다. 주목해야 할 것은 저희가 잘 모르는 오직 한 사람뿐입니다. 즉, 경찰 역할을 맡고 있는 플로리안이라는 사내입니다. 바로 지금, 그 사람은 어디에 있을까요?"

판탈롱으로 분장한 대령이 자리에서 벌떡 일어나 성큼성큼 방 밖으로 걸어 나갔다. 대령이 나간 뒤 일종의 막간과 같은 순간이 찾아왔는데, 그 사이에 백만장자는 신부를 응시했으며 신부는 기도서를 가만히 바라보았다. 잠시 후 판탈롱이 돌아와서 엄숙한 목소리로 더듬더듬 말했다. "경찰은 아직 무대에 쓰러진 채로 있습니다. 막이 6번이나 오르내렸는데 그는 아직도 쓰러진 채로 있습니다."

손에 들고 있던 책을 떨어뜨린 브라운 신부는 머릿속이 엉망진창이 되고 구멍이 뻥 뚫려버린 듯한 표정으로 눈을 부릅뜨고 있었다. 아주 천천히 그 회색 눈으로 한 줄기 광명이 스며들기 시작했다. 그리고 신부는 거의 영문을 알 수 없는 대답을 했다.

"이런 질문을 드려 매우 죄송합니다만, 부인께서 돌아가신 게 언제였습니까?"

"우리 집사람?"이라고 상대인 군인이 눈을 둥그렇게 뜨고 대답했다. "그 사람이 죽은 건 두 달 전입니다. 집사람의 동생인 제임스가 온 건 그로부터 정확히 일주일 뒤였기에 임종을 보지는 못했습니다."

이 말을 들은 꼬마 신부가 총알에 맞은 토끼처럼 벌떡 일어났다. "어서 갑시다!" 평소와 달리 흥분한 목소리였다. "자, 어서! 경찰을 보러 가야 합니다!"

세 사람은 이미 막이 내려진 무대로 달려가 (아주 만족스럽다는 듯 서로에게 속삭이고 있는 듯한) 콜럼바인과 광대 옆을 거칠게 지나쳤다. 브라운 신부가 곧장, 쓰러져 있는 우스꽝스러운 모습의 경찰 위로 몸을 숙였다.

"크로로포름이야." 몸을 일으키며 신부가 말했다. "이제야 어떻게 된 일인지 알 것 같군."

순간 두 사람은 감전된 것처럼 입을 다물고 있었는데, 곧 대령이 느린 어조로 말했다. "이게 대체 어떻게 된 일인지 진지하게 들려주시기 바랍니다."

브라운 신부가 갑자기 커다란 소리로 웃음을 터뜨렸다가 곧 웃음소리를 거둬들였다. 그래도 여전히 우스워서 견딜 수 없다

는 듯한 모습으로 이야기하기 시작했다. "여러분."이라고 간신히 말했다. "천천히 설명을 하고 있을 시간이 없습니다. 범인을 뒤쫓아야 합니다. 그런데 이 경찰을 연기했던 프랑스의 명배우는, 그러니까 할리퀸이 왈츠 상대로 삼기도 하고, 끌어안기도 하고, 집어던지기도 했던 이 멋진 사체의 정체는……." 여기서 다시 목소리가 나오지 않게 되었다. 신부는 몸을 휙 돌려 달려나가려 했다.

"대체 누구입니까?"라고 피셔가 궁금하다는 듯 물었다.

"진짜 경찰입니다."라는 말을 남기고 브라운 신부는 밤의 정원을 향해 달려나가기 시작했다.

잎이 무성하게 우거진 이 정원의 가장 구석진 곳에는 움푹 패인 곳과 나무그늘이 여기저기 있었는데, 그곳은 월계수를 비롯한 여러 종류의 상록관목이 사파이어를 뿌려놓은 것이라 여겨질 정도의 밤하늘과 은빛으로 빛나는 달을 배경으로, 한겨울임에도 남국과 같은 따뜻한 빛을 띠고 있었다. 흔들리는 월계수의 화려한 녹색, 밤하늘의 풍요로운 짙은 보라색, 거대한 수정을 떠오르게 하는 달. 이러한 것들이 분방하다 싶을 정도로 낭만적인 광경을 연출하고 있었다. 그런데 정원의 나무들 꼭대기 부근에 있는 가지 사이를 기어오르는 수상한 모습이 보이지 않겠는가? 낭만적이라기보다는 터무니없이 여겨지는 모습이었다. 머리끝에서부터 발끝까지 온몸이 번쩍번쩍 빛나서, 무수한 달을 몸에 두르고 있는 것 같았다. 진짜 달빛이 사내의 동작

하나하나를 비춰 지금까지 보이지 않았던 사내 몸의 일부를 새로이 불타오르게 했다. 그런데 사내는 몸을 획 돌려서 이쪽 정원의 낮은 나무에서 옆 정원의 흔들리고 있는 커다란 나무로 솜씨 좋게 뛰어 건너가더니 움직임을 멈추고 가만히 있었다. 사내가 움직임을 멈춘 것은 막 건너 뛴 작은 나무 아래로 사람의 그림자가 하나 미끄러지듯 다가와 틀림없이 나무 위의 사내를 불렀기 때문이었다.

"이보게, 플램보."라고 아래서 목소리가 들려왔다. "정말 '날아다니는 별'이 따로 없군. 하지만 '날아다니는 별'의 최후는 '전락한 별'이 될 거야."

은색으로 반짝이는 나무 위의 사람이 월계수 잎 사이로 몸을 내밀었다. 달아날 자신이 있었는지 밑에 있는 조그만 사람의 말에 귀를 기울이기 시작한 것이었다.

"이번에는 다른 때와 달리 일을 아주 잘 처리했더군, 플램보. 애덤스 부인이 돌아가시고 일주일 뒤에 (아마도 파리에서 끊은 표로) 캐나다에서 온 건 멋진 생각이었어. 아무래도 불행을 맞은 직후에는 누구도 이런저런 질문을 던질 기분이 들지 않는 법이니. '날아다니는 별'에 눈독을 들여 피셔가 찾아올 날을 알아낸 건 더 빈틈이 없는 일이었어. 하지만 그 뒤의 행동들은 빈틈이 없을 정도가 아니라 정말 천재적이었어. 네게 있어서 그 보석을 훔치는 일 따위 식은 죽 먹기였겠지. 너의 빠른 손놀림이라면 굳이 피셔의 윗도리에 종이로 만든 당나귀 꼬리를 붙이겠다는 핑계를 대지 않았어도 얼마든지 다른 방법이 있었을 거야. 그 방법이야 어찌 됐든 다른 점에 있어서는 지금까지의 너보다 훨씬 더 뛰어난 방법이었어."

녹색 나뭇잎 사이에 있는 은색 인물은 최면술에라도 걸린 것처럼 움직이려 하지 않았다. 등을 돌려 달아나려면 별 어려움 없이 달아날 수 있을 텐데도 가만히 아래에 있는 남자를 바라보기만 할 뿐이었다.

"그래, 맞아."라고 아래에 있는 남자가 말했다. "나는 모든 사실을 알고 있어. 네가 그 팬터마임을 억지로 꾸며냈을 뿐만 아니라, 그걸 2가지 목적에 이용했다는 사실도 알고 있어. 넌, 처음에는 보석을 몰래 훔칠 생각이었어. 그런데 그때 동료 가운데 한 명이 편지를 들고 와서, 네게 의심을 품은 사람이 있어서 실력 좋은 경찰이 한 사람 오늘 밤 너를 잡으러 올 거라고 전했어. 평범한 도둑이라면 그 소식을 듣고 이 경고 덕분에 목숨을 건졌다는 듯 얼른 도망쳤을 테지만, 너는 역시 시인이야. 그때 너는 이미 무대의상에 단 수많은 모조보석 속에 그 보석을 숨겨야겠다고 빈틈없이 계획을 세웠는데, 문득 그 의상이 할리퀸의 의상이라면 거기에 경찰이 등장하는 것은 아주 당연하고 어울리는 일이라는 사실을 깨달았어. 그렇게 해서 그 유능한 경찰 나리는 너를 찾아내려고 퍼트니 경찰서에서 와서, 전대미문의 기묘한 덫 속으로 멋도 모르고 뛰어들게 된 거야. 현관의 문이 열림과 동시에 경찰 나리는 갑자기 크리스마스의 무언극 무대에 발을 들여놓게 된 셈인데, 거기서 그는 춤을 추고 있는 할리 퀸에게 발로 걷어차이고 몽둥이로 두들겨 맞고 기절하고 마취약을 맡게 되었어. 게다가 퍼트니에서도 가장 훌륭한 사람들이 커다란 소리로 웃음을 터트리고 있는 중에 당한 거야. 이거 참, 이렇게 멋진 장면은 두 번 다시 만들 수 없을 거야. 그건 그렇고, 그 다이아몬드를 이제는 돌려줘도 되지 않겠는가?"

좌우로 흔들리며 반짝이는 사람의 모습이 올라서 있는 녹색 가지가 깜짝 놀란 것처럼 바스락바스락 소리를 냈다. 그래도 밑에서의 목소리는 계속되었다.

"돌려줬으면 해, 플램보. 그리고 이런 생활에서 손을 씻었으면 해. 네게는 아직 젊음과 명예심과 유머가 있어. 하지만 이런 직업을 가지고 있어서는 그런 것들도 오래 가지는 못할 거야. 인간이란, 선량한 생활이라면 일정한 수준을 유지할 수 있을지 모르겠지만, 나쁜 짓의 일정한 수준을 유지하기란 힘든 법이야. 악한 길은 오직 내리막길일 뿐이지. 친절한 사람이 술주정뱅이가 되면 순간 잔혹해지는 법이야. 정직한 사람이라도 사람을 죽이면 거짓말쟁이가 되어버려. 내가 알고 있는 사람 중에도 마치 너처럼 처음에는 의리가 있는 무뢰한이나 부자만을 상대로 하는 쾌활한 도적이 될 생각으로 시작했지만, 결국에는 온몸을 더럽히게 된 사람들이 헤아릴 수도 없이 많아. 모리스 블럼은 처음에는 신념이 있는 무정부주의자, 빈민의 구세주로 이 길에 발을 들여놓았지만, 결국에는 적과 아군 모두에게 이용당하고 멸시받는 아첨쟁이 스파이 겸 밀고자로 전락하고 말았고, 해리 버크 역시 아주 진지하게 돈을 아낌없이 뿌리는 운동을 스스로 시작했지만 지금은 굶어죽기 직전의 누이에게 들러붙어서 술값을 뜯어내고 있는 형편이고, 앰버 경도 무뢰한 사회에 뛰어들 때에는 기사라도 되는 양했지만 지금은 런던에서도 가장 하등한 사기꾼에게 사기를 당해서 돈을 갚고 있는 형편이야. 바리온 대령은 너보다 한 세대 전의 유명한 신사 강도였지만 그 사람은 '개'와 장물업자에게 배신을 당해 뒤를 쫓기는 공포에 시달리다 비명을 지르며 정신병원에서 죽어갔어. 네 뒤에 있는 숲이 아주 자유로운 천지처럼 보이겠지, 플램보. 네가 몸을 휙 돌리기만 하면 원숭이처럼 숲 속으로 사라져버릴 수 있을 거야. 하지만 너도 언젠가는 회색의 늙은 원숭이가 될 때가 찾아올 거야, 플램보. 그때가 되면 너는 숲 속에 앉아서 싸늘한 마음으로 죽음을 기다리게 될 거야. 나무도 가지도 알몸이 되어 있을 거야."

모든 것이 여전히 정적에 잠겨 있었다. 밑에 있는 조그만 남자가 눈에 보이지 않는 기다란 끈으로 상대방을 나무 위에 묶어놓은 듯했다. 조그만 남자가 말을 이었다.

"너의 내리막길은 벌써 시작됐어. 너는 비열한 짓은 절대 하지 않는다고 곧잘 허세를 부리고 있지만, 오늘 밤에는 비열한 짓을 했어. 너 때문에 한 정직한 젊은이에게 혐의가 걸리고 말 거야. 아니, 벌써 그 사람에게 불리한 증거가 나왔어. 젊은이와 서로 사랑하고 서로 마음을 주고받은 아가씨와의 사이를 네가 갈라놓게 될 거야. 그런데 이대로 가다가는 앞으로 더 비열한 짓을 하게 될 테지."

반짝이는 다이아몬드 3개가 나뭇가지 꼭대기에서 잔디 위로 떨어졌다. 조그만 남자는 몸을 숙여 그것을 주웠다. 다시 한 번 위를 올려다보았을 때 나뭇가지 꼭대기의 초록 바구니는 비어 있었고 그 은색 새의 모습도 보이지 않았다.

하필이면 브라운 신부가 우연히도 보석을 주워 왔기에 그날 밤은 떠나갈 듯한 환호 속에서 막이 내려졌는데, 아주 기분이 좋아진 레오폴드 경은 신부에게 '자신은 좀 더 시야가 넓은 사고를 가지고 있지만, 신앙상 이 속된 사회에서 벗어나 세상의 일은 아무것도 모르는 채로 살아가는 사람들을 존경할 수는 있을 것 같다.'고 말하기까지 했다.

보이지 않는 사내
The Invisible Man

길버트 키스 체스터턴
Gilbert Keith Chesterton

브라운 신부
Father Brown

길버트 키스 체스터턴(Gilbert Keith Chesterton)

영국의 작가, 비평가, 시인, 수필가. 런던 켄싱턴에서 태어났다. 세인트 폴 스쿨에 다닌 뒤, 슬레이드 미술학교에서 공부했다. 그는 다양한 저널리즘, 철학, 시, 전기, 신앙적 작품, 판타지와 탐정소설 등을 다작했다. 재기발랄하고 독창적인 역설들을 잘 사용했기에 '역설의 대가'라는 칭호를 얻었으며, 호탕한 성격과 육중한 체구의 소유자로도 유명하다. 특히 추리소설로 유명한데 브라운 신부 시리즈는 탐정소설의 고전으로 널리 알려져 있다.

캠던 타운의 한 구역, 2개의 언덕길이 교차하는 모퉁이에 위치한 과자점이 푸르고 차가운 황혼 속에서 담뱃불처럼 희미하게 반짝이고 있었다. 사람에 따라서는 불꽃의 끝과 같다고 할지도 모르겠다. 복잡하게 뒤얽힌 여러 가지 색채가 수많은 거울에 어지러이 반사되어, 화사하게 반짝이는 무수한 케이크와 사탕 위에서 춤을 추고 있었기 때문이었다. 이 불타오르는 듯한 진열창에는 부랑아들의 코가 찰싹 달라붙어 있었는데 그것은 초콜릿의 빨강, 파랑, 금색 포장지가 내용물보다 더 맛있어 보였기 때문이며, 진열창에 장식해놓은 크고 새하얀 웨딩케이크가, 북극 전체를 먹을 수 있는 과자라고 가정한다면 그런 것처럼, 도저히 손에 닿지는 않으면서도 배가 터질 정도로 마음껏 즐길 수 있을 것 같은 물건이었기 때문이었다. 이들 무지개처럼 색채로 넘쳐나 사람의 마음을 사로잡는 과자점의 진열창에는 당연히 동네의 열두어 살쯤 되는 아이들을 빨아들이는 힘이 있다. 하지만 이 모퉁이 가게는 훨씬 더 나이 많은 젊은이에게까지도 매력을 느끼게 하는 듯, 스물넷쯤 되어 보이는 한 청년이 그 진열창을 들여다보고 있었다. 이 젊은이에게도 가게는 동화 속 나라 같은 매력을 가지고 있었는데 그것은 반드시 초콜릿 때문만은 아니었다. 그렇다고 해서 청년 역시 초콜릿을 싫어하는 편은 아니었다.

이 청년은 키가 크고 빨간 머리에 건장한 체격을 가지고 있었는데, 그 야무진 얼굴에 어울리지 않게 피로에 지친 듯한 사내였다. 옆구리에는 펜으로 그린 스케치가 담긴 평평하고 둘로 접게 되어 있는 회색 손가방이 끼워져 있었는데, 사실은 자본주의 경제이론에 반대하는 강연을 한 것이 원인이 되어 사회주의자라는 딱지가 붙게 되었고 삼촌으로부터 의절당한 이후, 이 스케치를 출판사에 팔아 간신히 입에 풀칠을 하고 있었다. 이 청년의 이름은 존 턴불 앵거스였다.

마침내 가게 안으로 발을 들여놓더니 조그만 식당처럼 되어 있는 안쪽 방으로 들어가는 도중에 서빙을 하고 있던 가게의 아가씨에게 말없이 모자를 들어 보였다. 아가씨는 온통 검은색 옷을 입고 있었는데 머리카락과 그 날랜 눈동자도 역시 검은색이었으며, 피부는 복숭앗빛으로 몸놀림이 민첩한, 품위 있는 아가씨였다. 그녀는 적당한 시간을 두었다가 청년의 주문을 받기 위해 안쪽 방으로 들어갔다.

그 주문은 일단 매우 평범한 것이었다. "반 페니짜리 둥근 빵 하나하고 블랙커피 작은 것을 하나 주세요."라고 세세하게 말한 뒤, 아가씨가 아직 그를 보고 있을 때 추가 주문으로 "그리고 나하고 결혼해줬으면 하는데요."

젊은 아가씨가 순간 몸이 굳어지며 말했다. "그런 농담은 용납할 수 없어요."

빨간 머리 청년이 회색 눈을 들었는데 그 표정은 생각과는 달리 매우 진지한 것이었다.

"정말 진심입니다. 진지하게 말하고 있는 겁니다, 반 페니짜리 둥근 빵과 마찬가지로. 돈이 드는 것도 둥근 빵과 다를 바 없군. 게다가 소화가 잘 되지 않는다는 점도 그 빵과 똑같아. 호되게 야단을 맞으니."

검은 옷의 아가씨는 그 검은 눈동자를 한시도 그에게서 떼지 않고 비정하다 싶을 정도로까지 면밀하게 상대방을 바라보며 성에 찰 때까지 음미하더니 희미한 미소를 지으며 의자에 앉았다.

"반 페니짜리 둥근 빵을 이런 식으로 먹어치우는 건 잔혹한 일이라고 생각지 않으시나요?" 앵거스가 들뜬 마음으로 말했다. "어쩌면 1페니짜리 둥근 빵으로 성장할지도 모르는데. 우리가 결혼하고 나면 이런 야만스러운 스포츠는 완전히 그만두기로 합시다."

검은 옷의 아가씨는 의자에서 몸을 일으켜 창가로 걸어갔는데, 태도는 야무진 것이었으나 역시 조금은 마음이 움직인 듯한 모습이었다. 마침내 무엇인가를 결심한 듯 그를 향해 몸을 돌린 아가씨는, 청년이 가게의 진열창에서 여러 종류의 과자를 꺼내 신중한 손놀림으로 테이블 위에 올려놓고 있는 것을 보고 황당함을 느꼈다. 그 가운데는 피라미드 모양의 아름다운 색을 한 과자와 몇 접시나 되는 샌드위치가 있었고, 이런 조그만 식당이라면 어디서나 볼 수 있는 정체불명의 포도주와 셰리 주도 2병 섞여 있었다. 이러한 것들을 멋들어지게 늘어놓은 한가운데에 조금 전까지만 해도 화사하게 진열창을 장식하고 있던, 하얀 설탕으로 뒤덮인 커다란 웨딩케이크가 가만히 놓여 있었다.

"대체 무슨 짓을 하시는 거죠?"라고 아가씨가 물었다.

"의무를 다하고 있는 겁니다, 로라."라고 청년이 허물없이 대답하고 말을 이어가려 했다.

"아아, 그 다음 말은 잠깐 기다려주세요."라고 그녀가 커다란 목소리로 말했다. "그리고 저한테 그런 식으로 말하지 마세요. 그건 대체 뭐죠?"

"축하의 음식입니다, 호프 씨."

"그럼 저건?"하며 아가씨가 설탕 덩어리 같은 높다란 케이크를 가리키며 화가 난다는 듯 말했다.

"결혼식에서 쓰는 케이크입니다, 앵거스 부인."이라고 청년.

가게의 아가씨는 케이크가 있는 곳까지 걸어가더니 그것을 거친 손놀림으로 진열창에 가져다놓은 뒤 바로 되돌아와 테이블에 팔꿈치를 대고 그 젊은 사내를 뚫어져라 바라보았다. 매우 분개한 듯했으나, 그렇게 기분이 나쁜 것 같지는 않았다.

"제게 생각할 시간을 주시지 않으시는군요."라고 그녀가 말했다.

"그 정도로 멍청하지는 않습니다. 그래도 기독교도로서 조심은 하고 있습니다만."이라고 그가 응수했다.

아가씨는 여전히 청년을 바라보고 있었지만, 그 미소의 안쪽으로는 전보다 진지한 표정이 깊어져가고 있었다.

"앵거스 씨, 이런 바보 같은 짓을 계속하기보다는 저 자신에 대해서 가능한 한 간단하게 해두고 싶은 말이 있어요." 야무진 투로 그녀가 말했다.

"경청하겠습니다." 앵거스가 정중하게 대답했다. "그 이야기 가운데는 틀림없이 저와 관계된 문제도 있을 것이라고 생각합니다."

"어쨌든 말씀은 적당히 하시고 얘기를 들어보세요."라고 그녀가 나무랐다. "이건 저의 수치가 되는 얘기도 아니고 후회하고 있는 일도 아니에요. 하지만 당신은 어떻게 생각하시나요? 만약 저와 전혀 관계없는 일 때문에 꿈을 꿀 정도로 시달리고 있다면?"

"그때는,"하고 젊은 사내가 진지한 투로 말했다. "저 케이크를 다시 가져오면 됩니다."

"그 전에 우선은 제 얘기를 들으셔야 해요." 아가씨가 고집스럽게 말했다. "처음부터 말하자면 우리 아버지는 루드베리에서 '붉은 연어'라는 여관을 운영하고 있는데 저는 그곳의 술집에서 손님들에게 서빙을 했어요."

"나는 늘 이상하게 생각했는데,"라고 청년이 말했다. "이 과

자점에 어딘가 기독교적인 분위기가 감돌고 있는 것은 어째서 인지?"

"루드베리는 동부에서도 산이 깊은 분지인데 아주 따분하기 짝이 없는 곳이에요. 따라서 '붉은 연어'에 오는 사람들이라고 는 가끔 모습을 드러내는 행상인을 제외하면, 하나같이 당신이 보시면 소름이 돋을 것만 같은 사람들뿐이에요. 당신은 절대로 본 적이 없을 만한 사람들이에요. 그러니까 키가 작고 게으른 사람들인데 먹고사는 데는 문제가 없지만 아무것도 하는 일이 없어서 늘 술집에 똬리를 틀고 앉아 경마로 도박을 하는 인간들 이에요. 게다가 입고 있는 것도 역시 촌스럽기 짝이 없는 양복 인데 그것조차 그 사람들에게는 아까울 정도였어요. 이런 불쾌 하고 돼먹지 않은 젊은이라 할지라도 늘 저희 집에 눌러앉아 있었던 건 아니에요. 그런데 딱 2사람, 너무 자주 온다 싶을 정도로 늘 오는 사람들이 있었어요. 닮은 구석이 아주 많은 사람들로 두 사람 모두 자신의 돈으로 생활하고 있었고 하나같 이 몸서리 쳐질 정도로 게으름뱅이에 굉장히 멋을 부리는 사람 들이였어요. 하지만 저는 그 사람들을 아주 조금 동정했어요. 왜냐하면 우리 집처럼 초라하고 작은 술집에 가만히 찾아오다 니, 두 사람 모두 얼마간은 장애가 있었기 때문일 거예요. 시골 에는 그런 것을 비웃는 사람들이 있어요. 두 사람 모두 정말로 장애가 있는 건 아니었지만, 그래도 평범하다고는 전혀 말할 수 없었어요. 한 사람은 깜짝 놀랄 정도로 키가 작았어요. 난쟁이라고까지는 할 수 없었지만 경마의 기수 같았어요. 생긴 건 전혀 기수 같지 않았지만. 둥글고 검은 머리에 깔끔하게 손질한 검은 턱수염을 기르고 새처럼 밝은 눈을 가지고 있었어요. 주머니 속에서 돈을 짤랑거리기도 하고 커다란 금시계의 줄을 보란 듯이 얼핏얼핏 내비치기도 했어요. 가게에 올 때면 언제나 지나치게 멋을 부려서 도저히 신사라고는 여겨지지 않을 정도의 차림새였어요. 그 사람은 약도 독도 되지 않는 사람이었지만 바보는 아니었어요. 전혀 도움이 되지 않는 일에 관해서는 아주 기묘할 정도로 머리가 잘 돌아갔어요. 즉흥 마술을 할 때면 15개의 성냥을 마치 불꽃놀이처럼 차례차례로 발화시키기도 하고, 바나나를 잘라 무희의 인형을 만들기도 했어요. 이름은 이지도어 스마이스인데 저는 지금도 카운터로 다가와 시가 다섯 개비로 캥거루가 뛰는 모습을 만들어 보이던 그 사람의 작고 거뭇한 얼굴이 눈에 어른거려요.

다른 한 사람은 훨씬 더 얌전하고 평범한 사람이었어요. 그런데도 어떻게 된 일인지 제게는 그 작은 사내인 스마이스보다 이 사람이 더 무서웠어요. 이 사람은 키도 크고 늘씬한 데다 머리카락도 밝은 색이었고 코도 오똑해서 일단은 환상의 미남이라고 해도 좋을 정도였어요. 단, 섬뜩할 정도로 심한 사팔뜨기여서, 전 지금까지 그런 사람 본 적도 들은 적도 없었어요. 그 사람이 똑바로 쳐다보면 어디를 보고 있는 건지 짐작이 되지 않는 건 어쩔 수 없는 일이라 해도, 제가 어디에 있는 건지조차 알 수 없게 되어버려요. 일종의 불구라고도 할 수 있는 이 사람은 꽤나 비참한 심정이었겠지요. 스마이스는 장소를 가리지 않고 여러 가지 마술을 펼쳐 보였지만 제임스 웰킨(사팔뜨기 사내의 이름이에요)은 술집에서 들이붓듯 술을 마시거나 혼자서 잿빛으로 뒤덮인 평탄한 토지를 멀리까지 여기저기 돌아다니는 것 외에 아무것도 하지 않았어요. 그와 마찬가지로 스마이스 씨도 몸이 아주 작다는 사실이 늘 마음에 걸렸을 테지만 그 사람은 훨씬 더 세련된 방법으로 그것을 숨기고 있었어요. 그런데 같은 주에 두 사람이 동시에 청혼을 해왔을 때는 정말 난처하기 짝이 없었어요.

그랬기에 나중에 생각해보니 쓸데없는 짓을 했다 싶기도 한데, 아무리 정상이 아니라고는 하지만 제 친구라고 해도 좋을 사람들이었고, 또 두 사람 모두 아주 추하기 때문에 싫다고 솔직하게 이유를 말하면 그 두 사람이 어떻게 생각할지, 그것도 무서웠어요. 그래서 저는 다른 구실을 만들었어요. 세상에 나가서 자신의 힘으로 성공한 사람이 아니면 결혼하고 싶은 마음이 없다고. 당신들처럼 상속한 돈으로 살아가는 것은 제 주의에 반하는 것이라고 말했어요. 제가 이렇게 그럴 듯한 말을 한 지 이틀 뒤에 아주 귀찮은 일이 시작되었어요. 가장 먼저 제 귀에 들어온 것은 두 사람 모두 한심한 옛날얘기의 주인공이라도 된 양 보물을 찾으러 나섰다는 얘기였어요.

그래요, 오늘까지 그 누구와도 만나지 못했어요. 하지만 스마이스라는 작은 사내에게서는 2통의 편지를 받았어요. 2통 모두 꽤나 가슴 설레는 편지였어요."

"다른 한 사람에게서는 연락이 없었나요?"라고 앵거스가 물었다.

"한 통도 오지 않았어요." 아가씨가 잠시 망설이다 이렇게 말했다. "스마이스가 보낸 첫 번째 편지는 웰킨과 함께 런던으로 출발했다는 사실을 알리는 것이었어요. 그런데 도중에 발이 빠른 웰킨을 따라갈 수가 없어 길가에서 잠깐 쉬고 있는데 떠돌이 유랑극단을 우연히 만나게 되었대요. 그 사람은 거의 난쟁이에 가까웠고 실제로 빈틈없는 구석이 있었기에 유랑극단에서 상당한 곳까지 올라간 모양이에요. 그 후에는 아쿠아리움 극장에 나가서 뭔지는 잊어먹었지만 마술을 했다고 해요. 이게 첫 번째 편지였어요. 두 번째 편지는 더욱 뜻밖의 것으로 바로 지난주에 막 받았어요."

앵거스라 불리는 청년은 커피 마시기를 마치고 부드러운 시선으로 여유 있게 상대방을 바라보았다. 그녀는 이야기를 이어 나갔는데 그 입은 웃음 때문에 약간 일그러져 있었다.

"당신도 광고에서 '스마이스의 말이 없는 하인'이라는 것을 본 적이 있으시겠죠? 그렇지 않다면 당신은 틀림없이 그 광고를 본 적이 없는 유일한 사람일 거예요. 저도 잘은 모르겠지만, 그건 집안일 전부를 태엽이 달린 기계로 하는 발명품이에요. 당신도 알고 계시겠지요? '버튼을 누르세요. 술을 한 방울도 마시지 않는 집사'라거나, '핸들을 돌리세요. 절대 추파를 던지지 않는 하녀 10명' 이런 광고를 어딘가에서 본 적이 있으시죠? 이 발명이 어떤 것인지는 모르겠지만 그것으로 한 재산 모을 수 있으며, 그것으로 벌어들이는 돈은 전부 제가 루드베리라는 시골에서 알게 된 그 조그만 사내의 것이 될 거예요. 가엾을 정도로 조그만 사내가 훌륭히 독립하게 된 것은 틀림없이 기뻐해야 할 일이에요. 하지만 솔직히 말해서 저는 지금이라도 그 사람이 나타나, 세상에 나와서 스스로의 힘으로 성공했다고 말하는 게 아닐까 조마조마한 심정이에요. 정말로 그렇게 됐으니까요."

"그런데 다른 한 사람은?" 앵거스가 차분한 투로, 하지만 집요하게 같은 질문을 다시 했다.

로라 호프가 갑자기 일어서며 말했다.

"바로 그거예요. 당신 혹시 마법사? 그래요 당신 말대로예요. 다른 한 사람은 엽서 한 장 보내오지 않았기에 무엇을 하고 있는지, 어디에 있는지, 마치 죽어버린 사람처럼 소식이 없어요. 하지만 제가 두려워하고 있는 건 그 사람이에요. 제 길을 가로막고 서서 저를 반쯤 미치게 만든 건 그 사람이에요. 실제로 그 사람 때문에 제 정신이 이상해진 게 아닐까 생각될 정도예요. 그 사람이 있을 리 없는 곳에서 그 사람의 기척을 느끼거나, 그 사람이 이야기하고 있을 리 없는 장소에서 그 사람의 목소리가 들려오는 것 같은 기분이 드니까요."

"그야 어찌됐든," 젊은이가 명랑하게 말했다. "만약 녀석이 악마라 할지라도 당신이 그 사실을 다른 사람에게 말했으니 녀석은 이미 틀렸어요. 사람은 혼자 있을 때라도 머리가 이상해지는 법이에요. 그런데 당신이 우리의 사팔뜨기 선생의 기척을 느끼거나 목소리를 들은 것 같은 기분이 든 것은 언제부터였죠?"

"이렇게 당신의 목소리를 듣고 있는 것처럼 뚜렷하게 제임스 웰킨이 웃는 소리를 들었어요."라고 아가씨가 주장했다. "옆에는 아무도 없었어요. 저는 이 가게 바로 앞에 있는 모퉁이에 서 있었기 때문에 양쪽의 길을 모두 한눈에 볼 수 있었어요. 그때는 이미 그가 어떤 식으로 웃었었는지 잊어버리고 있었지만, 그래도 그 웃음소리는 사팔뜨기 눈과 마찬가지로 평범하지 않았거든요. 그 사람에 대해서는 그 일이 있기 1년도 전에 잊고 있었어요. 그야 어찌됐든 그로부터 겨우 몇 초 뒤에 그의 경쟁 상대로부터 첫 번째 편지가 온 것만은 부정할 수 없는 사실이에요."

"당신은 그 망령에게 무슨 말을 하게 하거나, 비명을 지르게 할 만한 일은 하지 않았나요?" 얼마간 흥미를 느낀 앵거스가 물었다.

로라는 무엇인가 떠오른 듯 몸을 떨었으나, 야무진 어조로 말했다.

"네, 제가 마침 세상에 나가 성공했다는 이지도어 스마이스의 두 번째 편지를 다 읽고 난 바로 그 순간, 웰킨의 목소리가 들려왔어요. '하지만 녀석이 너를 손에 넣게는 하지 않을 거야.'라고요. 마치 그 방에 그 사람이 있는 것처럼 뚜렷하게 들려왔어요. 소름이 돋아요. 저, 정신이 이상해진 거 아닐까요?"

"정말 정신이 이상해진 사람은,"이라고 청년이 말했다. "자신이 정상이라고 생각하는 법입니다. 그건 그렇고 이 보이지 않는 신사에게는 아무래도 이상한 점이 있는 듯합니다. 한 사람보다는 두 사람의 머리가 낫습니다. 하나의 마음보다 두 개의 마음이라는 말은 하지 않도록 하지요. 한편 그와 관련해서 당신만 괜찮으시다면 저는 견실한 실무적 사내로서 진열창에서 웨딩케이크를 다시 한 번 가져오겠습니다만⋯⋯."

이렇게 얘기하고 있는 동안 바깥의 거리에서 강철이 삐걱거리는 듯한 소리가 들리더니 굉장한 속도로 달려온 소형 자동차가 가게의 문 앞에 딱 멈춰 섰다. 그와 동시에 새 실크해트를 쓴 작은 사내 하나가 가게 앞에 내려섰다.

앵거스는 지금까지 정신건강을 위해 명랑하게 평정심을 유지하고 있었으나, 일이 여기에 이르자 더는 긴장을 감추지 못하고 갑자기 안쪽 방에서 뛰쳐나가 새로 찾아온 손님 쪽으로 성큼성큼 다가갔다. 그를 한번 본 것만으로도 사랑에 빠진 사내의 기민한 추측이 멋지게 적중했음을 알 수 있었다. 그 말쑥하지만 난쟁이 같은 몸도 그렇고, 건방지게 삐져나온 검고 뾰족한 수염과 빈틈없이 움직이는 눈도 그렇고, 심지어는 아담하고 미끈하지만 신경질적인 손가락을 봐도, 모든 것이 조금 전에 막 들은 바로 그 사내임에 틀림없었다. 그는 바나나껍질과 성냥갑에서 얼마간의 돈을 만들어낸 이지도어 스마이스, 몰래 술을 마시지 않는 철제 하인과 추파를 던지지 않는 열 명의 기계 하녀로 한 재산을 만들어낸 이지도어 스마이스, 바로 그 사람이었다. 순간 본능적으로 서로의 속에서 독점욕의 기운을 느낀 두 사내는, 대항의식에 늘 따라다니기 마련인 그 기묘하게 싸늘한 관대함을 내보이며 바라보고 있었다.

그러나 스마이스 씨는 서로의 적개심을 부추기고 있는 핵심적 문제는 언급하지 않고, 담백하게 하지만 전혀 생각지도 못했던 일에 대해서 말했다. "진열창의 저걸 호프 양도 보았나요?"

"진열창?" 깜짝 놀라 앵거스가 되물었다.

"이러쿵저러쿵 설명하고 있을 시간이 없습니다."라고 난쟁이 백만장자가 날카로운 어조로 말했다. "뭔가 한심한 장난을 시작한 겁니다. 조사해볼 필요가 있습니다."

조그만 사내가 윤이 나도록 잘 닦인 지팡이로, 조금 전 앵거스 씨의 결혼 준비를 위해 텅 비어버렸던 진열창을 가리켰다. 앵거스 씨가 보니 놀랍게도 창의 정면에 기다란 띠 모양의 종이가 붙어 있지 않겠는가?

조금 전에 그는 그 창 너머로 밖을 보았는데 그때 그런 건 있지도 않았다. 정력적인 스마이스를 따라 밖으로 나와 보니, 1야드 반(약 137㎝. ― 역주) 정도의 우표를 떼고 남은 종이쪽

가리가 정중하게 유리창 밖에 붙여져 있고, 거기에 휘갈겨 쓴 글씨로 '당신이 스마이스와 결혼하면 녀석은 죽는다.'라고 적혀 있었다.

"로라." 앵거스가 빨간 머리카락의 커다란 머리를 가게 안으로 찔러 넣고 말했다. "당신은 정신이 이상해진 게 아니에요."

"이건 웰킨의 글씨야." 스마이스가 거친 목소리로 말했다. "요 몇 년 동안 녀석을 만나지는 못했지만, 녀석은 늘 저를 괴롭혀왔어요. 지난 2주일 동안 5번이나 협박장을 우리 아파트로 보내왔어요. 그런데도 누가 가지고 온 건지 알 수가 없습니다. 웰킨 녀석이 직접 가져온 걸지도 모르겠지만, 아파트의 경비는 수상한 사람을 전혀 보지 못했다고 분명하게 말했습니다. 지금도 녀석은 사람들의 눈에 띄는 이 가게의 유리창에 벽판처럼 커다란 종이를 붙이고 갔지만, 그런데도 가게에 있던 사람들은……."

"맞습니다." 앵거스가 힘없이 말했다. "가게에 있던 사람들은 차를 마시고 있었습니다. 이거 참, 이 문제를 가장 먼저 다룬 당신의 상식에 감탄했습니다. 다른 문제는 나중에 이야기할 수 있습니다. 그보다 녀석은 아직 멀리까지 가지는 못했을 겁니다. 제가 10분인가 15분쯤 전, 유리창에 다가갔을 때는 종잇조각 따위 분명히 없었으니까요. 생각하기에 따라서는 녀석이 어디로 달아났는지 모르는 이상, 이미 따라잡을 수 없을 정도로 멀리 간 것이나 다를 바 없다고 볼 수도 있을 테지만. 스마이스 씨, 제 충고를 들어주신다면 이 문제는 누군가 솜씨 좋은 탐정, 그것도 경찰이 아니라 사립탐정의 손에 맡기는 게 좋을 듯합니다. 아주 머리가 좋은 사람을 한 명 알고 있는데 당신의 차라면 5분 안에 도착할 수 있는 곳에 개업했습니다. 플램보라는 사람으로 젊었을 때는 약간 거칠게 살았지만 지금은 매우 정직하게 생활하고 있으며, 돈을 지불해도 아깝지 않을 만큼의 일을 해줍니다. 햄스테드의 러크나우 맨션에서 살고 있습니다."

"그거 참 기묘한 인연이군." 조그만 사내가 눈썹을 활 모양으로 구부리며 말했다. "저도 그 모퉁이를 돌아선 곳에 있는 히말라야 맨션에서 살고 있습니다. 당신도 함께 가주실 수 있으시겠지요? 제가 방으로 가서 그 기이한 웰킨의 편지를 찾는 동안 단걸음에 달려가서 당신의 친구인 탐정을 데리고 와주셨으면 고맙겠습니다만."

"그렇게 하겠습니다."라고 앵거스가 정중하게 말했다. "그래요, 빨리 움직이는 게 최선일 테니까요."

두 사람 모두 순간 묘한 공평함으로 아가씨를 향해 정중하게 인사하고 경쾌하게 보이는 소형 자동차 안으로 뛰어들었다. 스아미스가 운전해서 거리의 모퉁이를 크게 돌았을 때, 앵거스는 '스마이스의 말이 없는 하인'이라는 커다란 광고를 보았기에 우습다는 생각이 들었다. 거기에는 목이 없는 커다란 철제 인형이 '평생 짜증을 내지 않는 요리사'라는 이름의 얇은 냄비를 들고 있는 그림이 그려져 있었다.

"저는 제 아파트에서 이것을 쓰고 있습니다." 웃으며 검은 수염의 조그만 사내가 말했다. "절반은 선전을 위해서지만 편리한 점도 있으니까요. 에누리 없이 솔직하게 말하자면 저의 태엽 달린 커다란 인형은, 어느 핸들을 눌러야 할지 틀리지만 않는다면 석탄이든 포도주든 열차 시각표든, 제가 알고 있는 어떤 살아 있는 하인보다 빨리 가지고 옵니다. 그러나 우리끼리니까 할 수 있는 말인데, 이 하인에게도 그 나름대로 불편한 점이 있다는 사실은 부정할 수 없습니다."

"그렇습니까?"라고 앵거스가 말했다. "그 인형이 할 수 없는 일도 있습니까?"

"있습니다." 스마이스가 냉담하게 말했다. "그 녀석들은 누가 그 협박장을 아파트로 가져왔는지 말할 수 없으니까요."

이 사람의 자동차는 주인을 닮아서 작고 민첩했다. 사실 이것도 그 가사를 담당하고 있는 하인과 마찬가지로 그의 발명품이었다. 설령 그가 허풍쟁이 사기꾼이라 할지라도 어디까지나 자신의 제품을 신용하고 있는 사기꾼이었다. 이 자동차가 저물녘의 희미해지기 시작한 햇살을 정면으로 받으며 희고 구불구불한 길을 올라갈 때는 어떤 조그만 것에 올라 날아가고 있는 것 같다는 느낌이 더욱 강하게 전해졌다. 잠시 후 하얀 커브가 더욱 날카로워져 현기증이 날 것 같이 되었기에, 마치 신흥종교에서 말하는 것처럼 나선계단을 오르고 있는 듯했다. 경치는 그렇게 좋지 않았지만, 에든버러에도 지지 않을 만큼 험한 런던의 일곽을 자동차가 오르고 있었기 때문이었다. 대지 위에 대지가 솟아 있고 다시 그 위에서 목적지인 아파트의 특별한 탑이 옆에서부터 비추는 석양에 황금빛으로 반짝였기에 마치 이집트의 피라미드만큼이나 될 것 같은 높이로 서 있었다. 자동차가 모퉁이를 돌아 히말라야 맨션 거리라 불리는 길로 들어서자 순간 풍경이 단번에 변했다. 아파트의 높다란 건물이 녹색 슬레이트의 바다 위에 떠 있는 성처럼 런던 시내보다 훨씬 위쪽에 서 있었다. 아파트 맞은편, 자갈을 깔아놓은 히말라야 길의 반대편에는 정원이라기보다는 경사가 급한 산울타리와 둑이라고 하는 편이 좋을 관목의 울타리가 있고, 약간 내려간 곳에 성의 해자와 비슷한 일종의 운하가 흐르고 있었다. 자동차가 이 길을 빠져나갈 때, 한쪽 모퉁이에서 밤을 팔고 있는 사내의 노점을 지났는데, 바로 그 모퉁이의 맞은편 끝에서 칙칙한 감색 제복을 입은 경찰이 천천히 걸어가고 있는 모습이 앵거스의 눈에 들어왔다. 이 쓸쓸한 변두리의 높은 지대에서 본 사람의 모습이라고는 그들 두 사람뿐이었다. 무슨 이유에서인지 앵거스는 그들이 런던의 말없는 시이자 한 편의 이야기 속에 등장하는 인물인 것 같다는 생각이 들었다.

소형 자동차는 총알처럼 목표로 한 건물로 돌진했으며, 폭탄처럼 자동차의 주인을 튕겨냈다. 한시도 지체하지 않고 그는 금색 띠를 번쩍이고 있는 키가 큰 안내인과 와이셔츠를 입은 키가 작은 현관지기에게 누군가, 혹은 무엇인가가 우리 집을 찾지 않았냐고 물었다. 전에 물어본 이후 아직 누구도, 무엇도 여기를 지나지 않았다는 사실이 분명해지자 약간은 당황한 듯한 앵거스를 데리고 그는 로켓처럼 엘리베이터로 뛰어들어 제일 위층까지 올라갔다.

"잠깐 들어오세요." 스마이스가 잠시의 틈도 주지 않고 말했다. "당신에게 웰킨의 편지를 보여주고 싶어요. 그 다음에라도 모퉁이를 잠깐 돌기만 하면 당신의 친구를 데려올 수 있을 테니까요." 벽에 숨겨져 있는 단추를 누르자 문이 혼자서 열렸다.

안으로는 널따란 현관홀이 이어져 있었는데 평범한 의미에서 무엇인가 사람의 눈을 끄는 것이 있다면 방의 양쪽 편에 맞춤옷집의 마네킹처럼 서 있는 키가 큰 로봇의 대열뿐이었다. 맞춤옷집의 인형과 마찬가지로 머리가 없었으며, 역시 맞춤옷집의 인형처럼 멋은 있지만 필요하지는 않은 둥그스름함이 어깨에 있었고, 가슴은 비둘기처럼 튀어나와 있었다. 그러나 이러한 점들을 제외한다면 그 기계는 역에서 볼 수 있는 사람 키 높이 정도의 자동판매기 이상으로 사람처럼 보이는 점은 없었다. 기계에는 쟁반을 나르기 위해 팔과 비슷한 갈고랑이 같은 것이 달려 있었는데 쉽게 구분할 수 있도록 황록색이나 빨간색이나 검은색으로 칠해놓았다. 그 외의 점에 있어서는 여러 가지 의미에서 자동기계에 지나지 않았기에, 누구도 그것을 두 번 볼 마음은 들지 않았을 것이다. 적어도 지금은 두 사람 모두 그렇게는 하지 않았다. 왜냐하면 하인 인형의 대열과 대열 사이에 이 세상의 그 어떤 기계보다도 흥미를 끄는 것이 놓여 있었기 때문이었다. 그것은 찢어진 한 장의 하얀 종잇조각이었는데 빨간 잉크로 갈겨쓴 글씨가 적혀 있었다. 몸놀림이 가벼운 발명가는 문을 열자마자 그것을 슥 집어 들었다. 그는 아무런 말도 하지 않고 그것을 앵거스에게 건네주었다. 빨간 잉크는 아직 채 마르지 않았으며, 내용은 다음과 같은 것이었다. '오늘 그녀를 만나고 왔다면 너를 죽이겠다.'

짧은 침묵 뒤에 이지도어 스마이스가 조용히 말했다. "위스키 한 잔 어떻습니까? 아무래도 그것 없이는 안 될 것 같습니다."

"감사합니다. 저는 그보다 플램보입니다." 읽고 난 뒤 앵거스가 말했다. "아무래도 사건이 심상치 않아진 듯합니다. 저는 얼른 달려가서 그를 데려오도록 하겠습니다."

"당신 말이 옳습니다." 상대방이 멋진 쾌활함을 내보이며 말했다. "가능한 한 빨리 그를 데려와주세요."

그런데 복도로 나와 문을 닫을 때 앵거스의 눈에 들어온 것은, 스마이스가 하나의 버튼을 누르자 기계인형 가운데 하나가 서 있던 곳에서 바닥의 골을 미끄러져 나가 사이편과 술병을 쟁반에 담아 옮겨오는 광경이었다. 그는 문을 닫자, 되살아난 하인들 사이에 이 조그만 사내를 혼자 남겨두고 가는 것에 왠지 모를 불안이 느껴졌다.

스마이스의 집에서 여섯 단 정도 내려섰을 때 와이셔츠 차림의 사내가 양동이를 들고 무엇인가 하고 있는 모습이 보였다.
앵거스는 발걸음을 멈추고 그 사내에게 자신이 탐정을 데리고
돌아올 때까지 여기서 움직이지 않고, 낯선 사람이 계단을 올라
오면 잘 기억해두겠다고 약속하게 했는데 혹시 몰랐기에 돌아
와서 팁을 주겠다고 쐐기를 박았다. 바깥의 현관까지 단숨에
달려와 거기서도 그는 안내인에게 같은 경호를 부탁했는데,
이 건물에는 뒷문이 없다는 말을 들었기에 일이 한층 더 수월해
졌다. 그래도 아직 마음이 놓이지 않았기에 이번에는 순찰 중이
던 경찰을 불러 세워, 입구 맞은편에 서서 감시를 해달라고
부탁했으며, 마지막으로 밤을 파는 사내가 있는 곳에 들러 1페
니를 주고 밤을 산 뒤 이 부근에서 얼마나 머물 것인지를 물었
다.

　남자는 외투의 목깃을 세우며 눈이 내릴 것 같은 하늘이니
슬슬 돌아갈 생각이라고 말했다. 아니나 다를까 저물녘의 하늘
은 잔뜩 흐려 있었으며 추위도 기세를 더해가고 있었다. 그러나
앵거스는 자신의 말솜씨를 전부 동원해서 밤장수 사내를 거기
에 머물게 하기 위한 설득에 들어갔다.

　"자네가 가지고 있는 밤을 전부 끌어안고 몸을 녹이고 있
게."라고 그가 진심어린 투로 말했다. "전부 먹어치워도 상관
없어. 그에 어울리는 보답을 하기로 하지. 만약 내가 돌아올
때까지 여기에 있다가 누가 됐든, 남녀노소를 불문하고 저 문지
기가 서 있는 집으로 들어가는 사람이 있다면 가르쳐주기 바라

네. 1파운드를 주겠네."

이렇게 말한 그는, 이제 완전한 포위망에 갇혀버린 건물에 마지막으로 한 번 눈길을 준 뒤, 얼른 걷기 시작했다. "일단은 그 집 주위를 단단히 지키게 했어."라고 그는 말했다. "네 사람이 모두 웰킨 씨의 부하라고는 할 수 없을 테니."

러크나우 맨션은 이른바 건물 언덕지대의 끝자락에 있어서, 거기서 보자면 히말라야 맨션은 정상에 있었다. 플램보의 사무실을 겸한 방들은 1층에 연달아 이어져 있는데, 미국식 기계장치나 아늑함이 느껴지지 않는 호텔식 호화로움으로 넘쳐나는, 그 말이 없는 하인이 있는 아파트와는 모든 면에서 대조를 이루고 있었다. 앵거스의 친구이기도 한 플램보는 사무실 안쪽에 있는 로코코풍의 예술적 분위기 가득한 방으로 그를 안내했는데 그 방의 장식품은 군도와 화승총, 동양의 골동품, 그리고 이탈리아산 포도주, 미개인의 냄비, 털이 복슬복슬한 페르시아 고양이와 초라하고 몸집이 작은 로마 가톨릭 신부로, 특히 이 신부는 그곳과 어울리지 않는 느낌을 주었다.

"이분은 나의 친구이신 브라운 신부."라고 플램보가 말했다. "전부터 자네에게 소개하고 싶었어. 날씨가 꽤나 근사하군, 남쪽 지방 출신인 내게는 조금 쌀쌀하게 느껴지지만."

"응, 곧 맑아지겠지." 앵거스는 이렇게 말하며 동양풍의 짙은 보라색 줄무늬가 있는 의자에 앉았다.

"아니요."라고 신부가 침착하게 말했다. "눈이 내리기 시작했습니다."

이렇게 인사를 하는 동안에도 밤장수의 예언처럼 어두워진 유리창 밖으로 눈이 흩날리기 시작했다.

"그런데,"라고 앵거스가 묵직한 목소리로 말했다. "나는 볼 일이 있어서 온 거야. 그것도 약간 신경에 거슬리는 일이야. 플램보, 이렇게 된 거야. 자네 집에서 엎어지면 코 닿을 곳에 있는 맨션에서 한 사람이 자네의 도움을 필요로 하고 있어. 그 사람은 정말 눈에 보이지 않는 적에게 시달림과 협박을 당하고 있어. 악당의 모습을 본 사람은 아무도 없어." 앵거스가 로라에게서부터 시작된 스마이스와 웰킨의 이야기를 완전히 마치고, 그 자신에 대한 이야기로 나아가 인적이 없는 거리의 모퉁이에서 솟아오른 초자연적인 웃음소리, 아무도 없는 실내에서 분명히 들려온 신기한 말 등을 설명해나감에 따라서 플램보는 눈에 띄게 흥미를 느끼는 듯했으며, 작은 체구의 신부는 하나의 가구와 다를 바 없이 잊혀버린 듯했다. 이야기가 유리창에 붙여진 테이프와 그 갈겨쓴 글씨에 이르자 플램보가 갑자기 자리에서 일어났다. 커다란 어깨가 방을 가득 메울 것만 같았다.

"괜찮다면,"하고 그가 말했다. "나머지는 그 사내의 집으로 가장 빨리 가는 지름길 위에서 하지 않겠는가? 아무래도 촌각을 다투는 일인 것 같다는 느낌이 들어."

"그게 좋겠군."이라고 말하며 앵거스도 자리에서 일어났다.

"어쨌든 그가 숨어 있는 굴로 통하는 유일한 입구를 네 사내에게 지키게 해두었으니 지금은 절대로 안전할 테지만."

두 사람은 거리로 나섰다. 작은 체구의 신부도 말 잘 듣는 강아지처럼 잰걸음으로 뒤를 따라왔다. 그리고 마치 이야기를 나누는 것과 같은 투로 활기차게 말했다. "이것 좀 보세요. 눈이 벌써 이렇게 쌓였습니다."

세 사람이 점점이 눈에 덮인 좁고 급한 언덕길을 오르는 동안 앵거스가 이야기를 마쳤기에 탑이 있는 아파트 근처에 왔을 때는 네 명의 보초에게 주의를 기울일 여유가 있었다. 우선 밤장수는 1파운드 금화를 받기 전후에 장황하게, 입구를 지켜보고 있었지만 찾아온 사람은 아무도 없었다고 힘주어 주장했다. 경찰은 그보다 더 단호하게 말했다. 실크해트를 쓴 악당에서부터 누더기를 입은 악당에 이르기까지 온갖 종류의 악당을 다룬 적이 있는 자신이기에 미심쩍은 인물은 미심쩍은 모습을 하고 있는 법이라고 단정 짓는 풋내기가 아니며, 잠시도 한눈을 팔지 않고 지켜보았는데 다행히 누구도 오지 않았다고 경찰은 보고했다. 현관 안으로 들어가 생글생글 웃으며 금띠를 반짝이고 있는 문지기 쪽으로 세 사람이 다가갔는데, 그의 의견은 더욱 결정적인 것이었다.

"저는 공작님이 됐든 청소부가 됐든, 누구에게나 이 아파트에 무슨 일로 왔느냐고 물을 권한을 가지고 있습니다."라고 상냥한 금띠의 커다란 사내가 말했다. "하지만 여기에 계신

분께서 나간 뒤로는 심문을 하고 싶어도 누구 하나 보이지 않았다고 맹세코 말할 수 있습니다."

혼자 버려진 것처럼 뒤쪽에 얌전히 서서 인도를 바라보고 있던 브라운 신부가 여기서 과감하지만 조용하게 입을 열었다. "그럼 눈이 내리기 시작한 뒤로는 이 계단을 오르내린 사람이 아무도 없었단 말이죠? 눈은 우리가 플램보의 방에 있을 때부터 내리기 시작했는데."

"여기에는 그 누구도 모습을 드러내지 않았습니다. 네, 그 사실은 제가 보장할 수 있습니다."

"그럼 이건 뭐죠?" 신부가 이렇게 말하며 생선처럼 맹한 눈을 바닥으로 향했다.

사람들 모두 그를 따라서 시선을 아래로 향했는데 플램보가 프랑스인 특유의 과장스러운 몸짓과 함께 아주 커다란 소리를 올렸다. 그도 그럴 것이 금띠의 사내가 지키고 있는 현관의 한가운데 중에서도 한가운데, 글자 그대로 그 커다란 사내가 거만하게 벌린 두 다리 사이로 하얀 눈을 밟은 회색 발자국이 점점이 이어져 있었기 때문이었다.

"앗!" 앵거스는 자신도 모르게 소리를 지르고 말았다. "보이지 않는 사내다!"

이렇게 말하자마자 그는 방향을 틀어 계단을 뛰어오르기 시작했다. 플램보가 그 바로 뒤를 따랐지만, 브라운 신부는 여전히 선 채로 자신의 의문에는 흥미를 잃었다고 말하기라도 하듯 눈을 뒤집어쓴 거리를 바라보고 있었다.

플램보는 자신의 당당한 어깨로 문을 부수고 싶어 하는 기색을 노골적으로 내보였으나, 그보다 직관력은 떨어져도 이성이라는 점에 있어서는 뛰어난 스코틀랜드인 앵거스가 문가를 한참 더듬어 마침내 숨겨져 있던 버튼을 찾아냈다. 문이 천천히 열렸다.

문에서는 조금 전과 거의 변함이 없는 복작복작한 내부가 보였다. 홀은 아까보다 어두워지기는 했으나 아직 석양의 심홍색 기운이 여기저기에 남아 있었다. 머리가 없는 기계인형이 두엇, 이런저런 목적 때문에 원래 있던 자리에서 움직여 어두컴컴한 실내의 여기저기에 서 있었다. 주위의 어두컴컴함 때문에 인형 상의의 녹색과 빨간색이 선명하지 않고 모양이 흐릿하게 번져 보였기에 전보다 훨씬 더 인간다운 모습을 하고 있는 것처럼 여겨졌다. 그런데 그 인형들의 가운데쯤, 빨간 잉크로 글씨가 적힌 종잇조각이 놓여 있던 바로 그곳에 잉크병에서 쏟아진 듯한 붉은 잉크와 같은 것이 있었다. 하지만 그것은 빨간 잉크가 아니었다.

플램보는 프랑스인 특유의 이성과 격정을 교차시키며 한마디, "살인이다!"라고 외친 뒤, 실내로 뛰어 들어가 5분도 지나지 않아 방 구석구석에서부터 찬장에 이르기까지 빠르게 조사를 마쳤다. 그런데 그가 시체를 발견할 수 있을 것이라 기대하고 있었다면, 그 목적물이라 할 수 있는 시체는 찾아낼 수가 없었다. 이지도어 스마이스가 살아 있든 죽었든, 그 모습은 그림자도 찾아볼 수 없었다. 눈물겨울 정도의 수색을 마치고 바깥의 홀로 나간 두 사람은 땀에 흠뻑 젖은 얼굴로 눈을 커다랗게 뜨고 서로를 바라보았다. "이거 아무래도," 흥분한 플램보가 프랑스어로 말하기 시작했다. "이번 살인범은 자신이 보이지 않을 뿐만 아니라, 피해자까지도 보이지 않게 해버린 것 같은데."

앵거스는 기계인형 때문에 발 디딜 틈도 없는 어두운 실내를 둘러보았는데, 그의 스코틀랜드 영혼의 한쪽 구석에 있는 켈트인 기질이 순간 전신을 부들부들 떨게 만들었다. 사람 크기만 한 인형이 아마도 살해당한 사내가 쓰러지기 직전에 호출을 받은 것이리라, 고여 있는 피를 위에서 덮고 있는 것처럼 서 있었다. 높다란 어깨에 달려 팔을 대신하고 있는 갈고랑이의 한쪽이 얼마간 들려 있었기에 앵거스는 순간적으로 이 가엾은 스마이스의 철제 인형이 그를 쓰러뜨린 것 아닐까 하는 생각이 들어 공포로 몸을 떨었다. 물질이 모반을 일으켜 이들 기계들이 자신들의 주인을 살해한 것이다. 하지만 그렇다 할지라도 그를 대체 어디로 치워버렸단 말인가?

"먹어치운 걸까?" 악몽이 그의 귓가에서 속삭였다. 갈가리 찢긴 인간의 시체가 그 목이 없는 태엽 인형에게 바수어져 그 뱃속으로 삼켜져버린 걸까 생각하자 속이 메슥거리는 듯한 느낌이었다.

간신히 마음을 가다듬은 그가 플램보에게 말했다. "눈에 보이는 그대로야. 가엾게도 그 사람은 흔적도 없이 증발해버렸고, 남은 것이라고는 바닥의 줄뿐이야. 이건 이 세상의 이야기가 아니야."

"해야 할 일은 단 하나." 플램보가 말했다. "이 세상의 것이든 저세상의 것이든, 나는 밑으로 내려가서 친구에게 이야기를 해야 돼."

두 사람은 아래층으로 내려갔는데 도중에 양동이를 든 사내 옆을 지날 때, 그는 결코 침입자는 지나지 못하게 했다고 다시 힘을 주어 말했으며, 어슬렁거리고 있던 밤장수와 문지기가 있는 곳까지 가자 이 두 사람도 이구동성으로 감시에는 거의 빈틈이 없었다고 다시 한 번 보장했다. 그러나 네 번째 증인은 어디로 갔는지 앵거스가 주위를 둘러보아도 전혀 눈에 띄지 않았기에 그가 초조함에 소리를 질렀다. "경찰은 어디로 갔지?"

"죄송하게 됐습니다."라고 브라운 신부가 말했다. "저 때문입니다. 무엇을 좀 찾아달라고 아래에 있는 도로까지 잠깐 보냈습니다. 조사해볼 가치가 있다고 생각했기에."

"그런가요? 바로 돌아와 줬으면 좋겠는데." 앵거스가 퉁명스럽게 말했다. "저 위의 가엾은 사내는 살해당했을 뿐만 아니라 흔적도 없이 사라져버리고 말았으니까."

"어떤 식으로요?"

"신부님." 짧은 침묵 뒤에 플램보가 말했다. "더 이상 의심의 여지도 없습니다. 이건 제가 아니라, 신부님의 영역입니다. 적이든 아군이든 집 안으로 들어간 사람이 없는데 스마이스는 사라져버리고 말았습니다. 마치 요정에게라도 잡혀간 것처럼 말입니다. 만약 이것이 초자연적 현상이 아니라면 대체 누가……."

이렇게 말하고 있는데 이상한 광경이 그들의 주의를 끌었다. 파란 제복을 입은 커다란 체구의 경찰이 거리의 모퉁이를 돌아 달려오더니 일직선으로 브라운 신부에게 갔다.

"말씀하신 그대로였습니다." 그가 숨을 헐떡이며 말했다. "이 아래에 있는 운하에서 가엾은 스마이스 씨의 시체가 지금 막 발견되었습니다."

앵거스가 한 손을 한껏 뻗어 머리에 댔다. "그 사람이 달려 내려가 몸을 던졌단 말입니까?"라고 그가 물었다.

"그 사람은 절대로 내려오지 않았습니다."라고 경찰이 말했다. "물에 빠진 것도 아닙니다. 가슴을 푹 찔려 목숨을 잃었습니다."

"그런데도 당신은 아무도 들어간 사람을 보지 못했다고?" 플램보가 무거운 어조로 말했다.

"이 길을 잠깐 걸어보지 않겠습니까?"라고 작은 체구의 신부가 말했다.

그들이 길의 맞은편 끝까지 왔을 때 갑자기 신부가 말했다.

"아아, 그걸 깜빡했군! 경찰에게 묻기를 잊은 게 하나 있어. 연갈색 자루가 하나 발견되지 않았나요?"

"어째서 연갈색 자루입니까?" 놀란 앵거스가 이렇게 물었다.

"만약 다른 색 자루라면 이번 사건은 출발점으로 되돌아가야 해요."라고 신부가 말했다. "그게 연갈색 자루라면, 네, 사건은 끝난 겁니다."

"꼭 들려주셨으면 합니다." 앵거스가 한껏 비아냥거리는 듯한 투로 말했다. "제 생각에는 아직 시작도 되지 않았으니."

"전부 말해주세요."라고 플램보가 어린아이처럼 우스울 정도로 솔직하게 말했다.

그들은 어느 틈엔가 발걸음을 재촉해 약간 높은 대지의 맞은편 경사면을 내려가는 기다란 언덕길을 내려가고 있었다. 가장 앞에 선 브라운 신부가 말없이, 그러나 힘차게 걷다가 갑자기 사람들을 깜짝 놀라게 할 정도로 멍하게 말했다.

"아무래도 너무 산문적이라고 생각할지 모르겠지만, 저희는 모든 일을 추상적인 면부터 시작하는 법입니다. 이 이야기도 거기서부터 시작할 수밖에 없을 듯합니다.

이런 사실을 깨달으신 적 없으십니까? 그러니까 타인이란 내가 한 말에 답하는 것이 아니라는 사실을? 타인은 내가 한 말의 의미에 대해서—혹은 타인이 상대방은 이렇게 말한 것이라고 생각한 그 의미에 대해서— 답하는 법입니다. 예를 들어서

한 여성이 시골의 별장에 있는 친구에게 이렇게 물었다고 합시다. '누구랑 함께 묵고 계신가요?' 하지만 상대방은 '네, 집사가 한 명, 마부가 세 명, 그리고 하인 등이 같이 있어요.'라고는 대답하지 않습니다. 같은 방에 하인도 있고, 자기 의자 바로 뒤에 집사가 있어도 '여기에는 아무도 없어요.'라고 대답합니다. 당신이 말씀하시는 것과 같은 사람은 없어요, 라는 의미로 말이죠. 하지만 전염병에 관한 일로 의사가 '이 집에는 누가 있습니까?'라고 물었을 때는 어떨까요? 그 여자는 집사와 하인 등을 전부 염두에 두고 대답할 겁니다. 말이라는 건 전부 이런 식으로 사용되고 있습니다. 상대방으로부터 만족스러운 답을 들었다 할지라도 엄밀하게 보자면 자의(字義)상 질문에 합당한 답이라는 것은 없는 법입니다. 따라서 그 네 명의 정직한 사람들이 누구도 집에 들어가지 않았다고 말한 것은 정말 한 사람도 들어가지 않았다는 뜻이 아닙니다. 저희가 주의를 기울일 것이라 여겨지는 사람은 한 사람도 들어가지 않았다는 의미였던 것입니다. 한 사내가 건물 안으로 들어갔고 거기서 나왔습니다. 하지만 누구도 그 사람에게는 신경을 쓰지 않았습니다."

"보이지 않는 사내인가요?" 빨간색 눈썹을 치켜뜨며 앵거스가 물었다.

"심리적으로 보이지 않는 사내인 셈이죠."라고 브라운 신부가 말했다.

1, 2분쯤 지난 뒤, 그는 여전히 거만한 구석이 없는 어투로

자신의 생각을 좇듯 말을 이었다. "물론 다시 한 번 신중하게 생각해보지 않으면 그런 사내는 생각해내지 못할 테지만, 바로 거기에 그 사내의 현명함이 있습니다. 저는 앵거스 씨의 이야기를 들을 때, 사소한 두어 가지 점을 통해 그 사람에 대해서 생각해보았습니다. 우선 첫 번째로 이 웰킨이라는 사람은 오랫동안 여행을 했습니다. 그리고 진열창에는 수많은 우표의 자투리가 붙어 있었습니다. 다음으로 이게 가장 중요한 점인데, 젊은 아가씨가 했던 말이 2가지 있습니다. 그런데 그것은 사실일 리가 없는 말입니다. 아아, 그렇게 화를 내지 마세요." 스코틀랜드 청년이 순간적으로 머리를 움직이는 것을 보고 신부가 서둘러 말했다. "아가씨는 틀림없는 사실이라 생각하고 한 말입니다. 하지만 사실일 리가 없습니다. 이제 막 받아든 편지를 거리에서 읽기 시작한 사람이 완전히 혼자였다는 건 있을 수 없는 일입니다. 아가씨 바로 옆에 틀림없이 누군가가 있었을 겁니다. 그가 바로 심리적으로 보이지 않는 사내였던 겁니다."

"어째서 그녀 옆에 누군가가 있지 않으면 안 되는 겁니까?"라고 앵거스가 물었다.

"그 이유는," 브라운 신부가 말했다. "비둘기가 전해줬다면 모르겠지만, 누군가가 아가씨에게 편지를 건네주었기 때문입니다."

"당신은 정말로 웰킨이 연적의 편지를 그 여자에게 배달한 것이라고 주장하시는 겁니까?" 플램보가 힘주어 추급했다.

"그렇습니다."라고 신부가 말했다. "웰킨은 연적의 편지를 정말로 그 여자에게 배달했습니다. 그래야만 할 이유가 있었습니다."

"아아, 이젠 더 이상 참을 수가 없어." 플램보가 커다란 소리를 질렀다. "그 사람은 누굽니까? 어떻게 생긴 사람입니까? 심리적으로 보이지 않는 사내란 평소에는 어떻게 살아가고 있습니까?"

"그 사람은 빨간색과 파란색과 금색의 꽤나 훌륭한 옷을 입고 있습니다." 신부가 마치 기다리고 있었다는 듯 분명하게 대답했다. "놀랍게도 그는 광대처럼 사람들의 눈을 끄는 복장을 입은 채 8개나 되는 사람의 눈앞을 지나 히말라야 맨션으로 들어가서 잔인하게도 스마이스를 살해한 뒤 시체를 가슴에 안고 다시 거리로……."

"신부님." 몸을 앞으로 쑥 내밀며 앵거스가 커다란 목소리로 말했다. "당신은 머리가 이상해져서 잠꼬대를 하고 계신 겁니까? 그게 아니라면 이상해진 건 저의 머리입니까?"

"당신의 머리는 이상해지지 않았습니다."라고 브라운 신부. "그냥 조금 부주의한 것뿐입니다. 예를 들어서 당신은 이런 사람을 알아보지 못했나요?"

신부가 커다란 걸음으로 성큼성큼 앞으로 나서더니, 누구도 깨닫지 못한 사이에 옆을 지나 나무 사이로 달려 들어간 아주 평범한 우편배달부의 어깨에 한 손을 얹었다.

"아무래도 우편배달부에게는 누구도 신경을 쓰지 않는 모양입니다." 생각에 잠긴 듯한 모습으로 신부가 말했다. "그들 역시 인간이기 때문에 정열도 있습니다. 게다가 조그만 시체라면 간단히 넣을 수 있는 커다란 자루도 가지고 있습니다."

이쪽을 돌아볼 것이라 생각했지만 우편배달부는 갑자기 정원의 산울타리에 걸려 몸을 웅크리며 쓰러졌다. 금발의 수염을 기른, 어디를 봐도 극히 평범하고 마른 사내였으나, 어깨 너머로 놀란 얼굴을 돌린 순간 세 사람은 그 악마와도 같은 사팔눈에 몸이 굳어버리고 말았다.

*　　*　　*　　*　　*　　*

플램보는 군도와 보라색 융단과 페르시아 고양이와 수많은 일들이 기다리고 있는 자신의 방으로 돌아갔다. 존 턴불 앵거스는 그 가게의 아가씨에게로 갔는데, 이 경망스러운 청년은 그녀와 더 없이 즐거운 시간을 보내리라. 하지만 브라운 신부는 밤하늘 아래의 눈 덮인 언덕을 몇 시간이고 살인범과 함께 걸었다. 두 사람이 어떤 이야기를 나누었는지는 알 길이 없다.

이스라엘 가우의 명예

The Honour of Israel Gow

길버트 키스 체스터턴
Gilbert Keith Chesterton

브라운 신부
Father Brown

올리브색과 은색에 갇힌, 폭풍이 몰아치는 저물녘이 다가오고 있는 스코틀랜드의 회색 계곡, 그 끝자락으로 찾아와 참으로 묘한 글렌가일 성을 유심히 바라보고 있는 것은, 역시 회색의 스코틀랜드식 숄을 몸에 두른 브라운 신부였다. 그 성이 이 협곡과 같은 분지를 가로막아 막다른 골목처럼 만들어버렸기에 성 자체가 그야 말로 이 세상의 종점인 듯 여겨졌다. 바다의 푸른빛으로 채색된 슬레이트 지붕의 급한 경사와 첨탑이 고풍스러운 프랑스–스코틀랜드식 별장의 스타일로 하늘에 맞닿아 있었으나, 역시 어디까지나 영국적 기조를 유지하고 있어서 옛날얘기 속 마녀들의 그 불길하고 뾰족한 원추형 모자를 떠오르게 했다. 그와는 대조적으로 녹색 작은 탑 주위에서 물결치고 있는 소나무 숲은 거대한 까마귀 떼만큼이나 거뭇거뭇하게 보였다. 꿈결 같은 기분으로 인도하는, 아니 수마의 지옥으로 유혹하는 이 분위기는 그저 주위의 풍경이 빚어내는 환상이 아니었다. 왜냐하면 이 지방에는 구름이, 그 자부심과 광기와 신비로운 슬픔의 어두운 구름이 드리워져 있기 때문이며, 그 구름들은 다른 어느 곳보다 스코틀랜드 귀족의 저택 위에 묵직하게 드리우는 법이기 때문이다. 스코틀랜드라는 지방은 세습과 유전이라 불리는, 2인분이나 되는 독약을 머금고 있다. 즉, 귀족에게 있어서는 유혈의, 칼뱅주의자에게 있어서는 파멸의 예감이다.

신부는 글래스고에서 일을 하던 중 억지로 하루의 휴가를 얻어 글렌가일 성에 묵고 있는 친구 플램보를 만나기 위해 온 것이었다. 아마추어 탐정 플램보는 조금 더 공식적인 직함을 가지고 있는 담당관과 함께 고 글렌가일 백작의 생과 사에 대해서 조사하고 있었다. 이 신비에 싸인 백작은 16세기에 그 용맹함과 정신 이상, 용서하지 않는 교활함으로 특히 음험한 귀족에게도 공포의 대상이 되었던 일족의 마지막 대표자에 다름 아니었다. 그 미궁과도 같은 야심, 메리 퀸 오브 스코트를 중심으로 구축된 거짓의 전당 속 어떤 방 안에 있는 어떤 방, 그처럼 얽히고설킨 야심에 이 일족만큼 깊이 잠겨 있던 사람들이 또 어디에 있었을까?

이 땅에 전해지는 운문이 그들의 권모술수의 동기와 결과를 극히 솔직하게 보여주고 있다.

여름철 나뭇잎의 진액 같구나
오길비의 붉은 금은.

벌써 몇 세기 동안이나 글렌가일 성에는 제대로 된 주인이 나타난 적이 없었다. 빅토리아 시대의 도래와 함께 기인이라 할 수 있는 부류의 사람들은 종이 완전히 끊겨버린 것이라고 생각할 수도 있다. 그런데 마지막 글렌가일이 자신에게 남겨진, 유일하게 해야 할 일을 해서 일족의 전통을 만족시킨 것이었다. 즉, 그는 실종되었다. 그렇다고 해서 외국으로 빠져나간 것은 아니었다. 어딘가에 있다고 한다면 그는 아직 성 안에 있다고 생각할 수밖에 없었다. 따라서 그의 이름은 교회의 등록부와 그 빨갛고 커다란 책인 『귀족일람』에 실려 있음에도 불구하고 누구 한 사람 그를 밝은 태양 아래서 본 자가 없었다.

본 사람이 있다고 한다면 그건 유일한 하인뿐이었다. 이 마부인지 정원사인지조차 잘 알 수 없는 하인은 귀가 아주 멀다. 사무적인 사람들이 그를 벙어리라고 생각했을 정도로 멀었는데, 날카로운 통찰력을 가진 사람들에 의하면 그는 얼간이라는 것이었다. 이 잡역부는 초췌한 전신에 빨간 털, 우락부락한 턱, 남색 눈을 가지고 있었는데 통상적으로 불리는 이름을 이스라엘 가우라고 했으며 이 쇠락한 저택에서 일하는 유일한 하인이었다. 그런데 이 가우가 감자를 캐내는 기세도 그렇고, 부엌으로 잽싸게 사라지는 그 야무진 모습도 그렇고, 틀림없이 그는 윗사람에게 식사를 마련해주는 것 같다는 인상을 사람들에게 주었다. 즉, 그 비밀에 싸인 백작은 아직도 성 안에 숨어 있다는 말이다. 그것의 (두 번째) 증거는 이 하인이 끊임없이, 백작은 안 계신다고 주장하고 있다는 점이었다. 어느 날 아침, 사제장과 목사가 성으로 불려왔다(글렌가일은 대대로 장로회파의 신자였다). 성에 도착한 두 사람이 본 것은 문제의 정원사 겸 마부 겸 요리사가 자신의 오랜 경력에 다시 장의사로서의 한 페이지를 더해 매우 존귀한 주인을 관에 넣고 못질하는 광경이었다. 이 기묘한 사실이 어느 정도의(혹은 얼마나 허술한) 조사에 의해서 승인되었는지, 그 점은 여전히 분명하지 않았다. 왜냐하면 이틀쯤 전, 플램보가 이 북쪽 땅으로 왔을 때까지도 이 건은 한 번도 법적 조사를 받은 적이 없었기 때문이었다. 플램보가 도착했을 때, 글렌가일 경의 시체(그것이 시체라고 한다면)는 언덕 위의 조촐한 무덤에 벌써 오래 전부터 누워 있었다.

브라운 신부가 어두컴컴한 정원을 빠져나와 성의 그림자가 드리워져 있는 곳까지 왔을 때, 구름은 더욱 두꺼워졌고 주변의 공기는 온통 눅눅했으며 전기를 머금고 있었다. 이때 일몰 직전의 숲과 금색 띠를 배경으로 검은 사람의 그림자가 떠오르는 것을 신부는 보았다. 굴뚝해트, 아니 실크해트를 쓰고 어깨에 삽을 짊어진 사내였다. 그 조합은 참으로 묘하게도 무덤 파는 사람을 떠오르게 했다. 그러나 브라운 씨는 감자를 캐는 귀머거리 사내를 떠올렸기에 특별히 이상하다고는 생각지 않았다. 씨는 스코틀랜드의 농부에 대해서라면 조금은 알고 있었다. 정식 조사에 입회하려면 '검은 복장'을 할 필요가 있다고 느끼는 점잖음을, 그리고 한편으로는 거기에 입회했다고 해서 1시간의 밭일을 쉬기는 싫다는 검약심을 그는 진작부터 알고 있었던 것이다. 신부가 옆을 지나갈 때 보인 남자의 놀란 듯한 태도와 의심스럽다는 듯한 눈빛 역시, 앞서 이야기한 것과 같은 부류의 사람이 품는 경계심과 의심에 어울리지 않는 것은 아니었다.

성의 커다란 문을 열어준 것은 다름 아닌 플램보 자신이었다. 그 옆으로는 길게 기른 진회색 머리의 마른 사내가 손에 종이를 들고 서 있었다. 스코틀랜드 야드의 크레이븐 경위였다. 현관의 홀은 거의 장식이 없이 썰렁했으나, 단지 검은 가발과 거무스름해져가는 캔버스 속에서 그 사악한 오길비의 창백한 얼굴이 한두 개, 조롱하듯 내려다보고 있었다.

두 사람을 따라서 안쪽의 방으로 들어가 보니, 두 사람이 지금까지 앉아 있던 기다란 떡갈나무 테이블이 있었다. 그들이 앉아 있던 쪽에는 무엇인가 적힌 종잇조각이 사방에 흩어져 있고 위스키와 시가가 그것을 둘러싸고 있었다. 나머지 부분은 전체가 점점이 간격을 두고 놓여 있는 물건으로 채워져 있었는데 그 물건들은 하나같이 무엇인지 알 수 없는 것들뿐이었다. 산산이 깨져버린 유리의 반짝이는 파편을 모아놓은 것 같은 물건. 갈색 먼지를 높다랗게 쌓아올린 것 같은 물건. 다른 하나는 아무래도 평범한 나뭇가지인 듯.

"지리학 박물관 같군요." 자리에 앉아 갈색 먼지와 수정체의 조각 쪽으로 머리를 슥 향하며 신부가 이렇게 말했다.

"지리학 박물관이 아닙니다."라고 플램보. "심리학 박물관이라고 해야 할 듯합니다."

"아아, 제발 이러지 마십시오."라고 형사가 크게 웃는 소리로 말했다. "그렇게 장황한 말로 시작하지는 맙시다."

"심리학이 무엇인지 모르십니까?"라고 다정하게 놀라는 듯한 모습을 내보이며 플램보. "심리학이란 얼간이가 되는 것."

"아직도 모르겠습니다."라고 공무원 나리.

"그러니까," 플램보가 결연히 말했다. "글렌가일에 대해서 발견한 것은 딱 하나, 그가 광인이었다는 사실입니다."

가우의 검은 모습, 실크해트와 삽으로 몸을 감싼 그 모습이 저물어가는 하늘에 그 윤곽을 희미하게 드러내며 창 앞을 지났다. 브라운 신부가 그 모습을 별 생각 없이 바라본 뒤 말했다.

"그분에게는 어딘가 이상한 점이 있었다는 사실은 이해할 수 있습니다. 그렇지 않았다면 자신을 생매장하거나, 그렇게 서둘러서 자신의 시체를 묻거나 하지는 않았을 테니까요. 그런데 그게 광기 때문이라고 어떻게 말할 수 있는 겁니까?"

"우선,"하고 플램보가 말했다. "크레이븐 씨가 이 집에서 발견한 물건의 리스트에 뭐라고 적혀 있는지 들어보시기 바랍니다."

"촛불을 켜야지." 크레이븐이 갑자기 말했다. "폭풍이 올 것 같아 어두워서 읽을 수가 없습니다."

"그 진귀한 물품의 리스트 가운데 초는 들어 있지 않습니까?"라고 웃는 얼굴로 브라운.

플램보가 진지하게 얼굴을 들어 그 검은 눈빛으로 친구를 바라보았다.

"그것도 이상하군."이라고 그가 말했다. "초가 25개나 있는데 촛대는 그림자도 찾아볼 수 없다니."

순식간에 어두워져가는 방과 점점 높아져가는 바람 속에서 브라운은 테이블을 따라 걷다 다른 잡다한 증거품 속에 섞여 있는 한 뭉치의 초 앞까지 왔다. 그 도중에 적갈색 먼지의 산 위로 잠깐 몸을 웅크렸는데, 순간 재채기를 한 번, 주위의 정적이 깨졌다.

"아이고!" 그가 말했다. "코담배였군요."

그런 다음 그는 초 하나를 집어 신중하게 불을 붙인 뒤, 원래 있던 자리로 돌아와 그것을 위스키 병의 주둥이에 찔러 넣었다. 평온함을 느낄 수 없는 밤공기가 금 간 창으로 새어 들어와 그 기다란 불꽃을 장막처럼 흔들리게 했다. 성 밖의 어느 방향으로도 몇 마일이나 끝없이 이어진 소나무 숲이, 암초를 감싸고 있는 검은 바다처럼 술렁거리는 소리가 들려왔다.

"일람표를 읽겠습니다." 크레이븐이 종잇조각 하나를 손에 들고 진지하게 입을 열었다. "이 성 안에 흩어져 있던, 어떻게 설명해야 좋을지 모를 물건들의 리스트입니다. 이 집의 가구 등은 대부분 뜯겨져 방치되어 있었다는 사실을 염두에 두시기 바랍니다. 하지만 한두 개의 방이 누군가에 의해 사용되었다는 점만은 틀림없는 사실입니다. 그 사람은 단순하지만 불결하지는 않는 생활을 거기서 했습니다. 누구인지는 모르겠지만 하인인 가우가 아닌 누군가입니다. 그럼 리스트를 읽겠습니다.

첫 번째 품목. 상당한 양의 보석류. 거의 대부분이 다이아몬드인데 대 위에 올려져 있거나 세트로 되어 있는 것은 전무. 역대 오길비가 집안에 대대로 전해 내려온 보석을 가지고 있었다고 해도 이상할 것은 없지만, 이들 보석은 원래 부속하는 장식에 박혀 있어야 할 것으로, 아무래도 역대 오길비는 이것들을 동전처럼 따로따로 주머니에 넣었던 게 아닐까 여겨진다.

두 번째 품목. 산더미처럼 쌓여 있는 코담배 가루. 뿔 속에도 자루에도 들어 있지 않은 채, 난로 위 장식장에, 주방의 작은 탁자 위에, 피아노 위에, 그 외의 곳곳에 쌓여 있었다. 이 집안의 노신사는 주머니에 손을 넣는 것도, 코담배 상자의 뚜껑을 여는 것도 귀찮아 한 것이 아닐까 여겨지기도 한다.

세 번째 품목. 이 집의 곳곳에 가느다란 금속 조각이 쌓여 있었는데 그 가운데 어떤 것은 강철 스프링과 비슷하며, 또 어떤 것은 작은 수레의 바퀴 모양을 하고 있었다. 기계장치 완구를 분해한 것일까?

네 번째 품목. 초. 이것을 꽂아 놓을 곳이 따로 없기 때문에 병의 주둥이를 이용할 수밖에 없다.

자, 이상의 것들 전부가 예상했던 것보다 얼마나 무시무시하고 보기드문 것인지 마음속에 잘 새겨두시기 바랍니다. 중심이 되는 의문에 대해서는 저희도 깨닫고 있습니다. 이 집안의 마지막 백작이 어딘가 이상했다는 사실은 한눈에 알아보았습니다. 저희가 여기에 온 것은 백작이 정말 여기서 살았었는가, 정말로 여기서 죽었는가, 백작을 매장한 저 붉은 털의 허수아비가 과연 백작의 죽음과 관계가 있는가, 그것을 살펴보기 위해서입니다. 여기서 말입니다, 최악의 경우라고 해야 할지, 어쨌든 가장 기분 나쁜 연극의 결말을 생각해보시기 바랍니다. 가령 저 하인이 정말로 주인을 살해한 것이라든지, 사실 주인은 죽은 게 아니라든지, 주인이 하인인 척하고 있는 것이라든지, 하인이 주인을 대신해서 묘지에 묻힌 것이라든지, 무엇이든 상관없습니다. 어쨌든 자신이 좋아하는 대로 윌키 콜린스식 비극의 줄거리를 만들어보시기 바랍니다. 어떤 식으로 줄거리를 만들어도 촛대가 없는 초는 설명이 불가능합니다. 좋은 집안의 나이 든 신사에게 어째서 피아노 위에 코담배를 흩어놓는 버릇이 있었던 건지 설명 불가능합니다. 이야기의 핵심은 상상하기 어렵지 않습니다. 그런데 그 주변이 의문에 싸여 있는 셈입니다. 상상의 나래를 마음껏 펼쳐봐도 코담배와 다이아몬드와 초와 시계의 부품을 연결 지어 줄거리를 만든다는 것은 인간의 마음이 닿을 수 있는 영역이 아닙니다."

"그 연결고리라면 알 것 같은 기분이 듭니다."라고 신부. "글렌가일은 프랑스혁명에 애초부터 반대했습니다. 옛 정권의 열광적인 지지자였던 그는 부르봉 왕가의 집안생활을 글자 그대로 재연하기 위해 노력했습니다. 코담배를 가지고 있었던 것도 그것이 18세기의 사치품이었기 때문입니다. 초도 그것이 18세기의 조명도구였기 때문입니다. 기계 같은 철 조각은 다름 아니라 루이16세의 자물쇠 만들기 취미를 나타내고 있습니다. 다이아몬드가 상징하는 것은 마리 앙투아네트의 다이아 목걸이에 다름 아닙니다."

다른 두 사람은 하나같이 눈을 둥그렇게 뜨고 신부를 보았다.

"참으로 기묘하기 짝이 없는 생각입니다."라고 플램보. "정말 그렇게 된 것이라고 생각하십니까?"

"한 점의 의심도 없습니다, 이게 거짓이라는 사실에는."하고 브라운 신부의 답. "누구도 코담배와 다이아몬드와 시계와 초를 연결 짓지는 못할 것이라고 하시기에, 제가 바로 그 연결 고리를 하나 보여드린 것에 지나지 않습니다. 진상은 조금 더 깊은 곳에 있습니다."

여기서 잠시 말을 끊은 신부는 성의 탑에서 윙윙 울리는 바람소리에 귀를 기울였다.

"고 글렌가일 백작은 도둑이었습니다. 닥치는 대로 훔쳐대는 강도로 이중생활을 했던 겁니다. 그가 촛대를 가지고 있지 않았던 건, 초는 단지 짧게 잘라서 자신이 가지고 다니는 조그만 랜턴 안에서만 쓰면 됐기 때문이고, 코담배는 극악무도한 프랑스 범죄인들이 후춧가루를 사용한 것과 같은 곳에 쓴 겁니다. 자신을 잡으려는 사람의 얼굴에 그것을 갑자기 자욱하게 뿌리는 겁니다. 무엇보다 결정적인 증거는 다이아몬드와 조그만 강철 고리, 이 2개의 물건이 신기하게도 하나로 합치한다는 점. 여기까지 말했으니 모든 것이 분명해졌겠죠? 다이아몬드와 조그만 철의 고리야말로 유리를 잘라낼 수 있는 유일한 도구입니다."

부러진 소나무 가지가 강풍에 날아와 두 사람의 뒤쪽에 있는 유리창에 세게 부딪쳤다. 그야말로 강도의 침입을 떠오르게 하는 그 요란스러움. 그러나 두 사람은 돌아보지도 않았다. 두 사람의 눈은 브라운 신부에게 고정되어 있었던 것이다.

"다이아몬드에 작은 고리라." 크레이븐이 생각에 잠긴 듯 말했다. "그 설이 옳다는 증거는 그것뿐입니까?"

"그 설이 옳다고는 생각지 않습니다." 신부가 태연하게 대답했다. "이 네 개를 연결 지을 수 있는 사람은 아무도 없다고 말씀하시기에 그렇게 말해본 것뿐입니다. 진짜 설명은 물론 그것보다 훨씬 더 평범한 것입니다. 글렌가일은 자신의 저택 안에서 보석을 발견했습니다. 아니, 그보다는 발견한 것이라고 생각한 것입니다. 누군가가 이 보석들을 내보이며 이건 전부 성 안의 동굴에서 찾아낸 것이라고 거짓말을 한 겁니다. 조그만 고리는 다이아몬드를 캐내기 위한 도구입니다. 그는 일을 거칠지만 눈에 띄지 않게 진행했습니다. 이 부근의 양치기나 거친 사내들을 약간 모아 진행한 건데, 코담배는 스코틀랜드의 양치

기들에게 있어서는 매우 커다란 사치품이니 그들을 매수하는 데 이것을 이용하는 것보다 더 좋은 방법은 없습니다. 다음으로 촛대입니다만, 그것이 없는 것은 필요하지 않았기 때문입니다. 동굴을 탐험할 때 초는 손에 들고 있었으니까요."

"그것뿐입니까?" 플램보가 오랜 동안 사이를 두었다가 물었다. "그렇게 해서 마침내 무미건조한 진상에 이르렀단 말입니까?"

"무슨 소립니까?"라고 브라운 신부.

아득히 먼 곳의 소나무 숲에서 들려온, 사람을 비웃는 듯한 기다란 소리를 마지막으로 바람이 그쳐 조용해지자 브라운 신부가 더없이 무표정한 얼굴로 말을 이어갔다.

"제가 지금의 설을 이야기한 것은 이분이 누구도 코담배와 시계, 혹은 초와 보석을 납득할 수 있게 연결 짓지는 못할 것이라고 말씀하셨기 때문입니다. 되는대로 지껄이는 철학자 10명의 설도 우주에 정확히 부합합니다. 10개의 적당한 설로도 글렌가일 성의 수수께끼를 설명할 수 있습니다. 그건 그렇고 또 다른 증거품은?"

크레이븐이 웃음소리를 올렸다. 플램보도 웃는 얼굴로 자리에서 일어나 기다란 테이블을 따라 걸어갔다.

"다섯 번째, 여섯 번째, 일곱 번째 등등. 이것들은 도움이 되지 않을 정도로 제각각입니다. 기묘한 수집품의 첫 번째는 연필이 아니라 연필의 심 그 자체입니다. 두 번째 물건은 대나무가 하나, 끝부분이 상당히 깨져 있습니다. 이게 흉기라고 해도 조금도 이상하지 않을 겁니다. 단, 이번 사건에는 애초부터 범죄가 없었습니다. 나머지는 낡은 기도서와 조그만 가톨릭 그림이 약간. 이건 오길비 일가에 중세 시대부터 전해오던 물건일 겁니다. 이 일가의 전통에 대한 자부심은, 청교주의보다 더 강했으니까요. 이것을 박물관에 포함시킨 것은 단지, 하나같이 끝자락이 기묘하게 찢어져 있고 표면이 더럽혀져 있었기 때문입니다."

바깥의 커다란 바람이, 두들겨 맞은 것 같은 모습의 구름을 글렌가일 성 상공으로 보냈기에 브라운 신부가 금박문자로 장식된 페이지를 조사하려고 그것을 눈앞으로 가져온 바로 그때, 그 기다란 방은 어둠에 갇혀버리고 말았다. 그 어둠이 떠나기 전에 신부가 입을 열었다. 그러나 그것은 지금까지의 신부와는 전혀 다른 사람의 목소리였다.

"크레이븐 씨." 실제보다 10살이나 젊은 사람의 목소리로 말했다. "그 무덤을 조사하는 데 필요한 집행장은 가지고 계시겠지요? 그걸 빨리 하는 편이 좋을 겁니다. 그렇게 해서 이 끔찍한 사건의 내막을 밝혀내는 겁니다. 저 같으면 지금 당장이라도 출발할 겁니다."

"지금 당장,"이라고 가슴이 덜컥 내려앉은 형사가 말했다. "왜 그렇게 서둘러야 하는지?"

"왜냐하면 매우 중대한 일이기 때문입니다."라고 브라운.

"이건 어질러져 있는 코담배나 해체된 작은 돌이나 평범한 이유로 곳곳에 나뒹굴고 있던 물건과는 차원이 다릅니다. 제게 이번 일이 행해진 이유는 한 가지밖에 떠오르지 않습니다. 그런데 그 이유는 이 세계의 근본으로까지 거슬러 올라갑니다. 여기에 있는 종교화는 이유 없이 더럽혀지거나 찢어지거나 글씨가 적혀 있는 것이 아닙니다. 그런 것이라면 아이들의 장난이거나 프로테스탄트의 고집스러운 편협성에 지나지 않을 겁니다. 그런데 이건 하나같이 매우 신중하게—그리고 신비한 방법으로—보존되어 왔습니다. 신의 이름이 커다란 장식문자로 표현되어 있는 곳은 전부 신중하게 오려냈습니다. 그 외에도 딱 한 군데 있는데 그것은 어린 예수의 머리를 감싸고 있는 후광입니다. 자, 그러니 집행장과 삽과 도끼를 가지고 그 관을 뜯어내러 갑시다."

"대체 어떻게 생각하고 계신 겁니까?"라고 런던의 경관이 물었다.

"그러니까,"라고 조그만 신부가 대답했는데 그 목소리가 열풍의 포효에 뒤섞여 얼마간 높아진 듯했다. "그러니까 이 세상의 커다란 악마가 바로 지금 이 성의 탑 꼭대기에서 백 개의 머리를 가진 코끼리에도 필적할 만큼 거대한 몸을 쉬며, 묵시록 빰칠 정도의 울부짖음을 올리고 있을지도 모른다는 뜻입니다. 이 사건의 깊은 곳에는 어떤 사악한 흑마술이 숨어 있습니다."

"흑마술이라."하고 플램보가 낮은 목소리로 말했다. 그는 머

리가 깬 사람이었기에 그런 것을 모르지 않았다. "그야 어찌됐든 여기에 있는 물건들은 무엇을 의미하는 것입니까?"

"어차피 이렇다 할 것은 아닐 겁니다." 브라운이 안절부절못하며 대답했다. "그것을 어떻게 알았을까? 이 지하의 미궁과도 같은 것을 어떻게 풀려고 하는 걸까? 경우에 따라서는 코담배와 대나무로 고문을 할 수도 있을 겁니다. 미치광이라면 틀림없이 초나 강철 조각에 마음을 빼앗길 겁니다. 연필로 발광을 일으키는 맹독을 만들 수도 있습니다. 이 의문을 밝히는 무엇보다 빠른 지름길은 언덕을 올라 무덤으로 가는 겁니다."

신부를 상대하고 있던 사람들은 자신들이 그의 말에 따랐다는 사실도, 그의 선도에 따랐다는 사실도 깨닫지 못한 채 어느 틈엔가 정원으로 나와 있었다. 거기에는 세찬 밤바람이 일행을 날려버리겠다는 듯 거칠게 불고 있었다. 문득 깨달았는데 아무래도 두 사람은 자동인형처럼 신부에게 복종하고 있는 듯했다. 어느 틈엔가 크레이븐의 손에는 도끼가 그 주머니에는 집행장이 들어 있었으며, 플램보는 플램보대로 그 이상한 정원사의 묵직한 삽을 들고 있었다. 브라운 신부의 손에는 신의 이름이 도려내진 작은 금박의 책이 들려 있었다.

구불구불하기는 했으나 언덕을 올라 무덤으로 가는 오솔길은 길지 않았다. 단지 바람의 압력 때문에 아주 힘들고 먼 길인 것처럼 느껴진 것에 지나지 않았다. 일행이 언덕을 올라감에 따라서 시야 가득 소나무의 널따란 바다가 펼쳐졌는데, 바람 때문에 모든 나무들이 하나같이 기울어져 있었다. 모두가 똑같은 그 몸부림, 아니 나무부림은 매우 과장스러움과 동시에 공허하게 보였다. 사람도 없고 목적도 없는 행성에 거칠게 불어대는 바람 아래의 나무처럼 공허하게. 이 청회색의 끝없는 숲 전체에서 모든 이단의 핵심에 있는 고대의 슬픔이 높다란 소리로 노래를 부르고 있었다. 끝을 알 수 없는 침엽의 지하세계에서 들려오는 이 합창은 길을 잃고 한없이 헤매는 이교 신들의 오열인 듯 여겨졌다. 부조리의 숲속으로 들어가 버려 이제 두 번 다시는 천국으로 돌아갈 길을 발견하지 못할 신들의 외침. "알고 계신가요?" 브라운 신부가 소리는 낮았으나 편안한 투로 말했다. "스코틀랜드가 존재하기 전의 스코틀랜드인들은 기묘한 종족이었습니다. 아니, 지금도 기묘하기는 마찬가지입니다. 하지만 선사시대에는 아마도 악마를 예찬한 것이 아닐까 여겨집니다. 바로 그렇기 때문에,"라며 신부가 부드럽게 덧붙였다. "청교의 신학에 매달린 겁니다."

"신부님."하고 플램보가 약간 짜증스럽다는 듯 불렀다. "대체 어떻게 된 겁니까? 그 코담배는?"

"플램보."하고 신부도 같은 진지함으로 대답했다. "참된 종교 전부에 공통되는 하나의 특징이 있습니다. 유물주의가 바로 그것입니다. 따라서 악마예찬도 참된 종교입니다."

일행은 풀이 무성한 언덕의 정상에 도착했다. 서로 깨부수고 부르짖는 소나무 숲에서 불쑥 솟아 있는 민둥산 가운데 하나인 그곳에서는, 일부는 나무 일부는 철사로 만들어진 초라한 울타리가 폭풍 속에서 덜그럭덜그럭 소리를 올려 묘지의 경계가 가깝다는 사실을 알려주었다. 그렇게 해서 크레이븐 경위가 묘지의 한쪽 구석에 도착하고, 플램보가 삽의 끝을 지면에 찔러 거기에 몸을 기댔을 때 그 두 사람은, 몸을 떠는 울타리의 나무와 철사만큼이나 몸을 떨고 있었다. 무덤의 발아래에는 썩기 시작해 은회색으로 변해버린 커다란 엉겅퀴가 제멋대로 자라 우거져 있었다. 엉겅퀴의 관모가 바람을 견디지 못하고 떨어져 눈앞으로 불려 날아오자 크레이븐은 마치 화살이라도 피하듯 펄쩍 뛰어 몸을 피했다.

플램보는 바람에 우는 풀 사이로 삽의 날을 찔러 그 아래의 눅눅한 진흙에 박아 넣었다. 그리고 손길을 멈춰 삽을 지팡이 대신으로 삼아 몸을 기댔다.

"어서 파십시오." 신부가 지극히 평온한 투로 말했다. "진상을 밝혀내려는 것일 뿐입니다. 무엇을 두려워하고 있습니까?"

"진상이 밝혀지는 것이 두렵습니다."라고 플램보.

런던의 형사가 갑자기 입을 열었다. 편안하고 명랑하게 대화하는 투로 이야기할 생각이었던 그 목소리도 어딘가 흥분한 것처럼 들렸다. "어째서 녀석은 그렇게 자취를 감추는 방법을 쓴 걸까요? 뭔가 좋지 않은 이유가 있었을 겁니다. 나병이었던 걸까요?"

"더 심한 겁니다."라고 플램보.

"그럼 묻겠는데,"라고 형사. "나병보다 더 심한 게 뭡니까? 상상할 수 있습니까?"

"상상 같은 건 하지 않습니다."라고 플램보.

그는 한동안 말없이 땅을 파다가 곧 질식할 것 같은 목소리로 이렇게 말했다. "아무래도 제대로 된 모습을 하고 있을 것 같지 않아."

"제대로 된 모습을 하고 있지 않은 건 언젠가의 종이도 마찬가지 아니었습니까?"하고 신부가 조용히 말했다. "하지만 그 종이를 만진 뒤에도 제 몸에는 아무런 일도 일어나지 않았으니."

플램보는 있는 힘껏 닥치는 대로 땅을 파댔다. 그래도 안개처럼 언덕에 엉겨 있던 회색 구름이 바람에 흩어져, 밤하늘에 희미하게 반짝이는 별빛이 보일 때가 되어서야 비로소 거칠게 깎아 만든 나무관이 전모를 드러내기 시작했다. 플램보가 관을 풀 위로 끌어내자 도끼를 들고 있던 크레이븐이 앞으로 나섰다. 순간 엉겅퀴의 끝이 몸에 닿았기에 그는 자신도 모르게 주춤했다. 별일 아니라는 듯 다시 한 걸음 앞으로 나선 그는 플램보에도 지지 않을 정도의 호쾌한 힘으로 뚜껑이 깨질 때까지 관을 내리찍었다. 관 속에 있던 모든 것이 회색 별빛에 반짝이며 모습을 드러냈다.

"뼈야."라고 크레이븐이 말했다. 그리고 이렇게 덧붙였다. "그런데 사람의 뼈야." 그렇지 않을 것이라 생각하고 있었던 말인가?

"어떻습니까?" 묘하게 높낮이가 있는 목소리로 플램보가 물었다. "어떻습니까? 그는 괜찮습니까?"

"그런 것 같군요." 형사가 관 속의 썩기 시작해 흐릿하게 보이는 해골 위로 몸을 웅크리며 갈라지는 목소리로 말했다.

플램보의 커다란 몸에 높은 파도 같은 떨림이 전해졌다.

"가만히 생각해보면,"하고 그가 커다란 목소리로 말했다. "제대로 남아 있지 않을지도 모르겠다는 생각은 애초부터 할 필요도 없었어. 이렇게 춥고 기분 나쁜 산에 들어오면 사람은 아무래도 이상한 기분에 사로잡히는 모양이야. 틀림없이 이 암담하고 어리석은 반복 때문일 거야. 다시 말해서 이 숲과, 그리고 무엇보다 원시적인 무의식의 공포. 그건 마치 무신론자의 꿈과 다를 바 없어. 소나무 숲에 이은 소나무 숲, 거기에 다시 이어지는 끝도 없는 소나무 숲……."

"맙소사!"하고 관 옆에 있던 사내가 외쳤다. "머리가 없어."

다른 두 사람이 경직되어 뻣뻣하게 서 있던 이때가 되어서야 신부는 놀라움이 뒤섞인 불안감을 처음으로 생생하게 드러냈다.

"머리가 없다고요?"라고 신부가 되풀이했다. "머리가 없다고?" 마치 다른 것이 없을 것이라 예상하고 있었다는 듯한 말투.

글렌가일 가에서 태어난 머리가 없는 아기, 성 속에 몸을 숨긴 머리가 없는 젊은이, 고풍스러운 홀이나 화사한 정원을 달리고 있는 머리가 없는 사내, 그런 광기 어린 환상이 그들의 마음속으로 파노라마처럼 지나갔다. 그래도 이 경직된 일순간에조차 전체적 경위가 그들의 마음속에 뿌리를 내린 것도 아니고, 그것 자체에 합리성이 깃들게 하려고 하는 것처럼 보이지도 않았다. 세 사람은 꼿꼿이 선 채 지칠 대로 지친 짐승처럼 멍하니 숲의 소란과 하늘의 비명에 귀를 기울이고 있었다. 이 순간, 사고력이라는 것은 그것을 거부하고 있던 머릿속에서 갑자기 빠져나가버린 어떤 터무니없는 것이라고밖에 여겨지지 않았다.

"머리를 잃은 사람이라면,"이라고 브라운 신부가 말했다. "이 파헤쳐진 무덤 주위에 세 사람이나 있습니다."

창백해진 런던의 형사는 무슨 말인가를 하려고 입을 열었다가 바람이 올리는 기다란 비명이 하늘을 찢는 동안, 시골 사람처럼 그대로 입을 떡 벌린 채 있었다. 그리고 문득 자신의 손이 자기 것이 아니기라도 하다는 듯한 눈빛으로 쥐고 있던 도끼를 바라보다 툭 떨어뜨렸다.

"신부님." 거의 사용하지 않는 어린아이 같은 묵직한 목소리로 플램보가 말했다. "어떻게 하면 좋겠습니까?"

이에 대한 신부의 대답이 얼마나 빨랐는지, 마치 오랜 기다림에 지쳐 있던 대포에 발사 명령이 떨어진 것 같았다.

"자야겠지요." 울부짖듯 브라운 신부. "자는 겁니다. 우리는 벌써 길이 다한 절벽까지 와 있습니다. 당신은 잠이라는 게 어떤 것인지 알고 계신가요? 잠든 인간은 누구든 신을 믿고 있다는 사실을 알고 계신가요? 잠은 성찬식입니다. 믿음 위에 선 행동이자 인간에게 있어서 음식이기 때문입니다. 그리고 우리에게는 성찬이 필요합니다, 설령 자연의 선물이라 할지라도. 사람에게는 거의 찾아오는 적이 없는 일이 우리를 찾아온 것입니다. 사람을 찾아오는 일 가운데 이렇게 사악한 일은 없다고 말할 수 있을지도 모르겠습니다."

크레이븐의 벌어진 입술이 하나로 합쳐지며 말했다.

"그건 무슨 의미입니까?"

신부가 성 쪽으로 얼굴을 돌리며 대답했다.

"우리는 진상을 밝혀냈습니다. 그러나 그 진상은 의미를 갖지 않습니다."

그리고 혼자 앞장서서 오솔길을 성큼성큼 걸어 내려갔다. 신부에게 있어서 그 무모할 정도의 재빠름은 매우 드문 것이었으나 성에 도착하자마자 이번에는 개와 같은 단순함으로 잠의 침상에 들어버리고 말았다.

브라운 신부는 스스로 잠을 신비적으로 찬미했으면서도 다른 누구보다―물론 말이 없는 정원사는 예외지만― 일찍 일어나서 커다란 파이프를 피우며 뒤뜰에서 묵묵히 일하고 있는 정원사를 바라보았다. 폭풍은 새벽녘 가까이에서부터 벌써 호우가 되었다가 그쳤으며, 아침이 신비한 상쾌함과 함께 찾아와 있었다. 아무래도 정원사는 이야기를 나누기까지 한 듯했으나, 두 탐정이 모습을 드러내자 불쾌하다는 듯 삽을 모종판에 찔러 세워놓고 아침식사가 어쨌다는 둥 핑계를 댄 뒤 양배추의 대열을 따라 물러나 부엌 속으로 사라져버렸다.

"가치가 있는 사람입니다, 저 사람은."하고 브라운 신부가 말했다. "감자를 정말 잘 캡니다. 그래도 역시,"라고 냉정한 자애를 담아 덧붙였다. "결점은 가지고 있습니다. 누구나 가지고 있는 법입니다. 저 사람은 이 밭을 가는 일을 그렇게 규칙적으로 하지는 않는 듯합니다. 예를 들어서 여기,"라고 말하며 갑자기 지면의 한 곳을 발로 두드리더니, "이 아래의 감자는 아무래도 이상합니다."

"그건 어째서입니까?"라고 크레이븐이 물었다. 이 우스운 영감쟁이 이번에는 감자에 대한 취미인가?

"여기를 이상하다고 생각한 것은 가우 군 자신이 이곳에 대해서 애매한 태도를 취했기 때문입니다. 그 사람은 곳곳에 규칙적으로 삽질을 했지만 이곳만은 예외였습니다. 아주 멋진 감자가 있을 겁니다, 틀림없이."

삽을 뽑아든 플램보가 한순간도 아깝다는 듯 문제의 장소에 찔러 넣었다. 그렇게 해서 흙덩이와 함께 파낸 것은 아무리 봐도 감자와는 전혀 관계가 없는, 굳이 말하자면 머리가 큰 커다란 버섯과 같은 것이었다. 그런데 그 무엇인가가 삽에 탁 부딪혀 공처럼 뒹굴더니 모두를 향해 활짝 웃었다.

"글렌가일 백작님." 브라운 신부가 슬프다는 듯 말하고 침울한 표정으로 두개골을 내려다보았다.

한동안의 명상 뒤에 신부는 플램보의 손에서 삽을 빼앗아, "원래대로 숨겨놓읍시다."라고 말하며 두개골을 땅속으로 밀어 넣었다. 그리고 조그만 몸(과 커다란 머리)을 웅크려 지면에 깊이 박혀 있던 삽의 자루에 기댔는데 그 눈은 공허하고 이마에는 몇 줄기고 주름이 잡혀 있었다. "어떻게든 이 의미를 알 수 없을까?"라고 그는 중얼거렸다. "이 마지막 기이한 사실의 의미를." 커다란 삽의 자루에 기댄 채, 신부는 사람들이 교회에서 하는 것처럼 두 손에 머리를 묻었다.

구석구석까지 하늘 전체가 푸른빛과 은색으로 반짝이며 밝아지기 시작했다. 새들이 정원의 조그만 나무에서 울어댔기에 나무 자체가 이야기를 하고 있는 것처럼 매우 떠들썩했다. 그러나 세 사람은 가만히 입을 다물고 있었다.

"저는 두 손 다 들었습니다."라고 플램보가 마침내 요란스럽게 말했다. "제 머리와 이 세계는 서로 화합이 되지 않습니다. 이쯤에서 포기하겠습니다. 코담배, 찢어진 기도서, 오르골의 부품, 그게 대체……."

그러자 브라운이 주름 잡힌 이마를 휙 들더니 삽의 자루를 두드렸는데 그에게 있어서 그런 관용적이지 못한 태도는 매우 드문 것이었다.

"그건 불을 보듯 아주 명백한 일 아닙니까?"라고 혀를 차며 말했다. "코담배와 시계와 그 외의 여러 가지 것들에 대해서는 오늘 아침에 눈을 떴을 때 깨달았습니다. 그리고 저는 정원사인 가우와 이야기를 나눴습니다. 그는 자신이 가장하고 있는 것처럼 그렇게 귀머거리도 아니고 얼간이도 아닙니다. 문제의 뿔뿔이 흩어져 있던 여러 가지 물건에는 무엇인가 부족한 점이 있었습니다. 찢어진 기도서는 저의 착각으로, 거기에는 아무런 문제도 없었습니다. 문제는 이 마지막 기이한 사실입니다. 무덤을 파서 훼손하고 죽은 사람의 머리를 훔친다는 것은 아무래도 평범한 일이 아닙니다. 사악한 마술이 거기에 관계하고 있으리라 여겨집니다. 그것은 코담배나 초 등과 같이 매우 단순한 이야기와는 전혀 어울리지 않는 사실입니다." 그는 이렇게 말하고 언짢다는 듯 파이프를 피우며 다시 성큼성큼 주위를 걷기 시작했다.

"신부님."하고 플램보가 비아냥거리듯 말했다. "상대방을 봐가면서 말씀하시기 바랍니다. 이래봬도 전에는 범죄자였으니까요. 범죄자라는 신분의 커다란 이점은, 그 당시 제 스스로가 이야기의 줄거리를 만들어내 한시의 틈도 주지 않고 실행에 옮겼다는 점에 있습니다. 이 기다리고, 기다리고, 기다려야 하는 탐정 일은 저의 프랑스인으로서의 성급함에 전혀 어울리지 않습니다. 그것이 좋은 일이든 나쁜 일이든 저는 지금까지 언제나 즉석에서 일을 실행해왔습니다. 일을 계획하면 이튿날 아침에는 결투를 벌였고, 돈을 지불할 때는 언제나 현금이었으며,

치과의사를 찾아 갈 때도 발걸음을 늦춘 적이 없고……."

여기까지 말했을 때 브라운 신부의 입에서 파이프가 떨어져 자갈길 위에서 세 개로 갈라졌다. 멍하니 서 있는 신부의 눈은 동그래서 그야말로 백치의 표정이었다.

"아아, 나는 얼마나 멍청한 사람이란 말인가?" 같은 말을 언제까지고 되풀이했다. "멍청하기 짝이 없는 사람!" 그러다 잠시 후 그것은 약간 흥분한 듯한 웃음소리로 바뀌었다.

"치과의사라고!" 다시 말했다. "내가 6시간이나 정신의 심연에 잠겨 있었던 것도 다른 것 때문이 아니었어. 단지 치과의사라는 말이 떠오르지 않기 때문이야! 여러분, 어젯밤에는 지독한 지옥의 밤을 보냈습니다만, 이제는 걱정할 것 없습니다. 해는 떴고 새는 노래하고, 치과의사의 빛나는 모습이 세계를 위로해줄 겁니다."

"그 잠꼬대 같은 소리에서 제대로 된 의미를 이끌어내려면," 하고 플램보가 크게 한걸음을 내딛기 시작하며 외쳤다. "종교재판의 고문을 사용할 수밖에 없겠습니다."

브라운 신부는 지금까지 햇빛을 듬뿍 받은 잔디밭 위에서 춤을 추고 싶다는 충동을 억누르는 듯한 모습을 보인 뒤, 어린 아이처럼 순수하고 가련함을 불러일으키는 목소리로 외쳤다.

"조금은 바보로 있게 내버려두세요. 지금까지 제가 얼마나 슬펐는지 당신들은 모르실 겁니다. 저는 이제야 깨달았습니다, 이번 사건에 깊은 죄가 될 만한 것은 무엇 하나 숨겨져 있지 않다는 사실을. 단지 조그만 광기가 있었을 뿐……. 하지만 그런 것을 누가 마음에 두겠습니까?"

신부가 몸을 한 바퀴 휙 돌려 엄숙한 얼굴로 두 사람을 보았다.

"이건 범죄 이야기가 아닙니다. 조금 특이하고 마음이 일그러진 정직한 사람의 이야기라고 하는 편이 좋겠습니다. 저희들의 상대는, 아마도 세상에서 유일할 테지만, 자신의 몫 이외에는 무엇 하나 받지 않은 사람입니다. 그 사람의 종교였던 미개인의 살아 있는 논리에 관한 연구라고 할 수 있는 것이 이 이야기입니다.

글렌가일 일가를 노래한 이 지방의 시.

여름철 나뭇잎의 진액 같구나
오길비의 붉은 금은.

이건 비유적일 뿐만 아니라, 글자 그대로의 의미로도 받아들일 수 있습니다. 이것이 의미하는 것은 역대 글렌가일이 부를 쌓았다는 것만이 아닙니다. 그들이 글자 그대로 금을 모았다는 것도 사실입니다. 금으로 된 장식품과 실용품의 컬렉션은 대단한 것이었습니다. 실제로 그들은 그런 수집품에 열광한 인색한 사람들이었습니다. 그럼 이 사실에 비추어 저희들이 성에서 발견한 것들 전부를 하나씩 이야기해보기로 하겠습니다. 금으로 만든 고리가 없는 다이아몬드, 금으로 만든 촛대가 없는 초, 금으로 만든 상자가 없는 코담배, 금으로 만든 필통에 들어 있지 않은 연필 심, 금으로 된 손잡이가 없는 지팡이, 금 케이스가 없는 시계의 부품. 그리고 또 하나, 이건 제정신으로 한 짓이라고는 여겨지지 않지만, 그 오래 된 기도서에 새겨져 있던 신의 후광과 이름. 그것도 역시 진짜 금이었기에 전부 오려낸 것입니다."

점점 강해져가는 햇빛에 정원은 저절로 반짝임을 더했으며, 풀잎도 생기를 더해가고 있는 것처럼 보이는 동안, 이 어처구니없는 사건의 진상이 밝혀지고 있었다. 플램보가 담배에 불을 붙이는 사이에도 신부는 이야기를 계속 이어나갔다.

"그건 오려낸 것이지 도둑맞은 것이 아닙니다. 그것이 만약 도둑의 소행이었다면 이런 의문은 뒤에 남지 않았을 겁니다. 도둑이라면 코담배의 금 상자를 내용물까지 함께 가져갔을 겁니다. 금으로 만든 필통도 마찬가지입니다. 아무래도 상대방은 일종의 독특한 양심을-그래도 역시 양심을- 가진 인물입니다. 저는 오늘 아침, 그 광적인 모럴리스트를 저쪽 뒤뜰에서 찾아내 모든 이야기를 들었습니다.

고 오길비 대감독은 글렌가일 가에서 태어난 사람 가운데 선량한 사람에 가장 가까이 근접한 인물이었습니다. 그런데 그의 일그러진 덕망이 대인혐오증으로 방향을 잡았습니다. 조상들의 부도덕함에 고심하던 그는 거기서 일반론을 이끌어내,

인간은 모두 부정직하다고 결론 내렸습니다. 무엇보다 특히 의심의 눈길을 던진 것은 자선이네 기부네 하는 것이었습니다. 그리고 만약 어딘가에 자신의 권리에 해당하는 분량만큼을 과하지도 부족하지도 않게 취득한 사람이 있다면 글렌가일 가의 금을 전부 그 사람에게 주겠다고 맹세하고, 이렇게 해서 인류를 향해 도전장을 내던진 뒤, 거기에 합당한 사람은 아무도 없을 것이라 지레짐작했기에 은둔해버렸습니다. 그러던 어느 날, 귀머거리에 얼핏 아무런 재주도 없는 것처럼 보이는 젊은이가 멀리 떨어진 마을에서 전보를 배달하러 왔습니다. 글렌가일은 짓궂은 장난을 치고 싶은 마음에 새 파딩(영국 최소단위의 화폐. 1페니의 4분의 1) 하나를 젊은이에게 주었습니다. 적어도 그는 파딩이라고 생각하고 주었습니다. 그런데 나중에 동전을 살펴보고, 새 파딩은 그대로인 대신 1파운드짜리 소브린이 없어졌다는 사실을 알게 되었습니다. 이 실수에서 글렌가일은 세상에 대한 자신의 모멸감을 만족시킬 수 있을지도 모르겠다는 가능성을 발견했습니다. 어차피 그 젊은이는 인간 특유의 탐욕스러움을 발휘하리라. 이대로 사라져버려 금전 하나를 훔친 도둑이 되거나, 혹은 짐짓 정직한 척 그것을 다시 가지고 와서 보수를 요구하는 속물이 되거나, 둘 중 하나일 것이다. 그날 밤, 글렌가일 경이 침대에서 일어나—왜냐하면 경은 혼자 살고 있었기 때문에— 마지못해 문을 열어보니 거기에 그 백치가 서 있었습니다. 그 얼간이 군은 놀랍게도 소브린이 아니라거스름돈으로 19실링 11펜스 3파딩을 가지고 있었습니다.

　참으로 빈틈없는 이 행동이 미친 글렌가일의 머릿속에 불꽃처럼 들러붙었습니다. 그는 자신이 디오게네스가 되어 오랜 세월 정직한 사람을 찾고 있었는데, 마침내 한 사람을 찾아냈다는 의미의 말을 하고 유언장을 고쳐 썼습니다. 저는 그것을 벌써 봤습니다. 이렇게 해서 글렌가일은 이 스산한 대저택으로 착실하기 짝이 없는 젊은이를 불러들여 유일한 하인으로, 그리고 또한―기묘한 방식이지만― 상속인으로 삼은 겁니다. 그 특이한 하인은, 다른 것은 아무것도 몰랐지만 주인의 두 가지 고정관념만은 완전하게 이해하고 있었습니다. 즉, 권리장이 전부라는 사실, 그리고 글렌가일의 금이 자신의 소유가 될 것이라는 사실, 두 가지는 잘 이해하고 있었던 겁니다. 여기까지는 있는 그대로의 이야기로 극히 간단합니다. 얼간이 군은 이 집에 있는 금 전부를 도려냈습니다. 하지만 금이 아닌 것에는, 단 한 조각의 먼지에도 손을 대지 않았습니다. 실제로 코담배 가루 한 알갱이까지도 그대로 남아 있지 않았습니까? 금박으로 장식한 낡은 책에서 금으로 된 부분을 오려낸 뒤, 다른 부분에는 손도 대지 않았다는 사실에 그는 한없이 만족했습니다. 그랬기에 저는 모든 사실을 이해할 수 있었습니다. 그런데 아무래도 이해할 수 없었던 것은 이 두개골에 대한 문제였습니다. 그 사람의 머리가 감자밭에 묻혀 있었다는 건 아무래도 납득할 수 없는 일이었습니다. 어떻게 된 일일까 골머리를 썩고 있었는데……, 그때 플램보 군이 정곡을 찌르는 말을 한 겁니다.

이제는 괜찮습니다. 두개골은 그 사람이 틀림없이 무덤으로 돌려놓을 겁니다. 금니의 금을 전부 벗겨내고 나면."

아니나 다를까, 그날 아침 플램보가 언덕을 가로질러가는데 그 기이한 인물, 정직하고 인색한 양반이 더럽혀진 무덤을 파내고 있는 모습이 보였다. 그의 목에 두른 스카프가 산바람에 나부끼고 있었으며, 머리 위에는 실크해트가 사람들의 생각 따위 전혀 개의치 않는다는 듯 자리를 잡고 있었다.

마지막 사건
The Final Problem

아서 코난 도일
Arthur Conan Doyle

셜록 홈즈
Sherlock Holmes

셜록 홈즈(Sherlock Holmes)

　영국의 작가 코난 도일이 만들어낸 세계적 명탐정. 명탐정의 대명사적 존재다.

　1887년에 『진홍빛에 관한 연구』에 처음으로 등장. 발군의 추리력을 가졌으며 해부학·화학·수학·법률에도 풍부한 지식을 가지고 있으나, 통속문학에 관한 지식은 범위가 한정되어 있고 천문학·정치학·철학에 관한 지식은 없다. 가느다란 매부리코, 날카로운 눈매를 가졌으며 얼굴은 매와 같고 키는 6피트(약 183㎝)가 넘으며 마른 체형.

　권투·펜싱·봉술에 능하다. 사색을 할 때는 바이올린을 켜며, 싸구려 담배냄새와 지독한 화학실험 냄새를 피워 올린다. 우울한 상태가 되면 하루 종일 입을 열지 않으며, 때로 코카인을 즐기는 나쁜 습관이 있다. 홈즈의 조수이자 전기 기술자이기도 한 왓슨 의사는 우정이 두텁고 마음이 따뜻한 사람으로 미인에 대해서는 언제나 찬사를 아끼지 않는다.

　저자인 도일은 홈즈와 결별하기 위해 24번째 단편에서 악당 모리어티 교수와 함께 폭포에 떨어져 숨진 것으로 묘사했으나 독자들의 요청에 따라 「셜록 홈즈의 귀환」에서 그를 부활시켰다. 홈즈의 집이 있던 런던 베이커 가 221B(실재하지는 않는다)에는 아직도 홈즈 앞으로 보낸 편지가 날아든다고 한다.

셜록 홈즈의 명성을 높여준 그만의 독특한 재능을 기록하는 것도 이것이 마지막이라고 생각하니 펜을 잡기가 슬퍼진다. 나는 '진홍빛에 관한 연구'라는 제목으로 기록을 남긴 사건이 일어날 무렵 우연히 홈즈를 알게 된 이후, 그가 '해군조약' 사건에 관여하기까지—그의 활약 덕분에 이 사건이 커다란 국제문제로 번지지 않고 마무리되었다고 나는 믿고 있다— 그와 함께 행동하면서 얻은 수많은 체험을 두서없이 미숙한 붓으로 기록해왔다. 나는 거기서 기록을 멈출 생각이었다. 내 인생에 메울 길 없는 공백을 만들어버린 사건에 대해서는 2년이 지난 지금까지도 입을 다물고 있을 생각이었다. 그런데 얼마 전, 제임스 모리어티 대령이 죽은 동생을 변호하기 위해서 그와 같은 수기를 발표했기 때문에 나도 어쩔 수 없이 펜을 들어 사실을 있는 그대로 정확하게 공표하지 않을 수 없게 되었다. 그 사건에 대한 정확한 진상을 알고 있는 것은 오직 나 하나뿐이며, 진상을 숨긴다 해도 더 이상 아무런 도움이 되지 않는 시기가 온 것을 나는 기쁘게 생각하고 있다. 내가 알고 있기로 이 사건이 보도된 것은 딱 세 번뿐이었다. 1891년 5월 6일의 『제네바

저널』, 5월 7일 영국의 각 신문에 게재된 로이터 통신의 급전, 그리고 마지막이 앞서 말한 바 있는 모리어티 대령의 수기이다. 이중 앞서 말한 두 가지는 극히 짧은 기사였고 마지막 수기는, 지금부터 설명하겠지만 사실을 완전히 왜곡시킨 내용이었다. 모리어티 교수와 셜록 홈즈 사이에 무슨 일이 있었는지 그 진상을 밝히는 것이 나의 의무일 것이다.

전에도 밝힌 바 있지만 나의 결혼에 이은 병원 개업 때문에 그토록 친밀했던 홈즈와 나와의 관계에도 얼마간의 변화가 있었다. 그는 수사에 도움이 필요할 때면 변함없이 나를 찾아오곤 했었는데 그 횟수도 점점 줄어들어 1890년에 내가 기록한 사건은 겨우 세 건에 불과했다. 그해 겨울부터 이듬해인 1891년 이른 봄까지 그가 프랑스 정부의 의뢰로 어떤 중요한 사건을 해결하고 있다는 사실은 신문을 통해서 알고 있었으며, 나르본느와 니임에서 보내준 홈즈의 편지로 그가 프랑스에서 상당히 오래 머물게 될 것 같다는 생각을 하게 되었다. 그랬기 때문에 4월 24일 밤, 홈즈가 갑자기 진찰실에 모습을 드러냈을 때 나는 조금 놀라지 않을 수 없었다. 그의 얼굴이 평소보다 더 창백하고 매우 여위어 있었기 때문에 걱정이 되기도 했다.

"맞아, 조금 무리해서 일을 한 듯해. 요즘 조금 복잡한 문제가 있거든. 덧문을 닫아도 되겠나?"

그는 내가 묻기도 전에 표정을 보고 이렇게 대답했다.

내가 책을 읽고 있던 책상 위에 켜놓은 램프만이 방을 밝히고 있었다. 홈즈는 벽에 몸을 바짝 붙이더니 벽을 따라가 덧창을 닫고 걸쇠를 확실하게 채웠다.

"무슨 걱정거리라도 있는 건가?"

내가 물었다.

"응, 있어."

"뭐지?"

"공기총."

"이봐, 홈즈. 그게 무슨 소린가?"

"왓슨, 자네는 나를 잘 알고 있으니 내가 결코 괜한 일을 걱정하는 사람이 아니라는 것도 알고 있겠지? 하지만 위험이 닥쳤는데도 그것을 인정하지 않는다면 그건 용기가 아니라 어리석음일 거야. 성냥 좀 주겠나?"

마음을 가라앉혀주는 담배의 작용에 감사하듯 홈즈는 담배 연기를 들이마셨다. 그리고 다시 말을 이었다.

"이런 늦은 시간에 찾아와서 미안하네. 그리고 잠시 후에는 뒤뜰의 담을 넘어서 돌아가게 해달라고 부탁할 테니 몰상식하다고 생각하지 말고 나를 용서해주게나."

"대체 왜 그러는 거야?"

내가 물었다.

그가 한쪽 손을 내밀었다. 램프의 불빛에 비춰진 그의 손 중 두 군데, 손가락 관절부분의 피부가 찢어져 피가 배어나오고 있는 것이 보였다.

"보게, 보통 일이 아니라고. 남자가 손등에 상처를 입었다면 그건 이만저만한 일이 아닐세. 부인은 있는가?"

"아니, 며칠 여행을 떠났어."

"그거 잘 됐군. 그럼 자네 혼자란 말이지?"

"그래."

"그럼 얘기하기가 쉬워졌군. 나랑 한 일주일 정도 유럽 대륙에 가주지 않겠나?"

"대륙 어디에?"

"어디든 상관없어. 내게는 전부 똑같거든."

참으로 알 수 없는 일이었다. 홈즈가 아무런 목적도 없이 휴가를 떠날 리가 없었다. 창백하게 여윈 얼굴이, 신경이 극도로 날카로워졌다는 사실을 대변하고 있었다. 눈빛을 통해 내가 이상하게 생각하고 있음을 알아차린 홈즈는 양 손가락 끝을 마주대고 무릎 위에 팔꿈치를 얹은 뒤 사정을 설명하기 시작했다.

"자네, 모리어티 교수라고 들어본 적 없지?"

"없어."

"바로 그걸세. 이 사건의 특징과 불가사의함이 바로 거기에 숨어 있어! 런던 시내를 활개치며 돌아다니고 있는 사내의 이름을 누구 하나 아는 사람이 없어. 바로 그렇기 때문에 녀석은 범죄 역사상 가장 커다란 기록을 세울 수 있었지. 왓슨, 이건 진심으로 하는 얘긴데 만약 내가 그 사람을 때려눕혀 이 사회를 그의 손아귀에서 건진다면 나는 내 경력이 드디어 최고점에 달했다고 생각하고 좀 더 평온한 생활을 시작해도 좋을 거라고 생각할 걸세. 자네니까 하는 얘긴데, 사실 최근 스칸디나비아 왕가와 프랑스공화국을 위해서 몇몇 사건을 처리한 덕분에 이제는 내 취향에 맞춰 조용히 시간을 보내며 화학 연구에 전념할 수 있을 만한 신분이 되었네. 하지만, 왓슨. 모리어티 교수 같은 사람이 아무렇지도 않게 런던 시내를 활보하고 있다고 생각하면 도저히 참을 수가 없네. 가만히 앉아 있을 수가 없어."

"그 사내가 어떤 짓을 저질렀지?"

"특이한 경력을 가진 사람이야. 명문가 출신으로 훌륭한 교육을 받았고, 놀랄 정도로 뛰어난 수학적 재능을 타고났어. 21살에 이항정리에 관한 논문을 발표하여 전 유럽을 떠들썩하게 만들었지. 덕분에 영국의 한 조그만 대학의 수학교수 자리에 오르는 등 누가 봐도 전도유망한 청년이었어. 하지만 이 사람에게는 악마적인 피가 흐르고 있었네. 범죄자의 피가 그의 혈관을 흐르고 있었는데 그런 성향이 놀랄 정도로 뛰어난 지력에 의해 교정되기는커녕 오히려 더욱 증폭되어 더할 나위 없이 위험한 사람이 되어버렸다네. 그러던 중 그를 둘러싼 좋지 않은 소문이 퍼져 결국에는 교수직에서 물러나 런던에서 군인들을 상대하는 교사가 되었지. 여기까지는 세상에도 잘 알려진 얘기지만 지금부터 하는 얘기는 내 스스로 조사한 내용일세.

왓슨, 자네도 알다시피 나는 런던의 지능적 범죄사회의 실상을 누구보다도 잘 알고 있는 사람일세. 몇 년 전부터 범죄자들의 배후에 어떤 힘이 숨어 있다는 사실을 알게 됐어. 늘 법의 집행을 가로막고 범죄자들을 지켜주는 강력한 조직의 힘이지. 위조, 강도, 살인 등 모든 종류의 범죄의 배후에 그런 힘이 존재한다는 사실을 종종 느낄 수 있었어. 또한 내가 직접 관여하지는 않았지만 미궁에 빠져버린 수많은 사건에도 이 힘이 작용했다는 사실을 알게 되었지. 지난 몇 년간 나는 이 조직을 둘러싸고 있는 베일을 벗기기 위해 노력해왔는데 드디어 얼마 전에 그 실마리를 찾아냈고 그것을 더듬어 교묘한 미로를 빠져나가 결국에는 이 유명한 수학교수 모리어티에게까지 이르게 되었다네.

왓슨, 그는 범죄사회의 나폴레옹일세. 이 대도시에서 일어나고 있는 범죄의 절반 정도와 미궁에 빠진 사건의 대부분을 그가 조종하고 있어. 게다가 천재에 철학가, 논리적 사색가이기도 하지. 그는 가장 우수한 두뇌를 가진 자야. 거미처럼 거미집의 한가운데 가만히 앉아 있지만 그 집에는 수많은 거미줄이 사방으로 뻗어 있어 어느 줄이 움직이든 바로 그에게 전달되지. 자신이 직접 손을 대는 일은 거의 없네. 그저 계획을 세울 뿐이지. 하지만 탄탄한 조직하에 수많은 부하들이 있어. 어떤 범죄를 저지르고 싶은 경우에는 —예를 들어서 서류를 훔친다거나 어떤 곳에 침입한다거나 사람을 한 명 영원히 잠재운다거나— 교수에게 한마디 귀띔만 해주면 곧 계획이 세워지고 그것이 실행에 옮겨진다네. 부하가 체포되는 경우도 있지. 그럴 때는 금액이 얼마가 됐든 보석금을 내기도 하고 변호사비를 물기도 하네. 하지만 부하들을 움직이고 있는 흑막은 결코 체포되지 않아. 혐의조차도 받질 않지. 왓슨, 나는 지금 이런 조직과 맞서고 있다네. 그들의 범죄를 폭로하고 그들을 잡아들이기 위해서 나는 전력을 기울여왔어.

갖은 방법을 다 써봤지만 교수가 자기 주위에 아주 교묘한 방어벽을 쳐놨기 때문에 법정에서 그가 유죄판결을 받게 할 만한 결정적인 증거를 잡지는 못했어. 왓슨, 자네는 내 힘을 잘 알고 있지 않나? 그런 내가 3개월간의 고생 끝에 간신히 찾아낸 것은 나와 동등한 지력을 가진 적이었어. 너무나도 뛰어난 실력에 감탄해서 그가 저지른 범죄의 끔찍함조차도 잊을 정도였지. 하지만 그런 그도 마침내 꼬리를 밟히고 말았어. 아주 조그만 실수였지만 내가 그의 신변을 감시하고 있을 때였으니 해서는 안 될 실수였다네. 드디어 기회를 잡은 거지. 나는 그것을 출발점으로 그의 주위에 그물을 쳤고 지금은 그 그물을 당기기만 하면 되네. 3일 후, 그러니까 다음주 월요일이면 모든 일이 무르익어 교수와 그 일당의 주요 인물들이 경찰의 손에 넘어갈 거야. 그러면 금세기 최대의 형사재판이 시작되고 미궁 속에 빠졌던 40건 이상의 사건이 단번에 해결되어 그들 전원이 교수형에 처해지게 될 걸세. 하지만 지금 이 순간에 조금이라도 일을 서두르면 마지막 순간에 적을 놓치게 될지도 모르지.

이번 조사를 모리어티 교수가 눈치 채지 못했다면 아무런 문제도 없었을 거야. 하지만 상대는 모리어티야. 내가 그물을 치기 위해서 행한 수단을 철저하게 꿰뚫어봤지. 그리고 몇 번이나 내 그물을 뚫으려 했었네. 그때마다 내가 선수를 치기는 했지만. 왓슨, 만약 이 무언의 투쟁을 자세하게 기록할 수만 있다면 탐정 역사상 가장 빛나는 대결을 그린 소설이 탄생하게 될 거야. 이번처럼 내 모든 힘을 한꺼번에 쏟아 부은 적도 없었고 이번처럼 자신감에 넘쳤던 적도 없었어. 그리고 이번처럼 상대방이 나를 압박해온 적도 없었지. 상대방이 깊숙이 파고들어오면 나는 상대방의 더욱 깊은 곳으로 파고들었어. 오늘 아침에 나는 최후의 수단을 썼네. 이제 3일 후면 모든 것이 끝날 판이었어. 그래서 나는 내 방에 들어앉아 이 사건에 대해서 이런저런 생각을 하고 있었지. 그런데 갑자기 문이 열리더니 모리어티 교수가 눈앞에 서 있지 않겠는가?

왓슨, 나는 결코 쉽게 놀라는 사람이 아니야. 하지만 솔직히 말하자면 늘 머릿속으로 그리고 있던, 그리고 그 순간에도 머릿속으로 그리고 있던 사람이 문 앞에 서 있는 것을 보고는 깜짝 놀라지 않을 수 없었다네. 그가 어떻게 생긴 사람이라는 건 이미 전부터 알고 있었어. 키가 아주 크고, 말랐으며, 하얀 이마가 둥그렇게 튀어나왔고, 두 눈은 움푹 패여 있지. 수염은 깨끗하게 깎고 다니며, 얼굴은 창백하고, 수행하는 사람 같은 면모가 있고, 교수다운 면도 아직 남아 있어. 연구에 몰두해서인지

등이 조금 구부정하고, 얼굴을 앞으로 내밀고 있으며, 마치 파충류처럼 언제나 이상한 모습으로 몸을 좌우로 흔들고 있지. 그가 호기심 가득한 주름진 눈으로 나를 바라보았네.

'자네 생각보다 머리가 좋지 않은 것 같군. 가운 주머니 속에서 총알이 장전된 권총을 만지작거리고 있다니, 그건 위험한 습관이야.'

사실 그가 안으로 들어온 순간 나는 극도의 위기감을 느꼈다네. 내가 친 그물에서 그가 벗어나는 유일한 방법은 내 입을 막아버리는 것뿐이었으니까. 그래서 재빨리 서랍에서 권총을 꺼내 가운 주머니에 넣고 그 속에서 그를 겨냥하고 있었어. 하지만 그가 모든 사실을 알아버렸으니 하는 수 없었지. 권총을 꺼내 총알이 장전된 채로 테이블 위에 올려놓았네. 그는 여전히 게슴츠레한 눈을 깜빡이며 빙그레 웃고 있었지만 그의 눈빛을 보는 순간 나는 권총을 가까이에 두기를 잘했다는 생각이 들었어.

'자네 아무래도 나라는 사람을 잘 모르는 것 같군.'

그가 말했네.

'아니, 아니. 아주 잘 알고 있어. 자, 자리에 앉게. 할 말이 있다면 딱 5분만 시간을 내주지.'

'내가 왜 왔는지 잘 알고 있을 텐데.'

그가 말하더군.

'그렇다면 내 대답도 잘 알고 있을 텐데.'

내가 대답했어.

'끝까지 해볼 생각인가?'

'물론!'

그가 주머니에 손을 찔러 넣기에 나도 테이블 위에 있는 권총으로 손을 가져갔지. 하지만 그가 꺼낸 것은 날짜가 적혀 있는 수첩이었어.

'자네, 1월 4일에 내 일을 방해했더군. 23일에도 방해를 했고. 2월 중순에는 자네 때문에 커다란 피해를 입었고, 3월 말에는 계획을 완전히 엉망으로 만들어버렸어. 그리고 4월 말, 지금은 자네의 끈질긴 추격 덕분에 결국에는 자유를 잃게 될 위기에 처하고 말았어. 더 이상 참을 수 없는 상황까지 오고 말았네.'

'내게 무슨 부탁이라도 있어서 온 건가?'

내가 물었어.

'홈즈, 손을 떼기 바라네. 정말로 손을 떼는 게 좋을 거야.'

그가 머리를 흔들며 말했네.

'월요일이 지나면 그때부터 손을 떼지.'

내가 말했어.

그가 혀를 차며 말했어.

'쯧쯧. 자네처럼 현명한 사람이라면 그 결과가 어떻게 될지 잘 알고 있을 텐데. 자네는 손을 뗄 수밖에 없을 걸세. 자네가 그런 식으로 움직였기 때문에 우리가 취할 수 있는 수단은 오직 한 가지밖에 남아 있질 않아. 내게 이번 사건에서 자네가 취한 행동을 지켜보는 것은 지적 즐거움이었네. 그랬던 만큼 솔직히 말하자면 이렇게 과격한 수단에 의지할 수밖에 없다는 사실이 나로서도 매우 괴롭네. 자네는 비웃고 있지만 이건 진심이야.'

'내 일과 위험은 떼려야 뗄 수 없는 관계니까.'

내가 말했어.

'이건 위험이 아니야. 피할 수 없는 파멸이지. 자네가 방해하고 있는 상대는 나 개인이 아닌 강력한 조직이야. 그렇게 총명한 자네도 아직 조직의 방대함과 힘을 깨닫지 못하고 있는 것 같군. 손을 떼게, 홈즈. 아니면 조직에게 짓밟히고 말 테니.'

그가 말했어.

'아, 내 정신 좀 봐. 얘기가 너무 재미있어서 하마터면 중요한 일을 잊을 뻔했군.'

내가 자리에서 일어나며 말했지.

그도 자리에서 일어나 슬픈 표정으로 고개를 저으며 말없이 나를 바라보더군.

'어쩔 수 없지. 안타깝지만 나로서도 할 수 있는 일은 다한 셈이야. 홈즈, 이건 자네와 나의 결투일세. 자네는 나를 피고석에 세우고 싶겠지만 나는 절대로 피고석에 서지 않을 걸세. 나를 꺾을 생각인가본데 나는 절대로 지지 않아. 자네에게 나를 파멸시킬 머리가 있다면, 내게도 자네를 파멸로 몰고 갈 머리가 있다는 사실을 잊지 말기 바라네.'

'모리어티, 여러 가지로 칭찬을 해줘서 고맙군. 그렇다면 나도 한마디 하겠는데 자네를 확실하게 파멸로 몰고 갈 수만 있다면 공공의 이익을 위해서 나도 기꺼이 파멸하도록 하겠네.'

내가 말했네.

'자네의 파멸은 확실하게 약속할 수 있지만 다른 한쪽은 약속할 수 없네.'

그가 외쳤어. 그리고 구부정한 등을 내 쪽으로 돌리더니 눈을 깜빡이며 주위를 둘러보고는 방 밖으로 나갔어.

이게 모리어티 교수와의 기묘한 만남이었어. 솔직히 말하자면 그 후, 나는 매우 불쾌함을 느꼈네. 단순한 악당과는 달리 평온하고 논리적으로 이야기하는 모습에 기묘하게 진실한 부분이 넘쳐흐르고 있었어. 자네는 왜 경찰에 보호를 요청하지 않았냐고 묻고 싶겠지. 하지만 습격은 틀림없이 그가 아닌 그의 부하가 해올 거야. 여기에는 명백한 증거가 있네."

"벌써 습격을 당했나?"

"왓슨, 모리어티 교수는 절대로 일을 서두르지 않아. 낮에 일이 있어서 옥스퍼드 가에 갔었지. 벤틱 가에서 웰벡 가 네거리로 나가는 모퉁이를 막 돌아서려는 순간 말 두 마리가 끄는 짐마차가 번개처럼 빠르게 나를 향해서 맹렬히 돌진해왔어. 재빨리 보도 위로 뛰어들어서 간신히 목숨을 건졌고 짐마차는 그대로 메릴본 거리 쪽으로 접어들어 눈 깜빡할 사이에 사라져버렸어. 그 뒤부터 나는 보도로만 다녔는데 베어 가를 지날 때, 한 집의 옥상에서 벽돌이 떨어지더니 내 발 앞에서 산산조

각이 나더군. 나는 경찰을 불러 그 주위를 살펴보게 했네. 결국에는, 옥상에 수리를 위해서 슬레이트와 벽돌을 쌓아놓았는데 그중 하나가 바람에 떨어진 것이라는 결론을 내리더군. 그렇지 않다는 사실을 알고는 있었지만 증거가 없으니 하는 수 없지. 그 후에 나는 영업용 마차로 펠멜 가에 있는 형님 댁에 가서 하룻밤 묵었어. 그리고 이곳으로 온 건데 도중에 곤봉을 든 괴한의 습격을 받았지. 나는 녀석을 때려눕히고 경찰에 그를 넘겼네. 녀석의 앞니에 긁혀서 주먹이 까진 거라네. 하지만 내 장담하건대 경찰은 그 사내와, 10마일(약 16㎞)도 떨어지지 않은 곳에서 칠판을 향해 수학문제와 씨름하고 있을 수학교사 사이에 어떤 관계가 있을 거라고는 절대로 밝혀내지 못할 걸세. 왓슨, 왜 내가 방에 들어오자마자 덧창을 닫고 돌아갈 때는 앞문이 아니라 좀 더 사람들 눈에 띄지 않는 곳으로 가게 해달라고 부탁했는지 이제는 잘 알았겠지?"

홈즈의 용기에는 지금까지도 여러 차례 감탄했지만 하루 동안에 있었던 일련의 무시무시한 사건들을 하나하나 아무렇지도 않은 얼굴로 설명하는 것을 보고는 새삼스럽게 놀라지 않을 수 없었다.

"오늘은 여기서 묵을 거지?"

내가 물었다.

"아니, 돌아가야지. 나는 위험한 손님이니까. 철저하게 준비를 해놨으니 모든 일이 다 잘 풀릴 거야. 법정에 안 나갈 수는 없겠지만 체포할 때는 내가 관여하지 않아도 되도록 손을 써놨네. 그러니까 경찰이 일을 완전히 마칠 때까지 나는 2, 3일 정도 몸을 숨기고 있는 편이 좋을 거야. 그래서 자네에게 함께 대륙으로 가줬으면 하고 부탁을 한 걸세."

"환자가 그렇게 많은 것도 아니고, 근처에 친절한 동업자도 있으니 기꺼이 자네와 동행하도록 하겠네."

내가 말했다.

"내일 아침에 출발할 수 있겠나?"

"그럴 필요가 있다면."

"그렇게 했으면 하네. 그리고 이 자리에서 꼭 말해두어야 할 게 있어. 왓슨, 무슨 일이 있어도 내 말대로 해주길 바라네. 자네와 나, 둘이서 유럽 제일의 범죄자와 가장 큰 세력을 떨치고 있는 범죄조직을 상대해야 하니 말일세.

잘 듣게 왓슨. 필요한 짐은 오늘밤 안으로 믿을 만한 짐꾼에게 부탁해서 빅토리아 역으로 옮겨놓도록 하게. 이름은 적지 말고. 내일 아침이 되면 영업용 마차를 부르라고 하게. 단, 심부름하는 아이에게 첫 번째 마차와 두 번째 마차는 부르지 말라고 일러둘 것. 세 번째 마차에 신속히 올라타 로더 아케이드의 스트랜드 가 쪽까지 가게. 행선지는 종이에 적어서 버리지 말라고 주의를 준 뒤 마부에게 건네주도록 하게. 요금을 미리 준비해두었다가 마차가 멈추면 얼른 뛰어내려 바로 아케이드 건너편으로 빠져나가 정확히 9시 15분에 반대편 입구로 나오게.

그러면 길가에 빨간 목깃이 달린 두꺼운 외투를 입은 마부가 타고 있는 조그만 사륜마차가 기다리고 있을 거야. 그 마차를 타면 대륙연락 급행 시간에 맞춰서 빅토리아 역에 도착할 수 있을 거야."

"자네와는 어디서 만나지?"

"역에서. 앞에서 두 번째 차량의 일등석을 예약해놓겠네."

"그럼 차 안에서 만나게 되겠군."

"맞아."

하룻밤 묵고 가라고 거듭 권해봤지만 그는 그대로 밖으로 나갔다. 묵게 되면 폐를 끼치게 될지도 모르기에 굳이 떠난 것이리라. 이튿날 아침의 계획에 대해서 서둘러 두어 가지 더 말한 다음 그는 자리에서 일어나 나와 함께 정원으로 나갔다. 그리고 모티머 가 쪽으로 나 있는 담을 넘더니 휘파람을 불어 영업용 마차를 잡아 타고 돌아가는 소리가 들렸다.

이튿날 아침, 나는 홈즈가 지시한 그대로 행동했다. 적이 보냈을지도 모를 마차를 피해서 주의 깊게 영업용 마차를 부르라고 시켰다. 그리고 아침식사를 마치자마자 로더 아케이드에 도착한 나는 전 속력으로 달려 그곳을 빠져나갔다. 역시 사륜마차가 기다리고 있었다. 내가 마차에 올라타자 검은 외투를 입은 거구의 마부가 바로 말에 채찍을 가해 빅토리아 역을 향해 달리기 시작했다. 역에서 내리자 마부는 마차를 돌려 내게는 눈길 한 번 주지 않고 그대로 떠나버렸다.

여기까지는 모든 일이 계획대로 진행되었다. 짐은 이미 도착해 있었으며, 홈즈가 말한 객차도 바로 알아볼 수 있었다. '예약'이라는 팻말이 걸린 객차는 한 대밖에 없었기 때문이었다. 한 가지, 홈즈가 아직 모습을 드러내지 않았다는 사실이 마음에 걸렸다. 역의 시계를 보니 출발시간까지 겨우 7분밖에 남질 않았다. 여행객과 배웅을 나온 사람들로 붐비는 구내를 이리저리 둘러보았으나 그의 훤칠한 모습은 눈에 띄지 않았다. 그림자도 보이지 않았다. 늙은 이탈리아인 목사가 서툰 영어로 짐을 파리까지 직접 보내달라고 짐꾼에게 부탁하느라 고생하고 있기에 그를 돕기 위해 2, 3분 정도 시간을 보냈다. 그런 다음 다시 한 번 주위를 둘러보고 열차 안으로 들어가니 짐꾼이 표도 확인하지 않고 마구잡이로 태운 듯, 조금 전의 그 늙은 이탈리아인 목사가 내 동행이라는 표정으로 우리 자리에 앉아 있었다. 내 이탈리아어는 노인의 영어 이상으로 서툴렀기 때문에 자리를 잘못 찾았다고 아무리 설명해도 전혀 알아듣질 못했다. 나는 설명하기를 포기하고 어깨를 한 번 들썩인 다음 초조한 마음으로 홈즈의 모습을 찾으려 창밖을 내다보았다. 문득 그가 모습을 나타내지 않는 것은 어젯밤 습격을 당했기 때문이 아닐까라는 생각이 들자 등줄기가 오싹해졌다. 열차의 문이 모두 닫히고 기적소리가 들려왔다. 바로 그때 나를 부르는 소리가 들렸다.

"이봐, 왓슨. 인사도 안 하긴가?"

나는 깜짝 놀라 뒤를 돌아보았다. 늙은 목사가 나를 바라보

고 있었다. 순간 얼굴의 주름이 사라지고, 축 늘어져 있던 코가 오뚝해지고, 툭 튀어나온 아랫입술이 안으로 들어가고, 우물거리던 입이 멈췄고, 탁하던 눈빛이 생기를 되찾았으며, 구부정하던 등이 똑바로 펴졌다. 하지만 다음 순간 모든 것이 다시 원래대로 되돌아가더니, 모습을 드러냈던 것과 똑같은 속도로 홈즈의 모습이 사라져버렸다.

"이게 어떻게 된 건가? 정말 놀랐네."

내가 외쳤다.

"아직 경계할 필요가 있어. 적들이 우리를 바싹 뒤쫓고 있을 테니. 앗! 모리어티가 직접 등장했군."

그때 기차는 이미 움직이고 있었다. 언뜻 뒤를 돌아보니 키가 큰 남자가 맹렬한 속도로 사람들을 헤치며 기차를 멈추라는 듯 손을 흔들고 있었다. 하지만 이미 때는 늦었다. 열차는 점점 속도를 내더니 순식간에 역에서 빠져나왔다.

"그렇게 조심했는데도 간신히 따돌렸구먼."

홈즈가 웃으며 말했다. 그리고 자리에서 일어나 변장용 의상과 모자를 벗어 가방 안에 넣었다.

"왓슨, 오늘 조간 봤나?"

"아니."

"그럼 베이커 가에서 무슨 일이 있었는지 모르겠군."

"베이커 가에서?"

"어젯밤 녀석들이 내 방에 불을 질렀네."

"뭐야? 그런 짓까지 했단 말이야?"

"내게 곤봉을 휘두른 사내가 체포된 뒤로 녀석들은 내 행적을 완전히 놓친 모양이야. 그렇지 않고서야 내가 그 방으로 돌아갔다고 생각했을 리 없으니까. 그리고 녀석들은 만약을 위해서 자네도 감시하고 있었을 거야. 그래서 모리어티가 빅토리아 역에 모습을 나타낼 수 있었던 거고. 도중에 실수를 저지르지는 않았겠지?"

"자네가 말한 대로 행동했어."

"사륜마차가 기다리고 있던가?"

"자네가 말한 장소에서 기다리고 있더군."

"마부가 누군지 알아봤나?"

"아니."

"마이크로프트 형이었어. 상황이 상황이니만큼 돈으로 움직이는 마부는 믿을 수가 없거든. 어쨌든 모리어티 교수를 어떻게 해야 할지 생각해봐야겠네."

"이 기차는 급행이고 배와 바로 연결되니 이제 포기했을 거라고 봐도 되지 않겠나?"

"왓슨, 그 사람은 나와 동등한 지능을 가지고 있다고 말했는데 아직도 그 말의 뜻을 잘 모르는 모양이군. 만약 내가 쫓는 입장에 있었다면 이 정도로 포기할 거라고 생각하나? 그 사람을 얕잡아봐서는 안 돼."

"그럼, 그 자가 어떻게 할 것 같나?"

"틀림없이 내가 생각하고 있는 대로 행동할 거야."

"자네 생각이 어떤 건데?"

"특별열차를 마련할 걸세."

"그러기에는 시간이 부족하지 않나?"

"아니, 충분해. 이 기차는 도중에 캔터베리 역에서 정차하지. 그리고 언제나 배가 출발하기 15분 전에 역에 도착하고. 그 시간이면 충분히 따라잡을 수 있어."

"꼭 우리가 범죄자 같군. 그가 우리를 따라오면 경찰에게 말해서 체포하도록 하는 건 어떻겠나?"

"그러면 지난 3개월간의 노력이 물거품이 되고 마네. 월척은 낚을 수 있을지 몰라도 잔챙이들이 그물에서 전부 빠져나가버릴 거야. 월요일이면 일망타진할 수 있어. 여기서 체포하는 건 어리석은 짓이야."

"그럼 어떻게 할 생각인가?"

"캔터베리에서 내리세."

"내려서 어쩌자는 거지?"

"거기서 내린 다음 들판을 가로질러서 뉴헤이븐으로 가세. 거기서 다시 디에프로 건너가는 거야. 모리어티라면 틀림없이 내가 생각한 대로 행동할 거야. 우선 파리로 가서 우리의 짐을 확보한 다음, 한 이틀 동안은 역을 감시하겠지. 그러는 동안 우리는 융단으로 만든 싸구려 가방을 두 개 정도 사고, 필요한 물건들은 그때그때 그 지역에서 조달하면서 룩셈부르크, 베이

즐을 둘러보고 천천히 스위스로 가도록 하세."

나는 여행을 많이 다녀봤기 때문에 짐이 없어도 크게 불편을 느끼지는 않는다. 하지만 솔직히 말하자면, 말로 표현할 수 없을 정도로 극악무도한 악당에게 쫓겨 몸을 숨겨야만 한다고 생각하니 기분이 영 좋지 않았다. 그래도 나보다는 홈즈가 사태를 훨씬 더 잘 파악하고 있을 것임에 틀림없었다. 우리는 캔터베리 역에서 내렸는데 뉴헤이븐으로 가는 기차를 타려면 한 시간을 기다려야 한다고 했다.

내 여행 가방을 실은 화물열차가 점점 멀어져가는 것을 원망스럽게 지켜보고 있는데 홈즈가 내 옷소매를 잡아당기며 선로 끝쪽을 가리켰다.

"벌써 오고 있네."

그가 말했다.

저 멀리 켄트 주의 숲 너머에서 한 줄기 연기가 희미하게 피어오르고 있었다. 그리고 1분쯤 뒤에 객차 한 량만을 연결한 기관차가 역 가까이에 있는 곡선로를 돌아 돌진해 들어왔다. 우리는 서둘러 짐을 쌓아놓은 곳 뒤로 몸을 숨겼다. 곧 기차가 우리 얼굴에 뜨거운 바람을 끼얹고 덜컹거리는 소리를 내며 역을 지나쳤다.

흔들리며 멀어져가는 객차를 바라보던 홈즈가 말했다.

"타고 있었어. 저 사람의 지능에도 한계가 있는 모양이군. 내가 어떤 생각을 할지 생각해보고 그대로 행동하면 반드시

성공했을 텐데."

"여기서 그에게 잡혔다면 어떻게 행동했을까?"

"나를 죽이려 덤벼들었을 거야. 하지만 나라고 가만히 앉아서 당하기만 하겠어? 그보다 당장 해결해야 할 문제는 조금 이르지만 여기서 점심을 먹느냐, 아니면 배고픈 걸 조금 참고 뉴헤이븐의 식당에서 먹느냐 하는 건데 자네, 어떻게 하겠나?"

그날 밤, 브뤼셀에 도착한 우리는 거기서 이틀을 보내고 사흘째 되던 날 스트라스부르그로 갔다. 월요일 아침, 홈즈는 런던 경찰청으로 전보를 보냈다. 저녁에 호텔로 돌아와보니 그에 대한 답장이 도착해 있었다. 봉투를 뜯어 내용을 읽어본 홈즈가 그것을 난로에 집어던지고 신음하는 듯한 소리로 말했다.

"녀석이 이렇게 나올 줄 알고는 있었지만, 그물을 빠져나갔네!"

"모리어티가?"

"일당은 전부 체포했지만 모리어티를 놓쳤다고 하네. 경찰을 따돌린 모양이야. 내가 없었으니 그에 대적할 만한 사람이 없었겠지. 그럴 줄 알고 반드시 잡아들일 수 있을 거라 생각되는 방법을 강구해뒀었는데. 왓슨, 자네는 영국으로 돌아가는 게 좋을 것 같네."

"왜?"

"일이 이렇게 된 이상 나는 더욱 위험한 길동무니까. 그 사람은 모든 걸 잃었어. 런던으로 돌아가면 파멸하고 말거야. 내 추측이 빗나가지 않는다면 그 사람은 내게 복수하기 위해서 모든 힘을 쏟아 부을 걸세. 전에 잠깐 만났을 때도 그런 얘기를 했는데 그건 아마 농담이 아닐 거야. 그러니까 자네는 환자들이 있는 곳으로 돌아가는 게 좋을 거야."

오랜 친구이자 협력자이기도 한 나로서는 쉽사리 받아들일 수 없는 얘기였다. 우리는 스트라스부르그의 식당에서 30분 동안이나 이 문제에 대해서 이야기를 나눈 끝에 결국 함께 출발하기로 하고 그날 밤 다시 힘차게 제네바로 향했다.

우리는 일주일 정도 론 계곡을 거슬러 올라가며 즐거운 시간을 보냈다. 계곡을 따라 로이크까지 갔다가 거기서 옆길로 빠져 아직 두꺼운 눈이 쌓여 있는 겜미 고개를 넘어 인터라켄을 지나 마이링겐까지 갔다. 참으로 멋진 여행이었다. 눈 밑으로는 봄의 신록이 펼쳐져 있었고 머리 위로는 겨울의 눈이 덮여 있었다. 하지만 홈즈는 끈질기게 따라붙는 적에 대한 경계를 한시도 늦추지 않았다. 정겨운 알프스 마을을 지날 때도, 인적이 드문 산길을 걸을 때도 스쳐지나가는 사람이 있으면 반드시 신속하고 날카로운 시선을 던져 그 사람의 얼굴을 관찰했다. 어디로 가든 개처럼 뒤를 쫓아오는 위험에서 벗어날 수 없을 것이라 생각하고 있는 듯했다.

한 번은 이런 일도 있었다. 겜미 고개를 넘어 한적한 다우벤제 호숫가를 걸어가고 있을 때, 오른쪽 능선에서 커다란 바위가 기세 좋게 굴러 내려와 등 뒤의 호수로 떨어졌다. 그 순간 홈즈

는 능선 위로 뛰어 올라가 우뚝 솟은 정상에서 사방을 둘러보았다. 봄이 되면 이 부근에서는 낙석이 흔히 있는 일이라고 가이드가 아무리 설명을 해도 홈즈는 그 말을 들으려 하지 않았다. 예상하고 있던 일이 일어나 아주 만족스럽다는 듯한 표정으로 아무 말 없이 미소를 지으며 나를 바라보았다.

그렇게 주위를 경계하면서도 홈즈는 결코 용기를 잃지 않았다. 아니, 오히려 지금까지 내가 봤던 그 어떤 때보다도 용기에 넘쳐 있었다. 이 사회가 모리어티 교수의 마수에서 확실하게 벗어나기만 한다면 자신은 기꺼이 지금의 일을 그만두겠다고 몇 번이고 되풀이했다.

"왓슨, 내 삶은 그렇게 무익하지만은 않았다고 공언해도 괜찮겠지? 오늘밤 인생의 끝을 맞는다 해도 나는 차분하게 그것을 받아들일 수 있을 거야. 내 덕분에 런던의 공기가 깨끗해졌어. 천 건 이상의 사건을 처리해왔지만 내 능력을 나쁜 쪽으로 사용한 적은 단 한 번도 없었어. 최근 나는 인공적인 사회상태가 만들어내는 표면적인 사건보다는 자연이 초래하는 문제를 연구해보고 싶다는 생각을 갖게 됐어. 왓슨, 유럽에서도 가장 위험하고 유해한 범죄자를 체포하거나 그의 숨통을 끊어놓아 내 명성이 절정에 달하면 자네의 그 회상록도 끝을 맺게 될 거야."

내 얘기도 이제 막바지를 향해 치닫고 있다. 간단하고 정확하게 기록하기로 하겠다. 별로 내키지 않는 이야기지만 사건을 꼼꼼하게 전달하는 것이 내 의무일 것이다.

5월 3일, 마이링겐의 조그만 마을에 도착하여 영국인의 핏줄을 이어받은 페터 스타일러가 경영하는 '영국관'에 투숙했다. 주인은 해박한 지식을 가진 사람으로 런던의 그로스베너 호텔에서 3년간 근무한 적도 있었기에 영어를 유창하게 구사했다. 4일 오후, 이 주인의 권유로 우리는 산 너머에 있는 로젠라우이 부락에서 하룻밤 묵고 오기로 했다. 조금 돌아가기는 하지만 0.5마일(약 800m) 정도 산을 오르면 라이헨바흐 폭포가 있으니 꼭 보고 가라고 적극 추천해주었다.

그곳은 실로 무시무시한 곳이었다. 눈이 녹아 수위가 높아진 격류가 거대한 심연으로 쏟아져 내려 화재현장의 연기처럼 물보라가 소용돌이치며 피어오르고 있었다. 거친 강물은 석탄처럼 검게 빛나는 거대한 바위틈으로 돌입해 거기서 폭이 좁아지더니 끝도 없는 연못 속으로 떨어져 물보라를 일으키며 끓어오르듯 톱니 같은 연못가 위로 넘쳐흐르고 있었다. 굉음과 함께 떨어지는 거대한 녹색 물기둥과 짙게 피어오르는 물보라의 커튼이 흔들리듯 펼쳐지며 내는 신음소리, 그 그칠 줄 모르는 소용돌이와 외침은 보는 사람의 머리를 어지럽게 만들 정도였다. 우리는 절벽 끝에 서서 까마득한 발밑의 바위에 부딪쳐 부서지는 물의 반짝임을 바라보며 물보라와 함께 심연에서 피어오르는 사람의 목소리와도 닮은 소리에 귀를 기울이고 있었다.

폭포의 전경을 볼 수 있도록 폭포를 둘러싸고 조그만 길이 닦여져 있었지만 채 반 바퀴도 돌기 전에 길이 막혀서 왔던 길로 되돌아가지 않을 수 없었다. 우리가 발걸음을 돌려 왔던 길로 되돌아가려는 순간, 한 스위스 젊은이가 손에 편지를 들고 좁은 길을 따라 뛰어오는 것이 보였다. 편지에는 우리가 묵고 있는 호텔의 마크가 찍혀 있었는데 그 호텔의 주인이 내게 보낸 것이었다. 우리가 출발한 직후, 폐결핵 말기의 중병을 앓고 있는 영국 여자가 도착했는데, 그 여자는 다보스 플라츠에서 겨울을 보내고 루체른에 있는 친구를 만나기 위해 여행을 하던 도중으로 갑자기 각혈을 했다는 것이었다. 틀림없이 몇 시간 후면 생명을 잃게 되겠지만 영국 의사의 치료를 받으면 그것만으로도 커다란 위안을 얻을 테니 가능하면 바로 와주기를 바란다는 내용이었다. 사람 좋은 스타일러는 추신에 가엾은 여자가 스위스 의사는 싫다고 고집을 피우고 있으며, 자신에게도 커다란 책임이 있으니 부디 와줬으면 좋겠다는 글을 남겼다.

이국에서 죽어가는 동포의 청을 거절할 수는 없었다. 하지만 홈즈를 혼자 남겨두고 가야 했기에 망설이지 않을 수 없었다. 결국 내가 마이링겐에 가 있는 동안 편지를 가져온 스위스 젊은이가 홈즈의 가이드 겸 이야기상대로 남기로 했다. 홈즈는 조금 더 폭포를 구경한 뒤에 천천히 산을 넘어서 로젠라우이로 갈 테니 밤늦게 거기서 만나자고 말했다. 내가 그곳에서 발걸음을 되돌렸을 때, 홈즈는 팔짱을 낀 채 바위에 기대서 격류를

내려다보고 있었다. 이것이 이 세상에서 내가 마지막으로 본 그의 모습이었다.

언덕길을 내려와서 나는 뒤를 돌아보았다. 폭포는 보이지 않았지만 산등성이를 휘감으며 폭포로 올라가는 길이 눈에 들어왔다. 그 길을 급히 서둘러 올라가는 남자가 한 명 있었다. 그 사람의 검은 모습이 파란 산을 배경으로 뚜렷하게 눈에 들어왔다. 정말 정력적이라는 생각이 들어 잠깐 강한 인상을 받았지만 급히 길을 가다보니 그의 존재는 머릿속에서 지워지고 말았다.

마이링겐까지는 한 시간 이상 걸렸다. 스타일러는 호텔의 현관에 서 있었다.

"환자는 어때요? 조금은 안정을 되찾았나요?"

나는 급히 그에게 다가가 물었다.

스타일러의 얼굴에 놀라는 빛이 스치며 눈썹을 꿈틀 치켜 올리는 것을 본 순간 나는 심장이 납처럼 굳어지는 것을 느꼈다.

"이 편지 당신이 보낸 게 아니군요."

내가 주머니에서 편지를 꺼내 보이며 말했다.

"병에 걸린 영국 여자가 묵고 있지 않나요?"

"그런 사람 없습니다. 하지만 편지에는 호텔의 마크가 찍혀 있는데. 그래, 맞아! 그 키 큰 영국 사람이 쓴 겁니다. 당신들이 떠난 직후에 호텔에 도착했어요. 그 사람이라면……."

나는 주인의 설명을 듣고 있을 수 없었다. 불안에 떨며 서둘러 마을에서 벗어나 조금 전 내려왔던 산길로 접어들었다. 내려오는 데 한 시간이 넘게 걸린 길이었다. 온 힘을 다해 올랐지만 폭포에 이르기까지는 두 시간 정도가 걸렸다. 우리가 헤어졌던 바위 앞에 홈즈의 등산용 지팡이가 세워져 있었다. 하지만 그의 모습은 어디에서도 찾아볼 수가 없었다. 큰소리로 외쳐봤지만 대답은 들려오지 않았다. 내 목소리만이 주위 절벽에 부딪쳐 메아리칠 뿐이었다.

홈즈의 지팡이를 본 순간 가슴이 아파왔다. 그는 로젠라우이에 가지 않았다. 한쪽은 깎아지른 듯한 절벽, 다른 한쪽은 수직으로 깎아내린 낭떠러지에 둘러싸인 폭 3피트(약 91㎝)의 좁은 길에서 적과 맞닥뜨린 것이리라. 스위스 젊은이도 찾아볼 수 없었다. 그 역시 모리어티에게 매수된 사람으로 두 사람을 남겨놓고 여기를 떠났을 것이다. 둘 사이에 무슨 일이 벌어졌던 것일까? 이 질문에 답해줄 사람은 아무도 없었다.

나는 한동안 그곳에 서서 마음을 진정시켰다. 무시무시한 생각들로 머리가 혼란스러웠기 때문이었다. 잠시 후, 홈즈에게 배운 방법대로 비극의 흔적을 따라가기 시작했다. 슬프게도 그것은 너무나도 간단한 일이었다. 홈즈와 나는 이야기를 나누며 길을 걸었었는데 길이 끊어진 곳 바로 앞까지는 가지 않았었다. 지팡이 자국으로 홈즈가 있었던 장소를 분명하게 알 수 있었다. 검붉은 흙은 끊임없이 피어오르는 물보라에 젖에 언제나 부드러웠기 때문에 작은 새가 앉아도 발자국이 남을 정도였다. 거기에 길의 막다른 곳까지 간 두 개의 발자국이 선명하게 찍혀 있었다. 두 개 모두 앞쪽을 향하고 있었으며 되돌아온 자국은 보이질 않았다. 길이 막힌 곳 몇 야드 앞에 있는 흙이 어지럽게 짓밟혀 진흙탕이 되어 있었고, 주위의 가시나무와 양치식물들은 쥐어뜯겨 진흙투성이가 되어 있었다. 나는 길바닥에 엎드려 피어오르는 물보라에 몸이 젖는 것도 잊은 채 밑을 내려다보았다. 내가 마을에 도착했을 때부터 주위가 어두워지기 시작했는데, 지금은 여기저기 검은 빛을 발하고 있는 젖은 바위와 까마득한 발밑에 있는 연못에서 산산이 부서지는 물이 희미하게 보일 뿐이었다. 나는 커다란 소리로 홈즈를 불러보았다. 하지만 들려오는 것은 성난 사람의 울부짖음과도 같은 폭포 소리뿐이었다.

그래도 홈즈의 마지막 인사만은 받을 수 있었다. 앞서도 말한 바와 같이 좁은 길 쪽으로 튀어나온 바위에 홈즈의 지팡이가 기대 세워져 있었는데 그 바위 위에서 무엇인가 반짝이는 것이 눈에 띄었다. 가까이 다가가 보니 홈즈가 늘 가지고 다니던 은제 담배 케이스였다. 그것을 들어올리자 그 밑에 있던 조그맣고 네모난 종이쪽지가 팔랑이며 땅바닥으로 떨어졌다. 펼쳐보니 수첩을 찢어 내게 보낸 세 페이지 분량의 편지였다. 홈즈답게 마치 서재에서 쓴 것처럼 글씨가 반듯하고 내용도 명료했다.

「왓슨에게

모리어티 씨의 호의로 이 짧은 편지를 쓰고 있네. 그는 우리 사이에 놓여 있는 문제에 대한 마지막 토론을 위해서 내가 이 편지를 끝맺기를 기다리고 있네. 조금 전에 그가 어떻게 영국 경찰을 따돌렸으며, 어떻게 해서 우리 행동에 관한 정보를 입수했는지에 대해서 그 요점을 설명해주었네. 내가 평가한 대로 그가 높은 지능을 가진 사람이라는 사실을 알 수 있었다네. 이것으로 그가 가져다줄 해악을 사회에서 제거할 수 있다고 생각하니 매우 만족스럽네. 단, 그에 대한 보상으로 여러 친구들, 특히 왓슨 자네에게 고통을 주게 되었네. 하지만 종종 얘기했던 것처럼 내 인생은 어차피 전환기를 맞이하게 되었으며, 마지막 장을 장식하는 데 있어서 내게 이처럼 어울리는 방법도 없을 것일세. 솔직히 말하자면 나는 마이링겐에서 온 편지가 거짓이었다는 사실을 확실하게 알고 있었고, 그 후에 이런 일이 벌어질 것이라는 사실도 충분히 예상하고 있었다네. 그래서 자네가 호텔로 돌아가는 일에 반대하지 않았던 것이고. 일당의 유죄를 증명하는 데 필요한 서류는, 겉에 '모리어티'라고 쓴 파란 봉투에 넣어 서랍의 'M'으로 시작하는 서류를 모아놓은 곳에 넣어두었다고 패터슨 경감에게 말해주기 바라네. 재산은 영국을 떠나기 전에 형 마이크로프트에게 양도되도록 모든 절차를 밟아놨네. 그럼 자네 부인에게도 안부를 전해주게나.

진실한 친구 셜록 홈즈.」

이제 그 뒤의 일들을 간단하게 기록하기만 하면 될 것이다. 그런 곳에서 싸움을 했으니 당연한 일이겠지만, 경찰의 조사 결과 두 사람은 서로를 끌어안은 채 폭포 밑으로 떨어진 것으로 판명됐다. 틀림없는 사실일 것이다. 시체를 찾을 가능성은 전혀 없었다. 오늘날의 가장 위험한 범죄자와 가장 뛰어난 법의 수호자는 이렇게 해서 소용돌이치는 폭포 밑에서 영원히 잠들게 된 것이다. 스위스의 젊은이도 끝내 찾을 수 없었지만 틀림없이 모리어티의 수많은 부하 중 한 명이었을 것이다. 홈즈가 수집해둔 증거 덕분에 모리어티의 조직이 만천하에 드러나게 되었으며, 이제 이 세상에 없는 그의 손이 그들의 머리에 일격을 가한 사실은 아직도 많은 사람들의 기억에 생생하게 남아 있는 사건이다. 그 조직의 우두머리인 모리어티의 악행에 대해서는 재판에서도 거의 밝혀지지 않았는데, 내가 여기에 그의 수많은 악행을 확실하게 밝혀두는 이유는 내 전 생애를 통틀어 가장 좋은 친구이자, 가장 현명한 친구였던 홈즈에게 부당한 공격을 가함으로 해서 모리어티의 오명을 감추고 그에 대한 기억을 바꾸려는 음모를 꾸미고 있는 교활한 옹호자들에게 반격을 가하기 위해서이다.

빈집의 모험

The Empty House

아서 코난 도일
Arthur Conan Doyle

셜록 홈즈
Sherlock Holmes

아서 코난 도일(Arthur Conan Doyle)

에든버러 출생. 의사로 개업 후 홈즈 시리즈의 첫 번째 작품인 「진홍 빛에 관한 연구」를 발표, 그 후 잡지에 홈즈 시리즈가 연재되었다. 냉정하고 날카로운 홈즈와 온후한 왓슨이 여러 사건에 도전하는 이 시리즈는 약 60편에 이른다. 1902년, 보어 전쟁에서 의사로 활약했으며 영국의 참전을 정당화하는 등의 업적으로 기사 작위에 서임되었다. 제1차 세계대전에서 아들을 잃은 후 심령현상에 관심을 보였다. 홈즈 시리즈가 준 영향은 탐정소설에만 국한되지 않는다. 셜로키언이라 불리는 팬이 전 세계에 존재한다.

1894년 봄, 로널드 아데어 경이 도저히 이해할 수 없는 이상한 상황하에서 살해당하자 런던 전체가 이 사건에 호기심 어린 눈길을 보냈으며, 사교계에서는 여러 가지 말들이 떠돌기 시작했다. 경찰의 조사가 진행되면서 밝혀진 범행의 특징은 이미 세상에 널리 알려지게 되었다. 하지만 이 사건에 관해서는 검사 측이 결정적인 증거를 확보하고 있었기 때문에 많은 부분이 세상에 알려지지 않은 채 수사가 마무리되고 말았다.

10년 가까이 지난 지금에서야 비로소 이 사건 전체를 연결하고 있는 숨겨진 사실을 공표할 수 있게 되었다. 범죄 자체도 매우 흥미로운 것이었지만, 그 범죄 뒤에 일어난 뜻밖의 사건에 비하자면 그것은 흥미라고도 말할 수 없을 것이다. 모험으로 넘쳤던 내 인생에서 경험한 그 어떤 사건보다도 더욱 충격적이고 경이로운 사건이었다. 오랜 세월이 지난 지금도 그때의 사건을 생각하면 가슴이 설레고, 내 마음속에 숨겨져 있던 환희와 놀라움이 다시 되살아나는 것을 느낄 수 있다. 기회가 있을 때마다 내가 부분적으로 발표해왔던 극히 비범한 어떤 인물의 사상과 행동에 흥미를 갖고 계시는 분들에게 말해두고 싶은 내용이 있는데 이 사건에 대해서 내가 알고 있는 모든 것을 발표하지 않았다고 해서 나를 책망하지는 말기 바란다. 본인이 입을 굳게 다물고 있으라고 말하지만 않았다면 이 사건을 발표하는 것이 내 첫 번째 의무라고 생각했을 테지만, 지난 달 3일에야 드디어 함구령이 풀렸기 때문에 어쩔 수가 없었다.

쉽게 상상할 수 있는 일이겠지만, 셜록 홈즈와 매우 친하게 지냈던 덕분에 나는 범죄에 깊은 흥미를 갖게 되었고 홈즈가 행방불명된 뒤에도 세상을 떠들썩하게 만든 사건을 유심히 살펴보는 일을 게을리 하지 않았으며, 그다지 성공한 적은 많지 않지만 나 자신의 만족을 위해 홈즈의 방법을 사용해서 이들 사건을 해결해보려 노력한 적도 한두 번이 아니었다.

그런데 이 로널드 아데어 경의 참사만큼 내 흥미를 끈 사건도 없었다. 검시법정에서, 단독 내지는 복수의 정체를 알 수 없는 범인에 의한 계획적 살인이라는 평결을 내렸다는 증언을 읽은 순간 셜록 홈즈의 죽음으로 인해서 사회가 얼마나 커다란 손실을 입었는지, 그 어느 때보다도 뼈저리게 느끼지 않을 수 없었다. 이 이상한 사건에는 틀림없이 홈즈의 흥미를 끌었을 만한 몇 가지 요소들이 있었는데, 홈즈라면 유럽 최고 명탐정의 날카로운 관찰력과 노련한 경험을 바탕으로 경찰들의 수고를 덜어주었을 것이다. 아니, 경찰보다 먼저 사건을 해결했을 것이다. 나는 마차를 타고 왕진을 다니면서도 하루 종일 이 사건에 대해서 생각을 해보았지만 납득이 갈 만한 설명은 찾아낼 수가 없었다. 그다지 새로울 것도 없는 얘기를 되풀이하는 결과가 되겠지만 당시 검시법정의 결론이 내려지기까지 세상에 밝혀진 사실을 요약해보기로 하겠다.

로널드 아데어 경은 당시 식민지 오스트레일리아 어느 지방의 지사였던 메이누스 백작의 차남이었다. 아데어의 어머니는 백내장 수술을 받기 위해 오스트레일리아에서 영국으로 돌아와 아들인 로널드와 딸인 힐다와 함께 파크 레인 427번지에서 살고 있었다. 세상에 알려진 바에 의하면 청년은 상류사교계에 속해 있으면서 원한을 살 만한 행동을 한 적도 없었고, 특별히 실수를 저지른 적도 없었다고 한다. 카스테어즈에 살고 있는 이디스 우들리 양과 약혼을 했다가 몇 개월 전에 쌍방의 합의하에 파혼을 했지만 그 일 때문에 가슴에 원한을 품고 있었던 것 같지는 않았다. 그 외에 이 청년은 한정되고 매우 일상적인 범위 안에서 생활했다. 화려하지 않은 평범한 생활을 했으며, 감정에 좌우되는 성격을 가진 사람도 아니기 때문이었다. 그런데 그런 젊은 귀족에게 뜻밖에도 이상하다고 밖에는 달리 표현할 길이 없는 죽음이 찾아왔다. 1894년 3월 30일 밤 10시에서 11시 20분 사이에 일어난 일이었다.

카드놀이를 좋아하는 로널드 아데어는 늘 카드놀이를 즐겼지만 자신의 몸을 망칠 만큼 커다란 도박에는 결코 손을 대지 않았다. 볼드윈, 카벤디시, 바가텔 등의 카드 클럽 회원이었다. 살해당한 날, 저녁식사 후 바가텔 클럽에서 휘스트를 했다는 사실이 밝혀졌다. 그리고 오후에도 거기서 카드를 했다. 아데어 경과 게임을 한 사람들—머레이 씨, 존 하디 경, 모란 대령—의 증언에 의하면 게임은 휘스트를 했으며 거의 대등한 승부였다고 한다. 아데어 경은 5파운드 정도를 잃은 듯했다. 상당한 재력가였기 때문에 그 정도의 패배를 마음에 둘 사람은 아니었다.

아데어 경은 거의 매일 자신이 회원으로 있는 클럽 중 한 곳에서 게임을 즐겼는데 신중한 사람이었기 때문에 대부분은 승리를 거두었다. 몇 주일 전에도 모란 대령과 한편이 되어 고드프리 밀러와 발모랄 경에게 420파운드를 땄다는 사실을 증언을 통해서 알 수 있었다. 이러한 것들이 검시법정에서 밝혀진, 아데어 경 사건 직전까지의 경의 행동이었다.

사건이 일어난 날 밤, 아데어 경은 정각 10시에 클럽에서 돌아왔다. 어머니와 동생은 친척 집에서 저녁시간을 보내고 있었다. 하녀는 아데어 경이 거실로 사용하고 있는 3층 정면의 방으로 들어가는 소리를 들었다고 증언했다. 하녀가 그 방 난로에 불을 피웠는데 연기가 나서 창을 열어두었다고 했다. 11시 20분에 메이누스 부인과 딸이 집으로 돌아왔는데 그때까지 3층의 그 방에서는 아무런 소리도 들리지 않았다. 부인은 아들에게 인사를 하기 위해서 방으로 들어가려 했다. 하지만 방문이 안쪽에서 잠겨 있었고 큰소리로 불러도 노크를 해도 대답이 없었다. 하인을 불러서 문을 억지로 열었다.

불운한 청년은 테이블 옆에 쓰러져 있었다. 권총에 맞아 머리가 무참하게 깨져 있었는데 흉기 같은 것은 전혀 눈에 띄지 않았다. 테이블 위에는 10파운드짜리 지폐 두 장과 은화, 금화가 17파운드 있었는데 그 돈들은 몇 개의 서로 다른 금액으로 나뉘어져 있었다. 그리고 종이 한 장에 숫자와 그에 따른 클럽 친구들의 이름이 적혀 있었다. 살해당하기 전에 카드놀이의 승패를 계산하고 있었던 듯했다.

정황을 면밀하게 조사할수록 사건은 더욱 복잡해져갈 뿐이었다. 우선 이 청년이 왜 방문을 안에서 잠가야만 했는지 그 이유를 알 수가 없었다. 물론 방문을 잠근 것은 범인이며 그 뒤에 창을 통해서 도망쳤을 것이라는 추측도 가능했다. 하지만 창은 지면에서 적어도 20피트(약 6.1m) 이상 떨어져 있으며, 그 밑에는 크로커스가 활짝 핀 화단이 있었다. 화단과 지면은 조금도 흐트러져 있지 않았고 집과 도로 사이에 있는 좁은 잔디밭에도 아무런 흔적도 남아 있지 않았다. 그런 이유로 문을 잠근 것은 청년일 것이라고 추측하게 되었다. 그렇다면 청년은 어떻게 죽은 것일까? 아무런 흔적도 남기지 않고 창문으로 기어오르기란 불가능한 일이었다.

창 너머에서 총을 쐈다고 가정한다면, 범인은 권총으로 치명상을 입힐 만큼 명사수일 것이다. 그리고 파크 레인은 사람들의 왕래가 많은 곳이며, 집에서 100야드(약 91.44m) 정도 떨어진 곳에 영업용 마차가 손님을 기다리는 정차소가 있다. 그런데

총성을 들은 사람이 아무도 없었다. 그런데도 실제로 사람이 죽었으며, 탄환의 부드러운 부분인 탄두가 버섯처럼 파열되어 맞은 사람을 즉사시켰을 것임에 틀림없을 치명상을 입혔다. 이상이 파크 레인 사건의 정황인데 앞서도 말한 바와 같이 아데어 청년은 그 누구에게도 원한을 산 적이 없었으며, 방 안의 금품도 그대로 남아 있었기 때문에 범행동기를 전혀 알 수 없었고 그것이 사건을 더욱 복잡하게 만들었다.

나는 하루 종일 이러한 사실들을 검토하면서 이 모든 것들을 논리적으로 설명하고, 행방불명이 된 친구가 모든 수사의 출발점이 된다고 말했던, 가장 저항 없이 받아들일 수 있는 부분에 대한 가설을 세워보려 노력했다. 하지만 솔직히 말하자면 모든 것이 헛수고였다.

저녁 6시쯤에 하이드 파크를 지나서 파크 레인과 옥스퍼드가가 맞닿은 곳까지 갔다. 거리에 수많은 구경꾼들이 모여서 창 하나를 들여다보고 있었기에 바로 내가 찾던 집을 알아볼 수 있었다. 큰 키에 색안경을 낀, 사복경찰처럼 보이는 남자가 자신의 생각을 설명하고 있는 듯 그것을 들으려 주위에 사람들이 몰려 있었다.

나는 가능한 한 가까이 다가가서 그의 얘기를 들었는데 너무나도 한심한 내용이라 듣기를 그만두고 그 자리에서 물러났다. 그 순간 뒤에 있던 못생긴 초로의 남자와 부딪쳐 그가 들고 있던 몇 권의 책이 땅바닥으로 떨어지고 말았다. 떨어진 책을 주울 때 『수목숭배의 기원』이라는 제목이 눈에 들어왔기에, 이 사람은 장사나 취미를 위해서 희귀한 책을 수집하고 있는 평범한 애서가임에 틀림없을 것이라고 생각했다. 나는 자신의 실수를 사죄하려 했는데, 그 주인에게 바닥에 떨어진 책은 매우 귀중한 것인 듯했다. 하얀 수염에 등이 구부정한 남자는 경멸하는 듯한 신음소리를 올리더니 휙 돌아서서 인파 속으로 사라져 갔다.

파크 레인 427번지를 조사해봤지만 내가 관심을 갖고 있는 이 사건을 해결하는 데에는 아무런 도움도 되지 않았다. 집은 낮은 목책이 붙어 있는 벽으로 둘러싸여 있었는데 높이는 5피트(1.5m)도 되지 않았다. 누구나 쉽게 정원으로 들어갈 수 있었다. 하지만 창문으로는 도저히 접근할 수 있을 것 같지가 않았다. 배수관이나 그와 비슷한 것이 전혀 없었기에 제 아무리 날렵한 사람이라도 오를 수 있을 것 같지 않았기 때문이었다. 더욱 혼란스러워진 나는 켄싱턴의 집으로 돌아왔다. 서재에 들어간 지 채 5분도 되지 않았는데 하녀가 들어오더니 손님이 찾아와서 나를 만나고 싶어 한다고 전했다. 손님을 안으로 들이고 보니 놀랍게도 조금 전에 부딪쳤던 늙은 애서가였다. 백발 사이로 쭈글쭈글하지만 날카로운 얼굴이 엿보였고 적어도 12권은 됨직한 희귀본을 오른쪽 옆구리에 끼고 있었다.

"놀랐나보군요."

노인이 묘하게 갈라지는 목소리로 말했다.

나는 그렇다고 대답했다.

"마음이 영 개운치 않아서요. 당신 뒤를 따라 걸어오다 보니 당신이 집 안으로 들어가더군요. 그래서 잠깐 들러서 친절한 분을 만나 제 태도가 무례했더라도 결코 나쁜 마음이 있어서 그런 게 아니었다는 점을 말씀드리고 싶었어요. 그리고 책을 주워주신 것에 대한 감사의 말씀도 드려야 하겠고."

"그런 말을 들을 만큼 대단한 일도 아니었습니다. 그런데 저를 어떻게 알고 계시죠?"

내가 물었다.

"저도 이 근처에서 살고 있어요. 처치 가 모퉁이에서 조그만 책방을 운영하고 있으니 시간이 나면 한번 놀러오세요. 당신도 책을 모으고 계신 모양이군요. 저건 『영국의 새』, 그리고 『캐툴러스 시집』, 『성전(聖戰)』, 전부 진귀한 것들입니다. 앞으로 다섯 권만 더 있으면 저 두 번째 칸도 꽉 찰 것 같은데 지금은 그다지 보기 좋지가 않군요."

나는 등 뒤에 있는 책꽂이를 보려 뒤를 돌아보았다. 그리고 다시 정면을 봤을 때 테이블 너머에서 셜록 홈즈가 나를 보며 웃고 있었다. 나는 자리에서 일어나 한동안 멍하니 그를 바라보았다. 그리고 태어나서 처음으로 잠시 정신을 잃었다. 눈앞에서 회색 안개가 피어오르다 그것이 사라지자 정신이 들었는데 목깃이 느슨하게 풀어져 있었으며, 입술에는 브랜디의 쏘는 듯한 독한 맛이 남아 있었다. 홈즈가 술병을 든 채 몸을 굽혀

나를 살펴보고 있었다.

"왓슨, 그렇게 놀랄 줄은 꿈에도 생각지 못했네."

아주 귀에 익은 목소리였다.

나는 홈즈의 팔을 잡았다.

"홈즈! 정말 자네 맞나? 자네가 살아 있다니, 이게 사실인가? 그 무시무시한 계곡에서 잘도 살아남았군."

내가 외쳤다.

"아, 잠깐. 자네, 이제 말을 해도 괜찮은가? 쓸데없이 극적으로 나타나려 하다 자네만 놀라게 만들었군."

홈즈가 말했다.

"나는 괜찮아. 아직도 내 눈을 못 믿겠어. 자네가 ─다른 사람도 아닌 바로 자네가─ 이렇게 내 서재에 서 있다니!"

나는 다시 한 번 그의 소매를 잡아 옷 위로 근육질의 얇은 팔뚝을 더듬어보았다.

"그래, 유령은 아니군. 아, 자네를 다시 만나게 되다니 이렇게 기쁜 일도 없을 거야. 자, 자리에 앉아서 그 무시무시한 계곡에서 어떻게 살아날 수 있었는지 얘기를 해주게."

내가 말했다.

내 맞은편 의자에 앉은 홈즈는 예전과 다름없는 모습으로 담배에 불을 붙였다. 책방 주인에 어울리는 낡은 프록코트는 여전히 입고 있었지만, 노인으로 보이기 위해서 썼던 하얀 수염과 책 등의 도구들은 전부 테이블 위에 쌓아놓았다. 그동안 많이 여윈 듯 예전보다 더욱 날카로워 보였으며, 독수리를 닮은 창백한 얼굴이 최근 그다지 건강하지 못한 생활을 했음을 말해 주고 있었다.

"이렇게 온 몸을 쭉 뻗고 있으니 기분이 좋군. 키 큰 사람이 하루에 몇 시간씩 1피트(약 30.5㎝) 정도 웅크리고 다닌다는 게 그리 쉬운 일은 아니거든. 그건 그렇고 오늘 밤에 위험하고 어려운 일을 하나 해야 하는데 자네가 물론 도와주겠지? 그렇게 해주면 내가 이런 모습으로 나타난 것에 대한 설명도 쉽게 할 수 있을 거야. 그 일을 마친 다음에 지금까지 있었던 일을 전부 얘기하는 편이 나을 것 같은데."

홈즈가 말했다.

"나는 얼른 알고 싶어서 견딜 수가 없어. 지금 얘기해줄 수 없나?"

"오늘 밤에 함께 가줄 거지?"

"언제든, 어디든 함께 가겠네."

"예전으로 다시 돌아온 것 같군. 출발하기 전에 간단히 저녁을 먹을 정도의 시간은 있어. 좋아, 그럼 계곡에 대한 이야기를 하도록 하지. 거기서 나오기란 그리 어려운 일이 아니었어. 처음부터 폭포 밑으로 떨어지지 않았으니까. 결론부터 말하자면 그렇게 된 걸세."

"떨어지지 않았다고?"

"맞아, 왓슨. 떨어지지 않았어. 하지만 자네에게 남긴 편지는 진짜야. 나를 안전한 곳으로 데려다줄 그 좁은 길에 모리어티 교수의 불길한 모습이 나타난 순간, 내 삶도 이것으로 끝이라는 생각이 들었어. 그 사람의 잿빛 눈에서 굳은 결의를 읽을 수 있었거든. 그래서 그와 두어 마디 말을 나눈 뒤에 자네에게 건네준 그 편지를 써도 좋다는 아주 예의 바른 승낙을 얻었어. 그 편지를 담배 케이스, 지팡이와 함께 놓아둔 뒤에 나는 좁은 길을 따라 걸었어. 모리어티는 바로 내 뒤를 쫓아왔네. 길 끝에 도착해서 나는 더 이상 앞으로 나갈 수 없었지. 무기를 들고 있지 않았던 녀석은 맨손으로 내게 덤벼들어 그 긴 손으로 나를 감싸더군. 모든 것이 끝장났다는 사실을 깨달은 모리어티의 머릿속에는 오로지 나에 대한 복수밖에 들어 있지 않았어.

절벽 위에서 몸싸움을 벌이던 우리는 그만 중심을 잃고 말았다네. 하지만 나는 일본의 격투 기술을 조금 익힌 적이 있었지, 그 덕분에 몇 번이고 목숨을 건진 적도 있었고. 나는 그의 손아귀에서 벗어날 수 있었어. 모리어티는 끔찍한 비명을 지르며 몇 초 동안 미친 듯이 발을 버둥거리고 두 손으로 허공을 휘저었어. 그런 필사의 노력에도 불구하고 무너진 몸의 균형을 바로잡지 못해 밑으로 떨어지고 말았어. 절벽 밖으로 얼굴을 내밀어 바라보니 모리어티가 까마득한 밑으로 떨어지는 것이 보이더군. 그러다 바위에 부딪쳐 한 번 튀어 오르더니 물보라를 일으키며 물 속으로 사라져갔어."

홈즈가 담배를 피우며 하는 이야기에 나는 놀라지 않을 수

없었다.

"그렇다면 발자국은 어떻게 된 거지? 두 사람의 발자국이 길을 따라 막다른 곳으로 가기는 했지만 다시 되돌아온 발자국은 없었어. 내 눈으로 똑똑히 봤다고."

내가 외쳤다.

"모리어티가 떨어지는 것을 본 순간 문득 뜻밖의 행운이 찾아왔음을 깨달았지. 내 목숨을 노리고 있는 건 모리어티 한 사람만이 아니거든. 두목의 죽음으로 나에 대한 복수심을 더욱 강하게 품게 된 사람이 적어도 세 명 정도는 더 있으니까. 세 명 모두 위험하기 짝이 없는 인물이야. 그중 한 명이 나를 죽이려 들 걸세. 하지만 내가 죽었다고 세상에 알려지게 되면 녀석들은 마음 놓고 제멋대로 날뛸 거야. 그렇게 되면 언젠가는 정체가 밝혀질 테니 녀석들을 해치울 수 있게 되지. 그런 다음에 내가 아직 살아 있다고 세상에 공표할 생각이었어. 인간의 두뇌란 참으로 놀라운 거야. 이 모든 생각들을 모리어티 교수가 라이헨바흐 폭포 속으로 떨어지는 그 짧은 순간에 해냈으니 말이야.

나는 자리에서 일어나 등 뒤에 있던 바위절벽을 살펴보았어. 이 사건에 대한 자네의 박진감 넘치는 글은 그로부터 몇 개월 뒤에 아주 흥미롭게 읽었네. 그 글에서 바위 절벽을 깎아지른 듯하다고 표현했지만 엄밀하게 말하자면 그 표현은 정확하지 않아. 발을 디딜만한 곳이 몇 군데 있었고 앞으로 튀어나온

바위도 한 군데 있었거든. 절벽은 매우 높아서 그곳을 오르기란 거의 불가능해 보였고, 그렇다고 해서 발자국을 남기지 않고 그 젖은 길을 가는 것도 불가능한 일이었어. 그와 비슷한 상황에서 예전에 사용했던 것과 같이 구두를 거꾸로 신고 길을 가는 방법이 있기는 했지만 그러면 한 방향으로 세 개의 발자국이 생기니 그건 속임수라고 할 수가 없었지. 그래서 조금 위험하기는 했지만 절벽을 기어오르기로 했네.

그리 즐거운 작업은 아니었어, 왓슨. 발밑에서는 폭포가 울부짖고 있었어. 나는 망상에 사로잡히는 사람이 아니네만, 절벽 밑에서 나를 향해 부르짖는 모리어티의 목소리가 들려오는 듯했어. 움켜잡은 풀이 뽑히고, 젖은 돌부리에 발이 미끄러지고, 이젠 틀렸다고 생각한 적도 한두 번이 아니었네. 그래도 포기하지 않고 기어올라 이끼로 뒤덮인 조금 평평한 바위까지 간신히 오를 수 있었네. 거기서 사람들 눈에 띄지 않고 편안하게 쉴 수 있었어. 왓슨, 자네들이 내 죽음에 대한 정황을 아주 사려 깊기는 하지만 서툰 방법으로 조사하고 있을 때 나는 거기서 편안하게 누워 있었어.

끝내 완전히 잘못된 결론을 내리고 자네들은 호텔로 돌아갔고 나는 홀로 그곳에 남게 되었어. 이것으로 내 모험도 끝이라고 생각한 순간 전혀 뜻밖의 일이 일어나 나는 놀라지 않을 수 없었다네. 머리 위에서 커다란 바위가 굴러 떨어져 내 옆을 스치고 지나가 좁은 길에 부딪치더니 그대로 깊은 계곡 속으로 떨어졌어. 순간 우연히 일어난 사고라고 생각했어. 그런데 고개를 들어보니 어두워진 하늘을 배경으로 한 남자의 머리가 보이고 뒤이어 두 번째 바위가 내가 누워 있던 곳에서 채 1피트(약 30㎝)도 떨어지지 않은 곳으로 떨어져 내렸어.

나는 이 낙석의 의미를 명확하게 알 수 있었지. 모리어티 교수는 혼자 행동했던 것이 아닐세. 언뜻 보기에도 위험하기 짝이 없게 생긴 부하가, 모리어티 교수가 나를 덮치는 동안 죽 지켜보고 있었던 거야. 내가 볼 수 없는 먼 곳에서 두목은 죽고 내가 살아남은 장면을 전부 지켜본 것임에 틀림없었어. 그는 가만히 지켜보고 있다가 길을 따라 절벽 정상으로 올라가 동료가 실패한 일을 자신이 해내려 한 거지.

아주 간단하게 이런 생각들을 해낼 수 있었어. 다시 그 험상궂은 얼굴이 절벽 위에서 내려다보는 것을 보고 나는 다음 바위가 떨어져 내릴 전조라는 사실을 깨달았지. 나는 처음 올라왔던 길로 다시 기어 내려가려 했어. 아무리 침착하게 행동하려 해도 뜻대로는 되지 않았어. 오를 때보다 백 배나 더 어려웠거든. 하지만 그런 위험 같은 건 생각할 틈도 없었네. 내가 있던 바위 끝을 붙잡고 밑으로 매달린 순간 다시 바위가 굴러 와서 내 옆을 스치고 지나갔거든. 거의 미끄러져 내려오다시피 했기에 완전히 상처투성이가 되어 피를 흘렸지만 다행스럽게도 길까지 내려올 수 있었어. 나는 그대로 어둠에 잠긴 산 속으로 들어가 10마일(약 16㎞) 정도 도망쳤고, 일주일 후에 피렌체에 도착할 수 있었지. 그제야 내가 어떻게 됐는지 아무도 모를 거라고 확신할 수 있었어.

오직 한 사람, 형 마이크로프트에게만은 이 비밀을 밝혔어. 왓슨, 자네에게는 진심으로 사과하겠네. 하지만 내가 죽었다고 믿게 만드는 게 무엇보다도 중요했고, 실제로 자네도 그렇게 믿고 있지 않았다면 나의 불행한 최후에 대해서 그렇게 설득력 있게 기록하지는 못했을 거야. 지난 3년간 몇 번이고 자네에게 어떤 형식으로든 편지를 쓰려고 펜을 잡았지만, 언제나 나에 대한 우정을 참지 못해 이 비밀을 밝히는 현명하지 못한 행동을 하지나 않을까 걱정되어 결국에는 편지를 쓰지 못했네. 오늘 저녁에 자네와 부딪쳐 책을 떨어트렸을 때 서둘러 자네 곁에서 떠난 것도 같은 이유에서였어. 그때 나는 위험에 직면해 있었는데 자네가 놀라는 감정을 조금이라도 나타내면 사람들의 시선이 내게로 쏠려 어떻게 해볼 수 없는 처참한 결과를 맞이하게 될지도 몰랐으니까.

필요한 돈을 손에 넣기 위해서 마이크로프트 형에게 연락하지 않을 수 없었지. 그런데 런던의 상황이 내가 바라던 것처럼 좋은 방향으로 흐르지는 않았어. 재판에서 모리어티 일당 중 가장 위험한 두 인물을 놓쳐버리고 말았거든. 그 두 사람이야말로 내게 가장 깊은 원한을 품고 복수하려는 사람들이야. 그래서 나는 2년 동안 티베트를 돌아다니며 라사를 방문해 라마교의 고승과 며칠을 함께 보내기도 했어. 시겔손이라는 노르웨이 사람의 감탄할 만한 여행기를 자네도 읽었는지 모르겠지만 그 것이 자네 친구의 소식이라고는 꿈에도 생각지 못했겠지? 그 후에 페르시아를 거쳐서 메카로 들어갔고, 카루툼에서는 카리 프(회교교주)와 짧지만 인상적인 만남을 가졌다네. 그 결과는 외무부에 보고서를 올렸어.

프랑스에 들어가서는, 프랑스 남부에 있는 몽펠리에 연구소 에서 몇 개월 동안 콜타르 유도체에 대한 연구를 하며 보냈네. 그 연구에서 만족할 만한 성과를 거뒀고, 나의 적도 런던에 오직 한 명만이 남아 있다는 사실을 알게 되었기에 막 귀국하려 던 차에 이 의문투성이의 흥미로운 사건이 일어났다는 소식을 듣고 서둘러 귀국한 걸세. 사건 자체가 수사에 보람을 느낄 수 있을 만큼 흥미로울 뿐만 아니라 내게 아주 특수한 기회를 제공해줄 것 같다는 생각이 들었거든.

바로 런던으로 돌아온 나는 베이커 가로 가서 허드슨 부인을 기절시킬 만큼 놀라게 해주었어. 형 덕분에 내 방과 서류가 전부 예전 그대로 남아 있었네. 왓슨, 그래서 오늘 오후 2시에 는 그리웠던 내 방의 팔걸이의자에 앉아서 내 그리운 친구 왓슨 이 언제나 앉아 있던 맞은편 의자에 앉아 있었으면 좋겠다는 생각을 했었네."

이상이 4월 어느 날 저녁에 홈즈에게서 들은 놀라운 이야기 였다. 두 번 다시 볼 수 없을 것이라고 생각했던 홈즈의 크고 호리호리한 모습과 날카로운 얼굴을 실제로 보지 않았다면 나는 이 이야기를 절대로 믿지 못했을 것이다. 어떻게 알았는지 홈즈는 내게 일어났던 불행한 일을 알고, 말이 아닌 태도로 그에 대한 동정심을 보였다.

"일에 몰두하는 게 슬픔을 극복할 수 있는 최고의 약일세, 왓슨. 오늘 밤, 우리 두 사람을 위해서 준비된 일이 한 가지 있는데 그 일만 잘 처리한다면 한 사람의 인생을 저절로 정당화할 수 있게 될 거야."

홈즈가 말했다.

나는 좀 더 자세한 얘기를 들려달라고 부탁했지만 홈즈는 그렇게 하지 않았다.

"내일 아침까지 자네 눈으로 직접 보고 귀로 직접 듣게 될 거야. 그 대신 지난 3년간 쌓였던 이야기가 있질 않나? 빈집으로 모험을 나서야 하는 9시 30분까지는 그 얘기만으로도 충분할 걸세."

홈즈가 대답했다.

시간이 되어 주머니에 권총을 찔러 넣고, 모험을 앞 둔 두근거리는 가슴으로 이륜마차 속에 홈즈와 나란히 앉아 있자니 예전과 조금도 변함이 없다는 생각이 들었다. 홈즈는 냉정하고 엄격한 표정으로 말이 없었다. 가로등이 그의 엄숙한 표정을 비출 때마다 생각에 잠긴 채 지그시 감긴 눈썹과 굳게 다문 얇은 입술이 보였다. 범죄 도시 런던의 어두운 정글 속에서 홈즈가 어떤 야수를 잡으려는 것인지는 알 수 없었지만, 이 사냥의 명수를 보면 오늘의 모험이 범상치 않은 것이라는 사실을 확실히 알 수 있었다. 한편, 수도승을 연상케 하는 음울한 표정 속에서 가끔 내비치는 쓸쓸한 미소는, 우리에게 쫓기는 적에게 그다지 기분 좋은 것이 아닐 것이다.

나는 우리가 베이커 가로 가는 줄 알았는데 홈즈는 카벤디시 광장 모퉁이에서 마차를 세웠다. 마차에서 내리면서 날카로운 시선으로 좌우를 살폈으며 모퉁이가 나올 때마다 우리를 따라오는 사람이 없는지 매우 조심스럽게 살폈다. 우리가 지난 길도 매우 기이하기 짝이 없었다. 홈즈는 런던의 뒷길을 구석구석 놀라울 정도로 자세하게 알고 있었는데 이번 경우에도 그는, 지금까지 내가 그 존재조차 몰랐던 마구간들이 빽빽하게 들어차 있는 일대를 빠른 걸음으로 아무런 망설임 없이 지나쳐갔다.

드디어 낡고 을씨년스러운 집들이 늘어서 있는 조그만 길로 나서더니 거기서 맨체스터 가, 블랜드포드 가를 지났다. 그런 다음 재빠르게 좁은 통로로 접어들더니 나무문을 지나, 인적이 없는 정원을 건너, 한 집의 뒷문을 열쇠로 열었다. 집 안으로 들어서자 홈즈는 문을 안쪽에서 잠갔다.

집 안은 칠흑 같이 어두웠지만 나는 그곳이 빈집임을 확실하게 알 수 있었다. 나무판자로 된 바닥에 아무것도 깔려 있지 않았기 때문에 걸음을 걸을 때마다 삐걱거리는 소리가 들려왔다. 벽 쪽으로 손을 뻗었더니 찢어진 벽지가 너덜너덜 매달려 있는 것이 손에 만져졌다. 홈즈의 차갑고 섬세한 손가락이 내

손목을 잡고 나를 앞으로 인도해나가자 곧 문 위의 부채처럼 생긴 채광창이 어둠 속에서 희미하게 보였다. 거기까지 간 홈즈는 갑자기 오른쪽으로 꺾어져 들어갔다. 그러자 넓고 텅 빈, 사각형의 방이 나왔다. 방의 네 귀퉁이는 어둠에 잠겨 있었지만 한가운데 부분에는 창밖 거리의 불빛이 희미하게 새어 들어오고 있었다. 가까이에 불빛이 없었으며 유리창에는 먼지가 두껍게 쌓여 있었기 때문에 서로의 모습을 간신히 알아볼 수 있을 정도였다. 친구가 내 어깨에 손을 얹더니 입술을 귓가로 가져왔다.

"우리가 어디에 있는 건지 알겠나?"

홈즈가 속삭였다.

"틀림없이 베이커 가겠지."

나는 흐린 창 너머를 내다보며 대답했다.

"맞아. 예전에 우리가 함께 살던 곳의 맞은편에 있는 캄덴 하우스야."

"그런데 왜 여기에 온 거지?"

"저 그림처럼 아름다운 건물이 잘 보이기 때문이지. 왓슨, 미안하지만 창문 쪽으로 조금 더 다가가 주겠나? 자네 모습이 보이지 않도록 조심하면서 우리들의 방을 올려다보게나. 수많은 우리 모험의 출발점이었던 그 방을. 3년이라는 세월을 비워둔 동안 자네를 깜짝 놀라게 할 힘이 사라졌는지 한번 확인해보기로 하세."

나는 살금살금 앞으로 다가가 맞은편에 있는 그리운 창문을 바라보았다. 창문으로 시선을 던진 순간 나는 너무나도 놀라서 숨을 헐떡이며 소리를 질렀다. 블라인드가 내려져 있었는데 방 안에는 환하게 불이 밝혀져 있었다. 그리고 방 안 의자에 앉아 있는 사내의 검은 그림자가 밝은 창에 선명하게 그려져 있었다. 옆으로 기울어진 머리, 각진 어깨 선, 날카로움이 느껴지는 얼굴 등이 뚜렷하게 보였다. 얼굴은 옆을 향하고 있었는데, 마치 우리 할아버지 시대에 유행했던 실루엣을 보고 있는 듯한 느낌이었다. 그것은 완벽한 홈즈의 복제품이었다. 너무나도 놀란 나머지 나도 모르게 손을 뻗어 옆에 서 있는 것이 정말 홈즈인지 확인을 했을 정도였다. 홈즈가 소리 없이 몸을 떨며 웃었다.

"어떤가?"

"정말 대단해!"

내가 놀란 목소리로 말했다.

"세월의 흐름에도 나의 손재주는 녹슬지 않았고, 세상의 변화에도 썩지 않았다는 얘기겠지? 어때, 나랑 똑같지 않나?"

그의 목소리에는 예술가가 자신의 작품에 대해 품고 있는 기쁨과 자부심이 배어 있었다.

"저기에 있는 게 진짜 자네라고 해도 좋을 정도야."

"제작상의 영예는 그르노블에 살고 있는 오스카 뮈니 씨에게 돌려야 할 거야. 주형을 만드는 데만도 며칠이 걸렸지. 밀랍으로 만든 흉상이야. 나머지는 오늘 오후 베이커 가를 방문했을 때 내가 준비한 것이고.”

“왜 저런 걸 준비한 거지?”

“어떤 녀석들에게 내가 다른 곳에 있을 때도 저기에 있는 것처럼 보이게 하기 위해서지.”

“그럼 누군가가 자네를 감시하고 있다는 말인가?”

“누군가가 나를 감시하고 있지.”

“누가?”

“나의 오랜 적들일세, 왓슨. 라이헨바흐 폭포에서 두목을 잃은 그 매력적인 일당들. 자네도 알다시피 내가 아직 살아 있다는 사실을 아는 것은 그들뿐이야. 녀석들은 언젠가는 내가 저 집으로 돌아올 것이라 굳게 믿고 있었어. 그래서 늘 감시를 하고 있었고 오늘 아침에 드디어 내가 돌아온 것을 목격했지.”

“그걸 어떻게 알고 있지?”

“창 밖을 내려다보았더니 나를 감시하는 사람이 있더군. 파커라는 녀석인데 그리 대단한 녀석은 아니야. 유대의 하프를 잘 다루지. 하지만 내가 걱정하고 있는 건 그 녀석이 아니야. 그 녀석 뒤에 있는 훨씬 더 난폭한 녀석이 마음에 걸린단 말이지. 모리어티의 친구로 절벽에서 바위를 굴린 사람이야. 런던에서 가장 교활하고 위험한 범죄자라고 할 수 있어. 바로 그 사람이 오늘 밤 내 뒤를 쫓고 있거든. 하지만 그 사람은 우리가 자신의 뒤를 쫓고 있다는 사실을 전혀 모르고 있기도 해.”

친구가 어떤 계획을 세우고 있는지 이제 조금은 알 수 있을 것 같았다. 우리는 이 더할 나위 없이 좋은 은신처에서 감시자를 감시하고 추적자를 추적하고 있는 것이었다. 건너편에 있는 저 그림자는 미끼고 우리는 사냥꾼인 셈이었다. 침묵과 어둠 속에 서서 우리는 거리를 바삐 오가는 사람들을 살펴보았다. 홈즈는 입을 다문 채 손가락 하나 까딱하지 않았다. 하지만 틀림없이 오가는 사람들을 주의 깊게 빈틈없이 살펴보고 있으리라. 폭풍우가 쏟아질 듯 쌀쌀하고, 바람이 날카로운 울부짖음을 올리며 긴 거리를 달려나가는 밤이었다. 오가는 사람들이 많았으며 대부분은 목깃이나 목도리에 얼굴을 묻고 있었다.

한두 번 똑같은 사람의 모습이 지나간 듯한 느낌이 들었다. 특히 길 저편에 있는 집의 문 앞에서 바람을 피하고 있는 듯한 두 사람의 모습이 마음에 걸렸다. 홈즈에게 그 사람들의 존재를 알리려 했지만 그는 초조한 듯 조그만 신음소리를 내며 계속해서 거리를 지켜보았다. 자꾸만 다리를 흔들고 손가락으로 빠르게 벽을 두드렸다. 자신의 계획이 기대한 대로 진행되지 않기 때문에 침착함을 잃어버린 것이다. 점점 밤이 깊어가고 인적이 드물어지자 홈즈는 더 이상 참지 못하고 방 안을 서성거렸다. 그에게 말을 걸려고 고개를 들어 맞은편 창문을 올려다본 순간, 처음 그곳을 올려다봤을 때에 뒤지지 않을 만큼 크게 놀라지 않을 수 없었다. 나는 홈즈의 팔을 붙잡고 위쪽을 가리키며 외쳤다.

"그림자가 움직이고 있어!"

틀림없이 지금은 옆모습이 아닌 뒷모습이 창에 비치고 있었다.

자신보다 지능이 떨어지는 사람을 보고 답답하다는 듯 울컥 치밀어 오르는 것을 참지 못하는 성격은 3년이 지난 지금도 예전과 다를 바 없었다.

"당연히 움직여야지! 왓슨, 내가 바로 인형이라고 알아볼 수 있는 걸 세워놓고 유럽에서 제일 교활한 녀석들을 속일 수 있을 거라고 생각할 만큼 어리석은 사람으로 보이는가? 우리가 이 방에 들어온 지 2시간이 지났으니까 그 동안 8번, 그러니까 15분마다 허드슨 부인이 저 흉상의 위치를 바꿔주고 있다네. 물론 자신의 그림자가 비치지 않도록 불 뒤쪽에서 움직이고 있어. 앗!"

순간 홈즈가 갑자기 말을 끊고 날카로운 비명을 내질렀다. 희미한 어둠 속에서 홈즈가 얼굴을 앞으로 내밀고 온 몸을 긴장시킨 채 모든 신경을 곤두세우고 있다는 사실을 느낄 수 있었다. 창밖 거리에서 인적이라고는 조금도 찾아볼 수 없었다. 조금 전의 두 사내가 문 앞에 웅크리고 있을지도 모르겠지만 내 눈에는 더 이상 보이지 않았다. 주위는 쥐 죽은 듯 고요하고 어두웠으며, 맞은편 창의 블라인드만이 노랗게 빛나고 있었고 그 한가운데에서 검은 사람의 그림자가 어른거리고 있을 뿐이었다. 고요한 정적 속에서 홈즈가 흥분을 가라앉히려 가늘게 내뱉는 숨소리가 들려왔다. 그 순간 홈즈가 나를 방의 가장 어두운 부분으로 데려가더니 한쪽 손을 내 입술에 가져다 댔다. 친구가 이처럼 동요하는 모습은 처음 보았다. 하지만 창 밖 어두운 거리에서 사람의 모습이라고는 찾아볼 수가 없었다.

마침내 홈즈의 날카로운 감각이 이미 포착한 것을 나도 느낄 수 있었다. 낮고 은밀한 소리가 앞쪽 베이커 가가 아니라 우리가 숨어 있는 집 뒤쪽에서 들려왔다. 문이 열리고 닫히는 소리. 그 바로 뒤에 복도를 살금살금 걸어오는 소리가 들렸다. 소리를 내지 않으려고 주의해서 걷고 있는 듯했지만 빈집 전체에 날카로운 소리가 울려 퍼지고 있었다. 홈즈는 벽에 등을 대고 몸을 웅크렸다. 나도 권총을 힘껏 잡은 다음 그와 같은 자세를 취했다.

어둠 속을 응시하고 있자니 주위의 어둠보다 더욱 어두운 사람의 그림자가 희미하게 보였다. 그림자는 잠시 멈췄다가 다시 몸을 앞으로 구부린 채 위협적인 자세를 취하며 방 안으로 들어왔다. 이 불길한 그림자가 3야드(약 2.75m)도 떨어지지 않은 곳까지 접근해 왔기에 나는 상대가 덤벼들면 그에 맞설 수 있도록 자세를 취했지만 곧 상대가 우리들의 존재를 깨닫지 못했다는 사실을 알 수 있었다. 우리 바로 앞을 지나서 창가로 살금살금 다가간 남자는 창문을 0.5피트(약 15㎝) 정도 조용히 열었다. 그리고 창이 열린 곳에 맞춰 몸을 숙였기 때문에 거리의 빛이 먼지투성이 창을 통하지 않고 남자의 얼굴로 직접 쏟아져들었다.

　남자는 흥분으로 제정신이 아닌 듯했다. 눈은 반짝반짝 빛나고 있었으며 얼굴 근육은 꿈틀꿈틀 경련을 일으키고 있었다. 중년 사내로 가늘고 오뚝한 콧날, 높고 벗겨지기 시작한 이마, 백발이 섞인 커다란 콧수염을 기르고 있었다. 오페라 모자를 뒤로 젖혀 쓰고, 단추를 풀어헤친 외투 속으로는 야회복 와이셔츠의 가슴 부분이 하얗게 빛나고 있었다. 야윈 얼굴은 검게 그을려 있었으며 깊고 거친 주름이 새겨져 있었다. 손에 지팡이 같은 것을 쥐고 있었는데 금속성 소리를 내며 그 지팡이를 바닥에 내려놓았다. 그런 다음 외투 주머니에서 커다란 물건을 꺼내 부지런히 손을 움직였는데 곧 스프링과 나사 박는 소리가 들리더니 작업을 완료한 듯했다.

　여전히 바닥에 무릎을 꿇고 앉은 채 몸을 앞으로 웅크려 지렛대와 같은 것에 체중을 실어 힘을 주니, 무엇인가 기다란 물건이 빙글빙글 회전하면서 긁히는 소리가 들리고 다시 한 번 찰칵하는 금속성 소리가 들려왔다. 그런 다음 상체를 일으켰다. 순간 개머리판이 이상하게 생긴 총을 사내가 들고 있는 것이 보였다. 총열을 열어 무엇인가를 쑤셔 넣고 다시 총열을 닫았다. 그리고 다시 몸을 웅크려 창틀 위에 총신 끝을 올려놓았다. 긴 콧수염이 총신에 닿았으며 조준을 하는 눈이 날카롭게 빛났다. 개머리판을 어깨로 감싸 쥐듯 자세를 취하고, 조준기 끝에 우뚝 솟아 있는 노란 바탕에 검은 그림자를 바라보며 만족

스럽다는 듯 내쉬는 숨소리가 나에게까지 들려왔다.

사내는 한순간 몸을 긴장시켜 움직임을 멈췄다. 그리고 그의 손가락이 방아쇠를 당겼다. 바람을 가르는 듯한 기묘하고 커다란 소리가 들리더니 곧 유리가 깨지는 길고 날카로운 소리가 울려 퍼졌다. 그 순간, 홈즈가 저격수의 등을 향해 호랑이처럼 몸을 날려 상대를 뒤쪽에서 쓰러트렸다. 곧 몸을 일으킨 사내가 필사적으로 홈즈의 목을 움켜쥐었다. 하지만 내가 권총의 손잡이로 머리를 내리쳤기에 사내는 다시 바닥에 쓰러지고 말았다. 내가 사내에게 달려들어 위에서 그를 누르고 있는 동안 홈즈는 호각을 날카롭게 불어댔다. 요란스럽게 인도를 달려오는 소리가 들리더니 제복을 입은 경찰 두 명과 사복경찰 한 명이 정면의 현관을 통해서 방 안으로 뛰어들었다.

"레스트레이드 당신이 와줬군요."

홈즈가 말했다.

"네, 홈즈 씨. 나머지는 저희가 알아서 처리하겠습니다. 런던에서 다시 뵙게 되다니 정말 반갑습니다."

"당신에게 비공식적인 도움이 필요할 것 같아서요. 1년에 미해결 살인사건이 3건이나 일어나서야 어디 쓰겠습니까? 그건 그렇고 몰세이 사건은 평소 당신답지 않게……, 그러니까 아주 깔끔하게 잘 처리를 했더군요."

우리는 모두 일어서 있었는데, 범인은 건장한 경찰 두 명 사이에 껴서 거친 숨을 내쉬고 있었다. 밖에는 벌써 몇몇 구경

꾼들이 모여들기 시작하고 있었다. 창가로 다가간 홈즈가 창문을 닫고 덧창을 내렸다. 레스트레이드가 초 두 개에 불을 붙였고 경찰들은 랜턴의 갓을 벗겨냈다. 나는 비로소 범인의 얼굴을 똑똑히 볼 수 있었다.

우리를 바라보는 그의 얼굴은 사악함이 넘쳐나는 남성적인 얼굴이었다. 이마에는 철학자의 분위기가 서려 있으며, 턱에는 감각론자의 분위기가 서려 있는 이 사람이 처음 인생을 시작했을 때는 선과 악 양쪽에 탁월한 능력을 가지고 있었을 것이다. 늘어진 눈꺼풀 속의 사람을 비웃는 듯 잔인한 파란 눈, 놀랄 정도로 공격적인 코, 상대에게 공포를 느끼게 할 만큼 깊은 주름이 파인 이마를 보면, 누구나 조물주가 위험신호를 보내는 것이라고 생각할 것이다. 다른 사람은 쳐다보지도 않고 증오와 놀라움에 가득 찬 표정으로 그는 홈즈만을 바라보았다.

"악마 같은 녀석! 이 교활한 악마 녀석!"

그는 쉴 새 없이 이런 말을 중얼거렸다.

"이런, 대령님이셨군요! 긴 여정 끝에 애인을 만난다는 옛날 연극의 대사 그대로네요. 라이헨바흐 폭포의 절벽 중간에 누워 있을 때 저를 돌봐주신 이후로 처음 뵙는군요."

홈즈가 흐트러진 목깃을 바로잡으며 말했다.

대령은 여전히 멍한 눈빛으로 내 친구를 바라보며 '이 교활한 악마 녀석!'이라고 중얼거릴 뿐이었다.

"아직 당신을 소개하지 않았군요. 여러분 이 신사는 세바스찬 모란 대령입니다. 지난 날 대영제국 인도군의 장교를 지내셨던 분이자, 우리 동방제국에서 가장 뛰어난 맹수 사냥꾼으로 이름을 날렸던 분입니다. 당신이 세웠던 호랑이 사냥 기록은 아직도 깨지지 않았죠?"

무시무시한 얼굴을 한 노인은 한마디도 하지 않은 채 여전히 내 친구의 얼굴을 노려보고 있었다. 사나운 눈빛과 뻣뻣한 수염 때문에 그의 얼굴은 놀랄 만큼 호랑이와 비슷했다.

"이렇게 단순한 함정에 당신 같은 사냥꾼이 걸려들 줄이야. 아주 익숙한 함정이죠? 나무 밑에 어린 양을 묶어놓고 엽총을 든 채 그 나무 위에 숨어서 호랑이가 미끼를 향해 달려들기를 기다린다. 당신도 해보셨을 테니까. 이 방은 나의 나무이고 당신은 호랑이에요. 호랑이 여러 마리가 한꺼번에 나타나거나, 그럴 리는 없겠지만 만약 당신이 조준을 잘못했을 경우에 대비해서 다른 사냥꾼들도 함께 데리고 갔었겠죠? 여기 있는 이 사람들이 바로 그 사냥꾼들인 셈이죠. 어때요, 아주 똑같지 않나요?"

홈즈가 주위 사람들을 가리키며 말했다.

대령이 분노에 찬 소리를 내지르며 홈즈에게 달려들려 했지만 경찰들이 그를 제지했다. 무시무시하기 짝이 없는 표정이었다.

"솔직히 말하자면 당신에게 놀란 점이 한 가지 있어요. 당신이 이 빈집을 발견해내서 저 창문을 이용할 줄은 꿈에도 생각지

못했어요. 밖의 거리에서 총을 쏠 거라고 예상했기에 친구인 레스트레이드와 부하들에게 밖에서 기다려달라고 부탁했거든요. 그 점을 제외하고는 전부 내 생각대로 됐지만."

홈즈가 말했다.

"자네에게 체포당해야 할 이유가 있는지 없는지는 모르겠지만, 적어도 이 사람의 놀림감이 되어야 할 이유는 없을 것 같은데. 법의 이름으로 체포한 거라면 법률에 따라서 처리해야 하는 것 아닌가?"

모란 대령이 형사 쪽을 바라보며 말했다.

"지당하신 말씀입니다. 홈즈 씨, 우리는 이만 가봐야 할 것 같은데 그 전에 더 하실 말씀은 없으십니까?"

레스트레이드가 말했다.

홈즈는 바닥에 떨어져 있던 강력한 공기총을 주워 들어 그것을 살펴보고 있었다.

"정말 감탄이 절로 나는 멋진 총이야. 소리는 나지 않고 위력은 더 뛰어나고. 지금은 세상을 뜨고 없는 모리어티 교수의 부탁으로, 맹목적인 독일인 기계공 폰 헤르데르가 제작한 겁니다. 이런 총이 있다는 건 몇 년 전부터 알고 있었지만 실제로 보는 건 이번이 처음이에요. 레스트레이드 씨, 이건 특별히 주의해서 취급해주세요. 이 총알도 함께."

홈즈가 말했다.

"걱정 마세요, 홈즈 씨. 그 외에 더 하실 말씀은?"

일행 모두가 문 쪽으로 나설 때 레스트레이드가 말했다.

"무슨 혐의로 내가 체포되는 건지 알아야겠소."

"무슨 혐의냐고요? 그야 셜록 홈즈 씨에 대한 살인미수 아닙니까?"

"그건 좀 곤란해요, 레스트레이드. 표면적으로는 이번 사건에 관여하고 싶지 않거든요. 이번 체포의 공적은 전부 당신 것이에요. 축하해요, 레스트레이드. 당신의 그 지력과 담력으로 이 사람을 잡은 거예요."

"잡다니요? 그럼 무슨 사건의 범인을 잡았단 말입니까?"

"경찰이 총력을 기울이고 있지만 아직 잡지 못했던 사내, 세바스찬 모란 대령. 지난 달 30일, 열려 있던 파크 레인 427번지의 3층 정면 창을 통해 공기총으로 로널드 아데어 경을 살해한 범인이요. 그게 이 사람의 혐의에요, 레스트레이드. 참, 왓슨. 깨진 창으로 들어오는 차가운 바람을 견딜 수만 있다면 내 서재에서 30분 정도 담배를 태우며 재미있고 유익한 얘기를 들려주기로 하지."

예전에 우리가 함께 지내던 방은 마이크로프트 홈즈의 감독 하에 허드슨 부인이 직접 관리를 하고 있었기에 모든 것이 예전 그대로였다. 방 안으로 들어가보니 방 안은 지나치리만큼 깔끔하게 정돈되어 있었지만 특징적인 물건들은 전부 그대로 놓여 있었다. 화학실험 설비가 놓여 있는 한쪽 구석에는 산 때문에 지저분해진 나무 책상이 그대로 놓여 있었다. 책장에는, 태워

버리면 수많은 사람들이 기뻐할 그 가공할 만한 스크랩북과 참고문헌들이 나란히 꽂혀 있었다. 주위를 둘러보니 도표, 바이올린 케이스, 파이프 걸이, 담배상자가 되어버린 페르시아의 슬리퍼 등이 눈에 들어왔다.

방 안에는 두 사람이 있었다. 한 사람은 허드슨 부인이었는데 우리가 들어서자 밝은 미소를 지어보였다. 또 한 사람은 오늘밤의 모험에서 매우 중요한 역할을 수행해준 기묘한 인형이었다. 친구의 모습을 본떠 만든 납빛 인형으로 실물과 똑같이 생긴 훌륭한 작품이었다. 예전에 홈즈가 입던 가운을 입혀 조그만 테이블 위에 올려놨기 때문에 창을 통해서 보면 홈즈의 그림자로밖에는 보이지 않을 것이다.

"허드슨 부인, 부탁한 대로 행동해주셨겠죠?"

홈즈가 말했다.

"네, 말씀하신 대로 기어서 저기까지 갔어요."

"잘하셨습니다. 정말 멋지게 해주셨어요. 총알이 어디에 맞았는지 보셨나요?"

"그럼요. 당신의 멋진 흉상을 엉망으로 만들어놨어요. 그대로 머리를 관통해서 벽에 맞았거든요. 카펫 위에 떨어진 걸 주워놨죠. 여기 있어요!"

총알을 받아든 홈즈는 그것을 다시 내게 내밀었다.

"왓슨, 자네도 보면 알겠지만 권총용으로 만들어진 총알이야. 정말 천재적이지 않은가? 공기총에서 이런 총알이 나갈

거라고 누가 상상이나 했겠는가? 허드슨 부인 정말 감사합니
다. 왓슨, 예전처럼 이 의자에 앉아주지 않겠나? 자네와 두어
가지 나누고 싶은 얘기가 있네."

초라한 프록코트를 벗고 자신의 흉상에서 벗겨낸 회색 가운
을 입은 홈즈는 다시 예전의 모습으로 되돌아가 있었다.

"그 늙은 사냥꾼은 냉정함도 전혀 잃지 않았고 시력도 전혀
떨어지지 않았어."

흉상의 깨지고 오그라든 부분을 살펴보고 홈즈가 웃으며 말
했다.

"후두부 한가운데를 뚫고 들어가서 뇌를 관통했네. 인도 제
일의 명사수였는데 런던에서도 그보다 솜씨가 좋은 사람을 찾
기는 어려울 것 같군. 이름을 들어본 적이 있나?"

"아니, 없네."

"아, 명성이란 그런 것일까? 하긴 자네는 금세기 최고의 두
뇌를 가졌던 제임스 모리어티 교수의 이름도 들어본 적이 없다
고 했었지? 책꽂이에서 내가 만든 인명색인을 꺼내주지 않겠
나?"

의자의 등받이에 기대 담배연기를 구름처럼 피워 올리며 홈
즈가 나른한 몸짓으로 페이지를 넘겼다.

"이 M이라는 항목, 참 대단하군. 모리어티 한 사람의 이름만
으로도 다른 어떤 페이지에 뒤지지 않을 텐데 거기에 독살 전문
가 모건, 생각만 해도 소름이 끼치는 메리듀, 채링 크로스 역

대합실에서 내 왼쪽 송곳니를 부러트린 매츄스가 들어 있으니. 그리고 마지막으로 오늘 우리의 상대였던 사람까지. 여길 좀 보게나."

이렇게 말하며 홈즈가 색인을 건네주기에 나는 그곳을 읽어 보았다.

"세바스찬 모란. 육군 대령. 무직. 전 벵골 제1공병연대 소속. 1840년 런던 출생. 아버지는 전 페르시아 주재 영국 공사로 배스 훈장을 받은 준남작 오거스터스 모란 경. 이튼 및 옥스퍼드 졸업. 조와키 전투, 아프가니스탄 전쟁에 종군. 차라시압(수훈자 보고서에 이름을 올림), 셔풀, 카불에서 근무. 저서, 『서히말라야의 맹수』(1881), 『정글에서의 3개월』(1884). 주소, 콘듀잇 가. 소속 클럽, 앵글로-인디언 클럽, 탱커빌 클럽, 바가텔 카드 클럽."

그리고 여백에 홈즈의 반듯한 글씨로 다음과 같이 적혀 있었다.

「런던 제2의 위험인물」

"놀랍군. 훌륭한 군인이었잖아?"

내가 색인을 돌려주며 말했다.

"맞는 말이야. 일정 시기까지는 훌륭한 군인이었어. 언제나 대담하고. 한번은 식인 호랑이를 쫓아서 배수구에 들어간 적이 있었는데 그 얘기는 아직도 인도에서 인구에 회자되고 있어. 일정 높이까지 자라면 이상할 정도로 갑자기 보기 싫어지는 나무가 있질 않나? 그런 현상은 사람에게서도 쉽게 찾아볼 수가 있네. 개인은 그 성장과정에서 자신의 모든 조상들의 과정을 재현하는 법인데, 선으로든 악으로든 그처럼 갑작스러운 전환을 보이는 것은 그 가계 속으로 끼어든 어떤 강력한 영향력을 나타내는 것이라고 보는 게 내 지론이야. 즉, 개인은 그 집안 역사의 축소판이라고 볼 수 있는 것이지."

"글쎄, 잘 실감이 가지 않는 얘기로군."

"그렇다고 해서 그 설에 완전히 사로잡혀 있는 건 아닐세. 원인이야 어찌됐든 모란 대령은 나쁜 쪽으로 나가기 시작했어. 눈에 띄는 스캔들은 없었지만 점점 인도에 머물 수 없게 되었지. 결국 퇴역하고 런던으로 돌아왔는데 여기서도 악명을 얻게 되었어. 그 무렵 모리어티 교수의 눈에 띄었고 대령은 한동안 주모자 역을 도맡아 했어. 모리어티는 대령에게 커다란 돈을 아낌없이 주고 보통 범죄자로서는 감당할 수 없는 어려운 일에만 그를 사용했어.

1887년 로더에서 스튜어트 부인이 사망한 사건을 기억하고 있지? 모르겠다고? 어쨌든 그 사건의 배후에 모란이 있었던 것만은 틀림없어. 아무런 증거도 없기는 하지만. 아주 교묘하게 몸을 숨기고 있었기 때문에 모리어티 일당이 분쇄되었을 때도 대령만은 고발할 수 없었어.

당시 내가 자네 집으로 찾아갔을 때 공기총을 두려워하며 덧창을 전부 닫았던 것을 기억하고 있지? 내가 너무 민감하게 반응한 거라고 생각했을지 모르겠지만 내게는 나름대로의 확증이 있었어. 그 놀라운 총의 존재도 알고 있었고, 세계 최고의 명사수가 대기하고 있다는 사실도 알고 있었거든. 우리가 스위스에 있을 때 대령은 모리어티와 함께 있었고, 라이헨바흐 폭포의 절벽 위에서 5분간 나를 공포로 몰아넣었던 것도 틀림없이 대령이었어.

자네도 이미 짐작했겠지만 프랑스에 머무는 동안 대령을 형무소로 보낼 방법이 없을까 늘 신문을 주의 깊게 읽고 있었어. 그 사람이 런던에서 활개를 치고 다니는 동안에는 목숨이 언제 어떻게 될지 모르는 신세였으니까. 검은 그림자가 내 뒤를 따라다닐 것이며 대령은 끝내 나를 죽일 기회를 포착했을 거야. 그렇다면 나는 어떻게 해야 좋을까? 그를 발견하자마자 사살할 수는 없는 일이었어. 그러면 내가 피고석에 서게 될 테니까. 경찰에 도움을 요청한다고 해봐야 소용없는 일일 테고. 엉터리로밖에는 보이지 않는 용의를 근거로 경찰을 움직일 수는 없을 테니까.

그래서 나는 아무것도 할 수가 없었어. 하지만 언젠가는 대령을 꼭 붙잡고 말겠다고 결심하고 범죄관련 뉴스에 주의를 기울였어. 그런데 마침 로널드 아데어 살인사건이 일어난 거지. 드디어 내게 기회가 온 거야. 지금까지 내가 축적해온 지식으로 모란 대령이 한 짓이란 걸 바로 알 수 있었지. 대령은 젊은이와 카드를 했고 그 후에 클럽에서부터 집까지 미행을 해서 열려 있는 창 너머로 젊은이를 사살. 여기에는 의심의 여지가 조금도 없었다네. 대령을 교수대로 보낼 증거는 총알만으로도 충분했어.

나는 바로 런던으로 돌아왔어. 그런데 그의 감시망에 걸려들고 말았지. 대령에게 바로 보고할 것이라는 사실을 알고 있었어. 그러면 대령은 나의 갑작스러운 귀국을 자신의 범죄와 연결 지어 생각할 거고 당황하면서도 경계를 늦추지는 않겠지. 그리고 훼방꾼을 제거할 목적으로 그 무시무시한 무기를 꺼내들 것이 틀림없었어. 그래서 대령을 위해 절호의 표적을 창가에 마련해놓고 경찰에게 손을 좀 빌리게 될지도 모르겠다고 통보해놓았지. 그런데 왓슨, 경찰이 저쪽 집 문 앞에 잠복해 있는 걸 자네는 잘도 찾아냈더군. 그런 다음 감시하기에 안성맞춤이라고 생각한 곳에 진을 친 건데, 설마 대령이 같은 장소를 저격 장소로 선택할 줄은 꿈에도 생각지 못했었네. 왓슨, 아직 설명이 부족한 부분이 있나?"

"있네. 모란 대령이 로널드 아데어 경을 살해한 동기에 대해서 알려주게나."

내가 말했다.

"아, 그건 말이지 왓슨. 거기서부터는 억측의 세계로 들어가야 하기 때문에 제 아무리 논리적인 머리를 가진 사람이라 할지라도 정확히는 설명할 수 없을 거야. 현 시점에서 확인된 증거들을 바탕으로 각자가 가설을 세울 수 있을 뿐이지. 자네의 가설이나 내 가설 모두 정답이 될 가능성이 있어."

"그럼 자네는 이미 생각해둔 게 있는 모양이군."

"그걸 설명하는 건 그리 어렵지 않아. 카드게임에서 모란 대령과 아데어 청년이 한 팀이 되어 상당한 금액을 땄다는 건 증언을 통해서 밝혀진 사실일세. 그런데 모란 대령은 틀림없이 속임수를 썼을 거야. 나는 예전부터 그 사실을 알고 있었어. 아데어는 살해당한 날, 모란 대령이 속임수를 쓰고 있다는 사실을 눈치 챘을 거야. 그래서 모란 대령을 은밀히 불러 클럽에서 스스로 탈퇴하고 두 번 다시 카드에 손을 대지 않겠다고 약속하지 않으면 모든 사실을 폭로하겠다고 협박했겠지. 아데어 같은 청년이, 나이도 훨씬 더 많은 명사의 진실을 폭로해서 갑자기 커다란 문제를 일으킬 거라고는 생각되지 않으니까. 틀림없이 내 추리대로 행동했을 거야.

속임수로 딴 돈으로 생활하고 있는 모란에게 있어서 클럽에서의 추방은 곧 파멸을 뜻하네. 한편 아데어는 부정한 방법으로 얻은 돈을 그대로 가지고 있을 수 없었기에 집으로 돌아와 돌려줄 돈을 계산하고 있었는데 그때 대령에게 사살당한 거지. 방문을 잠근 것은 집안 여자가 갑자기 들어와서 이름과 돈을 보고 이것저것 캐물을까 걱정이 돼서 그랬던 걸 거야. 어떤가? 그럴 듯하게 들리나?"

"그래, 자네 말이 맞는 것 같군."

"진위는 법정에서 밝혀질 거야. 어쨌든 이제는 모란 대령에게 시달릴 필요도 없고, 그 유명한 폰 헤르데르의 공기총은 런던 경찰청 박물관에 진열되겠지. 그러니까 셜록 홈즈 씨는 예전처럼 자유롭게 런던의 복잡한 일상 속에서 끊임없이 발생하는 흥미로운 사건을 조사하는 일에 다시 전념할 수 있게 된 거야."

노우드의 건축업자
The Norwood Builder

아서 코난 도일
Arthur Conan Doyle

셜록 홈즈
Sherlock Holmes

"범죄 전문가의 입장에서 보자면 그 모리어티 교수가 죽은 뒤 이 런던은 묘하게 따분한 도시가 되어 버렸어."

이렇게 말한 셜록 홈즈에게 내가 한마디 했다.

"자네의 그런 생각에 여러 훌륭한 시민들은 동의하지 않을 거야."

홈즈가 웃으며 아침식사 테이블에서 의자를 뒤로 밀었다.

"맞아, 그럴 거야. 내 입장만 주장할 수는 없겠지. 세상을 위해서는 잘된 일이니. 손해를 본 사람은 아무도 없어. 딱 한 사람, 일이 없어져 실업자가 된 전문가인 나를 뺀다면.

그 남자가 활약하던 때에는 매일 아침 신문에 재미있는 암시가 여럿 실렸어. 왓슨, 때로 그것은 참으로 희미한 흔적이기도 하고, 매우 모호한 징조인 적도 많았지만 그 사람의 옳지 못한 지혜가 작용했다는 사실을 깨닫기에는 충분했어. 마치 거미줄 끝에 희미한 진동이 있는 것을 보고 그 거미줄 한가운데에 추하고 섬뜩한 거미가 있음을 깨닫는 것처럼. 하찮은 좀도둑질이나, 협박이나, 건달들의 난폭한 행동에서도 녀석을 잘 알고 있는 사람에게는 그것을 연결해서 어떤 범죄가 계획되고 있는지 알아내는 것은 그리 어려운 일이 아니었어. 범죄 전문가에게 있어서 그 점을 연구하기에 런던만큼 좋은 도시는 유럽에 없었어. 그런데 지금은……."

홈즈는 어깨를 들썩이고 런던을 그처럼 만든 것이 다름 아닌 자기 자신이라는 사실에 반은 장난삼아 불만을 표했다. 그것은 홈즈가 모리어티 교수와의 싸움 끝에 3년이나 모습을 감추었다가 런던으로 돌아온 몇 개월 뒤의 일이었다.

그 무렵 나는 홈즈의 부탁으로 병원을 매각하고 예전의 그리운 베이커 가로 돌아와 있었다. 켄징턴에 있던 내 조그만 병원을 산 것은 버너라는 젊은 의사였다. 내가 아주 비싼 금액을 제시했는데도 그 젊은 의사는 놀랄 정도로 간단히 병원을 사주었다. 몇 년 뒤, 우연한 기회에 알게 된 사실인데 그 버너는 홈즈의 먼 친척으로 돈을 대준 것도 다름 아닌 홈즈였다.

홈즈는 나와 살게 된 이후 몇 개월 동안 일이 없어서 따분하다는 듯이 말했으나, 그것은 결코 사실이 아니었다. 내 수첩에는 그 사이에, 전 대통령인 무리요의 서류와 관련된 사건, 하마터면 우리 두 사람 모두 목숨을 잃을 뻔했던 네덜란드 배 프리슬란트 호의 섬뜩한 사건 등 어려운 사건을 차례차례 해결해낸 홈즈의 활약상이 기록되어 있다. 그러나 냉정하고 자부심 높은 홈즈가 사람들로부터 박수를 받는 것이 싫어서, 자기 자신에 관한 일이나 그 방법, 성공 등을 기록해서는 안 된다고 꽤나 강한 어조로 나를 말렸던 것이다. 그 금지가 풀린 것은 최근의 일이었다.

어쨌든 홈즈는 그처럼 사치스럽고도 변덕스러운 말을 한 뒤 의자에 기대어 앉아 천천히 신문을 펼쳐들었다. 바로 그때 였다, 요란스러운 벨이 울린 것은. 무슨 일인가 싶었는데 뒤이어 쿵쿵 문을 세차게 두드리는 소리가 들려왔다. 바로 문 열리는 소리가 들리고 다음으로 떠들썩하게 홀에 들어오는 소리가 들리더니 누군가가 우당탕 계단을 서둘러 올라왔다.

그리고 다음 순간, 눈에 핏발이 서고 머리가 헝클어진 청년 이 다급하게 방으로 뛰어 들어왔다. 얼굴은 새파랗게 질려 있었 다. 청년은 우리의 얼굴을 번갈아 바라보았는데 우리가 무슨 일이 일어났나 싶어 마주보았기에 그제야 자신이 예의에 벗어 난 행동을 했다는 사실을 깨달은 모양이었다.

청년이 커다란 소리로 말했다.

"죄송합니다, 홈즈 씨. 부디 용서해주시길. 저는 머리가 이상 해질 것만 같습니다, 홈즈 씨. 제가 그 불행한 존 헥터 맥팔레인 입니다."

마치 이름만 대면 자신이 찾아온 이유도, 그렇게 혼란스러운 태도를 보이는 이유도 이해할 수 있을 것이라 착각하고 있는 모양이었다. 그러나 나는 전혀 이해할 수 없었으며, 홈즈는 어 떤가 싶어 바라보았더니 나와 다를 바 없이 어리둥절하다는 표정을 짓고 있었다.

홈즈가 담배 상자를 내밀며 말했다.

"맥팔레인 씨라고 하셨죠? 담배를 피우세요. 당신의 모습을 보니 아무래도 내 친구 왓슨 박사의 진정제를 처방받을 필요가 있을 것 같네요. 지난 2, 3일 동안 지나치게 따뜻했으니까요.

자, 마음이 조금이라도 안정되었다면 그 의자에 앉아서 천천히, 조용히 이야기를 들려주시겠습니까? 당신은 누구시고, 무슨 일로 오셨는지를. 당신은 아무래도 이름을 대면 내가 당신을 알고 있을 거라 착각하고 계신 듯하지만 나는 당신이 독신 변호사로 프리메이슨(18세기 초에 세계 평화와 인류애를 목적으로 결성된 국제적 결사) 회원이자 천식을 앓고 있다는 사실밖에 알지 못해요."

나는 홈즈의 방법에 익숙해져 있었기에 잠깐 본 것만으로 어떻게 변호사에 독신이며 천식 환자인지를 알아냈는가 하는 것은 이해하기 어려운 일이 아니었다. 옷차림이 어딘가 단정치 못하다는 점, 가지고 있는 법률관계 서류와 시계 장식, 거친 숨소리를 내고 있다는 점을 보면 대부분은 짐작할 수 있으리라.

그러나 맥팔레인은 깜짝 놀라 눈을 둥그렇게 떴다.

"네. 맞습니다, 홈즈 씨. 거기에 덧붙이자면 저는 지금 런던에서 가장 불행한 사람입니다. 그러니 부탁입니다. 홈즈 씨, 저를 외면하지 말아주세요! 저를 잡으러 와도 제 얘기가 끝나기 전까지는 넘겨주지 마세요. 당신이 밖에서 저를 위해 노력해주실 것이라 생각하면 저도 기꺼이 형무소에 들어갈 수 있습니다."

"당신을 잡으러 온다고요? 이거 잘 됐군…… 아니, 그건 흥미로운 얘깁니다. 대체 어떤 혐의를 받고 있나요?"

"로워 노우드의 조너스 올더커를 살해했다는 혐의입니다."

표정이 풍부한 홈즈의 얼굴에 가엾다는 동정의 빛이 떠올랐으나, 동시에 만족스럽다는 듯한 빛도 섞여 있었다.

홈즈가 말했다.

"음, 사실은 지금 아침 식사를 마치고 왔슨 박사와 요즘 신문에는 그다지 놀랄 만한 사건이 실리지 않는다는 이야기를 나누고 있던 참이었습니다만."

맥팔레인이 떨리는 손으로 아직 홈즈의 무릎 위에 놓여 있던 『데일리 텔레그래프』를 집으며 말했다.

"이것을 보셨다면 제가 무슨 일로 아침부터 찾아왔는지 금방 아실 수 있으실 겁니다. 저는 세상 사람들 모두가 제 이름과 재난에 대해서 이야기하고 있을 것이라 생각하고 있었습니다."

그런 다음 맥팔레인은 신문을 넘겨서 가운데 페이지를 보여 주었다.

"여기에 있습니다. 괜찮으시다면 제가 읽어보도록 하겠습니다. 잘 들어보십시오, 홈즈 씨. 표제어는 이렇습니다.

「로워 노우드 의문의 사건

유명한 건축가 행방불명. 살인, 방화로 추정. 유력한 용의자 발견」

이미 범인이 누구인지 단정 짓고 뒤쫓고 있습니다, 홈즈 씨.

그 범인으로 지목받고 있는 것이 바로 접니다! 여기에 올 때도 런던 브리지 역에서부터 죽 미행을 당했습니다. 바로 체포하지 않은 것은 영장이 오기를 기다리고 있기 때문일 겁니다. 어머니가 얼마나 충격을 받으셨을지……, 어머니의 슬픔을 생각하면!"

맥팔레인은 어찌해야 좋을지 모르겠다는 듯 손을 마구 주물러댔다. 그리고 의자 안에서 몸을 앞뒤로 흔들었다.

나는 살인과 방화라는 커다란 죄의 혐의를 받고 있는 그 청년을 주의 깊게 살펴보았다. 황갈색 머리카락, 두려움에 떨고 있는 파란 눈, 수염을 깨끗하게 깎은 얼굴, 유약하고 예민하게 보이는 입가를 가지고 있었는데 피곤한 듯했으며 소극적인 성격의 잘생긴 청년이었다. 나이는 27세 정도나 되었을까. 옷과 태도 모두 신사다웠다. 얇은 여름 상의의 주머니에는 여러 가지 법률관계 서류가 삐져나와 있어서 그의 직업이 무엇인지를 보여주었다.

홈즈가 말했다.

"시간이 별로 없을 듯하군. 시간을 절약하기 위해서, 왓슨, 미안하지만 그 신문에 실린 문제의 기사를 읽어주겠나?"

나는 맥팔레인이 조금 전 소리 내어 읽었던 표제어 밑의 기사를 읽어 내려갔다.

「어젯밤, 혹은 오늘 새벽에 로워 노우드 사건 발생. 사건의 정황으로 보아 중대한 범죄가 일어난 듯.

조너스 올더커 씨는 이 교외에서 잘 알려진 주민으로 오랜 세월 건축 관련 사업을 해왔다. 나이는 52세, 독신, 시드넘 가의 교외, 시드넘 로(路)의 딥 딘 저택에서 주거. 동네 사람들의 말에 의하면 폐쇄적인 생활을 했으며 사교를 싫어하는 특이한 사람이었다고 한다. 상당한 수입을 가져다주었던 건축업에도 지난 몇 년 동안은 거의 신경을 쓰지 않았다. 단 조그만 목재 창고는 지금도 가지고 있는데 어젯밤 12시 무렵, 그 창고의 목재 더미 중 한 군데서 불이 시작되었다. 신고를 받은 소방차가 현장으로 급히 달려갔으나 마른 목재가 맹렬히 타올라 손을 댈 수 없었으며, 한 무더기가 전소되었다.

여기까지는 평범한 화재 사고에 지나지 않은 듯했으나, 그 후 한 가지 사실이 더 밝혀져 중대한 범죄가 숨겨져 있을 가능성이 농후해졌다. 그와 같은 화재가 발생했음에도 불구하고 현장에 올더커 씨가 나타나지 않았다는 사실을 이상히 여겨 수사한 결과 집에서 모습을 감췄다는 사실이 밝혀졌다. 경찰의 조사에 의하면 올더커 씨는 침실에서 잠을 잤던 흔적도 없으며 금고도 열려 있었고 중요한 서류가 방에 흩어져 있었다고 한다. 게다가 크게 싸움을 했던 흔적도 남아 있었다. 더욱 자세히 조사한 결과 소량이지만 혈흔도 발견되었다. 또한 떡갈나무 지팡이에도 피가 묻어 있었다.

조너스 올더커 씨가 어젯밤 침실에서 손님을 만났다는 사실도 밝혀졌다. 그 손님은 그레셤 빌딩 426호에 있는 그레이엄 앤드 맥팔레인 사무소의 존 헥터 맥팔레인 변호사로 지팡이도 그 사람의 것이다. 경찰은 범죄 동기가 될 만한 유력한 증거를 잡은 듯하다. 아무래도 런던 전체를 떠들썩하게 할 대사건으로 발전할 듯하다.

　추보 ─ 본지 인쇄 직전에 새로운 정보가 들어왔다. 존 헥터 맥팔레인 씨는 조너스 올더커 씨 살해 용의로 체포, 혹은 적어도 체포영장이 발부된 듯하다. 그 후 노우드를 수사한 결과 놀라운 사실이 발견되었다. 피해를 당한 것이라 여겨지는 건축가의 침실에는 격투를 벌인 흔적 외에도 방의 프랑스식 창문이 열려 있었으며 그곳으로 어떤 묵직한 물건을 끌고 나간 흔적이 발견되었다. 그리고 그 흔적은 화재 현장으로 이어져 있었으며 화재 현장을 엄밀히 수사한 결과 검게 탄 사체가 발견되었다.
　경찰은 끔찍한 범죄가 일어난 것이라 보고 있다. 즉, 피해자는 침실에서 무엇인가에 맞아 목숨을 잃었으며 서류를 빼앗긴 것이라 보고 있다. 범행 후 범인은 사체를 목재 창고로 끌고 갔고 범행을 감출 목적으로 불을 지른 것이라 여겨진다. 한편 이번 사건을 맡은 것은 수많은 사건을 처리했던 경찰청의 레스트레이드 경감. 경감은 평소와 다름없이 기민하고도 정력적인 수사로 범인을 밝혀낼 것이다.」

셜록 홈즈는 눈을 감고 양쪽 손가락을 가볍게 맞붙인 채 이 놀라운 기사에 귀를 기울이고 있었다.

내가 읽기를 마치자 홈즈가 예의 나른한 듯한 목소리로 말했다.

"틀림없이 몇 가지 재미있는 점이 있네요. 먼저 묻고 싶은 것이 있는데요, 맥팔레인 씨. 어떻게 지금까지 자유로운 몸으로 계시는 거죠? 당신을 체포해도 될 만한 이유는 충분한 듯한데요."

"홈즈 씨, 저는 블랙히스의 토링턴 저택에서 부모님과 함께 살고 있습니다만, 어젯밤 조너스 올더커 씨의 집에서 상당히 늦게 나왔기에 노우드의 호텔에서 묵었습니다. 그리고 오늘 아침에 거기서 바로 사무실에 가려 했습니다. 기차에 탈 때까지 저는 이 사건에 대해서 전혀 모르고 있었습니다. 기차 안에서 지금 당신이 들으신 신문 기사를 읽었습니다. 저는 곧 제가 위험한 입장에 처해 있다는 사실을 알게 되었습니다. 저는 당신께 부탁할 생각으로 급히 서둘러 여기로 달려온 것입니다.

제가 블랙히스의 집으로 갔었다면, 혹은 이 사실을 모르고 사무실로 갔었다면 틀림없이 붙잡혔을 것입니다. 런던 브리지 역에서부터 저를 미행하던 사람이 있었습니다. 그 사람은 틀림없이……. 앗, 저건 뭡니까?"

그것은 벨소리였으며, 뒤이어 계단을 올라오는 묵직한 발소리가 들려왔다. 그리고 낯익은 레스트레이드 경감이 문 앞에 모습을 드러냈다. 레스트레이드 경감의 어깨 너머로 제복을 입은 경찰관 한두 명의 모습이 얼핏 보였다.

레스트레이드 경감이 말했다.

"존 헥터 맥팔레인 씨시죠?"

맥팔레인이 창백해진 얼굴로 자리에서 일어났다.

"로워 노우드의 조너스 올더커 씨 살해 혐의로 당신을 체포하겠습니다."

맥팔레인은 이제 끝장이라는 듯한 몸짓으로 우리를 돌아본 뒤 맥이 빠진 듯 의자에 털썩 주저앉았다.

홈즈가 말했다.

"잠깐만 기다려주세요, 레스트레이드 경감님. 30분 정도 늦어져도 크게 문제될 건 없잖아요? 이 신사는 지금 우리에게 이번의 매우 흥미로운 사건에 대해서 이야기를 하던 중이었어요. 사건 수사에 도움이 될지도 몰라요."

"지금까지 사건 수사에 어려운 점은 아무것도 없었습니다."

레스트레이드 경감이 무뚝뚝한 어조로 말했다.

"그럴지도 모르겠지만 나는 경감님의 허락을 얻어 이 사람의 말을 꼭 들어보고 싶어요."

"어쩔 수 없군요, 홈즈 씨. 당신께는 싫다고 말할 수가 없습니다. 여러 가지로 도움을 얻고 있으며, 경찰청도 당신에게는 빚이 있으니."

"고마워요, 레스트레이드 경감님."

"하지만 저는 용의자 곁에서 떠날 수 없습니다. 그리고 범인에게 밝혀두겠는데, 지금부터 당신이 하는 말은 후에 당신에게 불리한 증거로 사용될 수도 있어."

맥팔레인이 말했다.

"그 이상은 아무것도 바라지 않습니다. 저는 그저 제 말을 들으시고 거짓 없는 진실을 알아주셨으면 하는 마음뿐입니다."

레스트레이드가 시계를 꺼내며 말했다.

"네게 정확히 30분만 시간을 주겠어."

맥팔레인이 바로 이야기를 시작했다.

"우선 저는 조너스 올더커 씨를 이번에 처음 알았다는 사실을 밝혀두고 싶습니다. 이름은 알고 있었습니다. 꽤 오래 전부터 부모님이 그 사람과 알고 지냈기 때문입니다. 하지만 요즘에는 서로 왕래가 없었습니다. 그랬기에 어제 오후 3시 무렵, 그 사람이 사무실로 찾아왔을 때는 깜짝 놀라지 않을 수 없었습니다. 하지만 그 사람이 찾아온 목적을 들었을 때는 더욱 놀랐습니다. 그 사람은 공책에서 찢어낸 종이를 네다섯 장 가지고 있었습니다. 거기에는 흘림체로 무엇인가가 적혀 있었습니다. 이게 바로 그것입니다.

그 사람이 그것을 테이블 위에 놓으며 말했습니다.

'이것은 내 유언이오, 맥팔레인 씨. 이걸 법률이 인정하는 정식 서류로 만들어주셨으면 하오. 작업이 끝날 때까지 여기서 기다리기로 하겠소.'

저는 바로 작업에 들어갔는데 그때 제가 얼마나 놀랐는지 모르실 겁니다. 일부를 제외하고 그 사람의 전 재산을 제게 남기겠다고 적혀 있었기 때문입니다. 그 사람은 작은 체구에 하얀 족제비 같은 느낌이 드는 묘한 사내였는데 눈썹이 하얗게 셌습니다. 제가 놀라서 올려다보자 올더커 씨는 날카로운 잿빛 눈으로 재미있다는 듯 저를 가만히 바라보았습니다.

저는 유언의 내용을 읽으며 정신이 이상해진 것이 아닐까 제 눈을 믿을 수가 없었습니다. 그 사람의 말에 의하면 자신은 독신으로 친척도 거의 없다는 것이었습니다. 그리고 젊었을 때 우리 부모님과 아주 친하게 지냈으며 제가 아주 믿음직한 청년이라는 말을 들었다는 것이었습니다. 그래서 변변찮은 사람에게 재산을 물려주기보다는 제게 물려주기로 결정했다는 것이었습니다. 물론 거절할 이유도 없었기에 저는 횡설수설 감사의 인사를 했습니다. 유언장이 완성되었고 서명도 끝났으며, 저희 사무원이 입회인으로 서명을 했습니다. 이 파란 종이가 유언장이고, 이쪽 종이쪽지가 조금 전에 설명한 대로 그 사람이 초안을 작성해서 가지고 온 것입니다.

작업이 모두 끝나자 조너스 올더커 씨가 제게 말했습니다. 제게 보여주고 잘 이해해주었으면 하는 서류가 아주 많다고. 건물과 토지의 증서나 그 외에도 재산과 관련된 증서 등이 있는데 그것을 보여주지 않으면 마음이 놓이지 않을 테니 그날 밤에 노우드의 집으로 와달라는 것이었습니다. 유언장도 그때 가지고 와서 모든 것을 정해두자고 했습니다.

그런 다음 올더커 씨는,

'모든 일이 완전히 끝날 때까지 이번 일을 아버지나 어머니께 말씀드려서는 안 된다는 사실을 잊지 말게. 나중에 알려드려 깜짝 놀라게 해주세.'

라고 귀찮을 정도로 다짐을 하고 제게 꼭 지키겠다는 약속을 하게 했습니다.

홈즈 씨, 잘 아시겠지만 무슨 말을 들어도 당시의 저로서는 거절할 수가 없었습니다. 상대방은 재산을 물려주려 하는 은인입니다. 그때는 무슨 일이든 그 사람이 만족할 수 있도록 일을 처리하자는 생각뿐이었습니다. 그랬기에 집으로 전보를 쳐서, 중요한 일 때문에 얼마나 늦게 될지 알 수 없다고 연락을 해두었습니다. 올더커 씨는, 9시 전에는 집에 갈 수 없을 것 같으니 9시에 함께 식사를 하자고 했습니다. 저는 9시까지 올더커 씨의 집에 가려 했으나 집을 찾는 데 약간 시간이 걸려서 도착한 것은 9시 반 조금 전이었습니다. 그 사람을…….”

홈즈가 말을 끊었다.

“잠깐만 기다려보세요. 누가 현관문을 열었죠?”

“중년여자였습니다. 아마 가정부였을 겁니다.”

“그런데 그 여자가 당신의 이름을 먼저 말했지요?”

“맞습니다.”

“그럼, 얘기를 계속하세요.”

맥팔레인이 이마의 땀을 닦고 뒤이어 말을 했다.

"그 여자가 저를 거실로 안내해주었습니다. 거기에는 간단한 야식이 준비되어 있었습니다. 식사가 끝나자 조너스 올더커 씨는 저를 침실로 데려갔습니다. 거기에 커다란 금고가 있었습니다. 올더커 씨는 금고를 열어 서류 뭉치를 꺼냈습니다. 그런 다음 둘이서 서류를 살펴보았습니다.

그 일이 끝난 것은 11시에서 12시 사이였습니다. 올더커 씨는 가정부를 깨우기 미안하다며 스스로 프랑스식 창문을 열어 저를 배웅해주었습니다. 그 창문은 처음부터 열려 있었던 듯합니다."

홈즈가 물었다.

"블라인드는 내려져 있었나요?"

"글쎄, 어땠더라? 반쯤 내려져 있지 않았을까요? 그래, 생각났습니다. 창문을 열기 위해서 블라인드를 당겨 올렸습니다."

"그럼 내려져 있었다는 얘기로군요."

"네. 그리고 저는 지팡이가 보이지 않아 당황을 했었습니다. 그러자 올더커 씨가,

'너무 신경 쓰지 마시오. 앞으로 자주 만나게 될 테니. 다음에 올 때까지 맡아두도록 하겠소.'

라고 말했습니다.

그래서 저는 올더커 씨를 남겨두고 돌아왔는데 그때 금고는 열려 있었고 서류는 책상 위에 쌓아둔 채였습니다. 그런데 그때

는 블랙히스로 돌아가기에 너무 늦은 시간이었습니다. 그래서 저는 애널리 암스라는 여관에 묵었습니다. 그리고 아침이 되어 신문을 전부 읽기 전까지 그 이상은 아무것도 몰랐습니다."

이 주목할 만한 이야기를 듣는 동안 눈썹을 한 번인가 두 번 추켜올리며 초조해하던 레스트레이드 경감이 기다렸다는 듯이 말했다.

"홈즈 씨. 아직 더 듣고 싶으신 것이 있으십니까?"

"블랙히스에 가보기 전까지는 없을 거예요."

레스트레이드 경감이 당황해서 되물었다.

"노우드 아닌가요?"

"앗, 그랬던가. 잠깐 착각을 했던 모양이군."

홈즈는 이렇게 말했으나 언제나처럼 수수께끼와도 같은 미소를 머금고 있었다.

레스트레이드 경감은 지금까지의 경험을 통해서 홈즈의 날카로운 두뇌가, 자신으로서는 이해할 수 없는 일도 면도날처럼 깔끔하게 풀어내는 것을 몇 번이고 보아왔다. 그래서 무엇인가 있을 것이라 생각했는지 레스트레이드는 홈즈의 얼굴을 이상하다는 듯한 눈빛으로 가만히 바라보았다. 그리고 이렇게 말했다.

"홈즈 씨, 지금 당신과 이야기를 해두는 편이 좋을 듯합니다. 아참, 맥팔레인, 복도에 경찰관 두 명이 있고 밖에서는 사륜마차가 기다리고 있으니 너는 먼저 가도록 해."

가엾은 맥팔레인 청년은 자리에서 일어나 우리를 애처로운 표정으로 바라보고는 방에서 나갔다. 경찰관이 둘, 맥팔레인을 사륜마차 쪽으로 데리고 갔다.

레스트레이드만이 방에 남았다.

홈즈는 공책에서 뜯어낸 네다섯 장의 종이에 쓴 유언장의 원본을 아주 열심히 읽고 있었다. 잠시 후 그것을 내려놓고는 말했다.

"레스트레이드 경감님. 이 문서에는 두어 가지 재미있는 점이 있어요. 그렇지 않나요?"

레스트레이드 경감이 약간 당황하면서 공책에서 뜯어낸 그 종이를 바라보았다.

"처음 두어 줄은 잘 알아볼 수 있습니다. 그리고 두 번째 페이지의 가운데 부분과 마지막의 한두 줄도. 이 부분은 마치 인쇄를 한 것처럼 깔끔하게 적혀 있지만 다른 부분은 잘 알아볼 수 없습니다. 특히 이 세 곳은 전혀 읽을 수가 없습니다."

홈즈가 말했다.

"그건 무엇을 의미하는 걸까요?"

"글쎄요, 당신은 어떻게 생각하십니까?"

"이건 열차 안에서 쓴 겁니다. 글자가 깨끗하게 적혀 있는 곳은 열차가 역에 정차했을 때. 잘 알아볼 수 없는 곳은 움직이고 있을 때. 아주 읽기 어려운 곳은 선로가 갈라지는 부분을 지날 때 썼다는 사실을 의미하는 거예요. 사물을 과학적으로 바라보는 데 익숙한 사람이라면 순간적으로 교외선 열차에서 쓴 것이라고 결론지을 거예요. 대도시에서 가까운 곳이 아니고서는 이렇게 많은 갈림길이 있을 리 없으니까요.

처음부터 끝까지 열차에 타고 있는 동안 쓴 것이라고 가정해봅시다. 그러면 열차는 급행이라는 사실을 알 수 있어요. 노우드에서 런던 브리지 사이를 오가는 급행열차는 도중에 1번밖에 정차하지 않아요. 출발하기 전까지와, 중간 역과, 종착역에서 쓴 부분이 인쇄된 것처럼 깨끗하게 적혀 있는 부분에 해당돼요."

레스트레이드는 웃음을 터뜨리고 말했다.

"당신이 추리를 시작하면 필요하지도 않은 것들을 줄줄이 늘어놔서 제가 혼란스러워진다니까요. 그것이 이번 사건과 무슨 관계가 있다는 겁니까?"

"다시 말해서 이 유언장 원본은 올더커가 어제 열차 안에서 썼다는 점까지는 그 청년의 말에 의해서 증명되었다고 할 수 있죠. 이처럼 중요한 서류를 열차 안에서 작성하다니, 이상하다고 생각되지 않나요? 그건 올더커가 이 유언장을 그다지 중요하게 생각하지 않았다는 사실을 의미하는 거예요. 처음부터 지킬 생각이 없는 유언장이라면 열차 안에서 쓰는 경우도 있을 거란 말이죠."

그러나 레스트레이드의 의견은 달랐다.

"그런가요? 그렇다면 올더커는 동시에 자신을 죽이라고 유혹하는 문서를 쓴 셈이 되는군요."

"당신은 정말 그렇게 생각하나요?"

"당신은 그렇게 생각하지 않습니까?"

"글쎄요, 그렇다고 말할 수 없는 것도 아니지만, 어쨌든 내게는 이번 사건 전체에 아직 알 수 없는 부분이 너무 많아서……."

"모르는 부분이라고요? 이걸 모르겠다면 아는 일은 대체 어디 있단 말입니까? 여기에 한 노인이 있는데 그 노인이 죽으면 그의 재산을 물려받을 수 있다는 사실을 갑자기 알게 되었습니다. 청년이 어떻게 할까요?

청년은 누구에게도 말하지 않고 그날 밤 어떤 구실을 만들어 그 노인의 집으로 찾아갔습니다. 청년은 그 집에 있는 유일한 제3자인 가정부가 잠들기를 기다렸습니다. 그리고 그 노인과 둘이 되었을 때 살인을 한 겁니다. 그런 다음 목재 창고에 불을 질러 사체를 태우고 근처 호텔로 도망쳤습니다. 방 안이나 지팡이에 묻은 피는 아주 흐립니다. 그랬기에 청년은 틀림없이 피를 흘리지 않고 살인에 성공했다고 생각했고, 사체만 불태우면 어떻게 해서 살해했는지도 알지 못할 것이라고 생각한 겁니다. 살해 방법이 밝혀지면 그 청년이 한 짓이라고 바로 의심을 하게 될 테니까요.

어떻습니까? 이것으로 모든 사실이 분명해지지 않았습니까?"

홈즈가 말했다.

"아니요, 레스트레이드 경감님. 너무나도 분명하다는 점이 오히려 저를 당황하게 만들고 있어요. 당신처럼 여러 가지 재능을 가지고 있는 사람이 어째서 상상력을 발휘하지 않는 거죠?

자, 지금 당신이 이 청년의 입장에 놓였다고 생각해보세요. 과연 유언장이 작성된 그날 밤에 살해할 마음이 들까요? 두 가지 일을 바로 연관 지을 수 있는 행동을 해서는 위험하다고 생각하지 않을까요? 게다가 그 집에 갔다는 사실이 알려져 있고 가정부가 문까지 열어준 날에 과연 손을 쓸까요? 한 가지 더, 마지막으로 커다란 노력을 해서 사체를 숨겼으면서 자신이 범인이라는 증거가 되는 지팡이는 왜 그냥 남겨두고 왔을까요? 솔직히 말해보세요, 레스트레이드 경감님. 이러한 점들은 당신도 이상하다고 생각하겠지요?"

그러나 레스트레이드도 지지 않았다.

"지팡이는 말이죠, 홈즈 씨. 당신도 잘 아시리라 생각합니다만, 범인이란 때때로 당황을 해서 평범한 사람이라면 하지 않을 일까지도 하는 법입니다. 게다가 사체를 처리하고 난 뒤였기 때문에 무서워서 방으로 돌아가지 못했던 것 아닐까요? 그 외에 거기에 꼭 맞는 다른 설명이 있다면 들려주시기 바랍니다."

홈즈가 말했다.

"꼭 맞는 설명이라면 대여섯 개 정도 간단히 늘어놓을 수 있어요. 예를 들어서 이런 건 어떨까요? 있을 법한 얘기고, 혹시 그랬을지도 몰라요. 공짜로 당신에게 제공하도록 하죠. 그 올더커 씨가 값나가는 서류를 펼쳐놓았어요. 그때 지나가던 부랑자가 창문을 통해서 보았어요. 블라인드가 반쯤 올려져 있었다고 하니까요. 변호사가 돌아간 직후 부랑자가 들어온 거예요! 지팡이가 있다는 사실을 깨닫고 그것을 쥐어 올더커를 살해했어요. 그리고 사체를 태운 뒤 도망쳤어요."

"부랑자가 어째서 사체를 태운 겁니까?"

"그렇다면 맥팔레인은 어째서 사체를 태운 거죠?"

"증거를 감추기 위해섭니다."

"그렇다면 부랑자도 살인이 없었던 것처럼 꾸미기 위해서가 아니었을까요?"

"그렇다면 부랑자는 왜 아무것도 가져가지 않은 겁니까?"

"자신은 돈으로 바꿀 수 없는 서류들뿐이었기 때문이에요."

레스트레이드 경감은 머리를 흔들었다. 그러나 전처럼 자신감에 넘치는 태도는 아니었다.

"그렇다면 셜록 홈즈 씨. 당신은 그 부랑자를 찾아보도록 하세요. 당신이 그 녀석을 뒤쫓는 동안 저는 저 남자를 진범으로 생각하고 철저히 추궁할 생각입니다. 누가 옳은지 곧 밝혀질 겁니다. 하지만 홈즈 씨, 이 점만은 분명히 해두겠습니다. 저희들이 살펴본 바에 의하면 서류는 단 한 장도 없어지지 않은 듯합니다. 그야 그렇겠지요. 맥팔레인은 정당한 상속인으로 어차피 자기 것이 될 테니 아무것도 훔칠 필요가 없었으니까요."

그 점에 관해서는 홈즈도 생각이 정리되지 않은 듯했다.

"어쨌든 증거만 놓고 보면 당신의 생각이 유리하다는 사실을 부정하지는 않겠어요. 단, 나는 그 외의 설명도 가능하다는 사실을 말하고 싶었던 거예요. 당신 말대로 곧 알게 되겠죠. 그럼, 안녕히 가세요. 오늘 중으로 노우드에 가서 당신의 수사가 얼마나 진척되었는지 보도록 하죠."

레스트레이드 경감이 돌아가고 나자 홈즈는 자리에서 일어나 외출 준비를 시작했다. 자신의 마음에 꼭 드는 일을 찾은 사람처럼 활기에 넘쳐 있었다.

홈즈가 부지런히 플록코트를 입으며 말했다.

"왓슨, 가장 먼저 가야 할 곳은 조금 전에도 말한 것처럼 블랙히스야."

"어째서 노우드에 먼저 가지 않는 거지?"

"왜냐하면 우리는 우선 특이한 사건을 하나 만났고, 그 바로 뒤에 일어난 또 하나의 특이한 사건을 만났기 때문이야. 그런데 경찰은, 우연히도 두 번째 사건이 실제 범죄로 이어졌기에 그쪽에만 주의를 집중시키는 과오를 범하고 있어. 하지만 나는 첫 번째 사건에 우선 빛을 비춰서 어느 정도 분명히 해둔 뒤에 전체적인 사건을 밝혀나가는 것이 순리라고 생각해. 첫 번째 사건이란 뜻밖의 인물을 상속인으로 삼겠다는 유언장을 갑자기 작성한 일이야. 그 이유를 알아내면 뒤이어 일어난 일도 간단히 정리할 수 있을지도 몰라.

아니, 왓슨. 자네의 도움은 필요 없을 것 같아. 특별히 위험하

지도 않을 거고. 위험하다면 나 혼자 가겠어? 저녁에는 돌아올 수 있을 거라 생각하는데, 그때 내게 도움을 청하며 뛰어 들어온 그 가엾은 청년을 위해서 조금이라도 도움이 될 만한 보고를 가지고 왔으면 좋으련만."

홈즈는 꽤나 늦은 시간에 돌아왔다. 피로에 지친 얼굴로 초조해하는 홈즈의 모습을 보고, 그렇게 기대하며 나섰던 목적을 이루지 못했다는 사실을 잘 알 수 있었다.

홈즈는 1시간이나 바이올린을 연주하며 마음을 가라앉히려 노력했다. 그러다 결국에는 바이올린을 집어던지더니 자신의 실수를 자세히 설명하기 시작했다.

"왓슨, 전부 헛수고였어. 레스트레이드에게는 큰소리 쳤지만 이번만은 그 사람이 옳고 내가 틀린 걸지도 모르겠어. 내 직감 모두가 사실과는 부합하지 않고, 영국 배심원들이 내 추리를 레스트레이가 늘어놓은 사실들보다 더 중요하게 생각할 만큼 머리가 좋다고는 여겨지지 않으니."

"블랙히스에는 갔었겠지?"

"물론 갔었지, 왓슨. 그리고 죽은 올더커가 질이 아주 좋지 않은 녀석이라는 사실을 바로 알 수 있었어. 맥팔레인의 아버지는 아들을 찾으러 나가서 집에 없었어. 어머니는 집에 있었지. 몸집이 작고 눈이 파란 사람이었는데 걱정과 노여움으로 몸을 떨었어.

물론 어머니는 아들이 죄를 저질렀을 리 없다고 굳게 믿고 있었어. 하지만 올더커가 살해당했다는 사실에는 놀라지도 않았으며, 가엾게 생각하는 것 같지도 않았어. 뿐만 아니라 올더커를 아주 좋지 않게 얘기하더군. 그대로라면 경찰에서는 맥팔레인이 한 짓이라고 더욱 확신을 갖게 될 거야. 어머니가 언제나 올더커를 좋지 않게 얘기하는 것을 들었다면 아들도 결국은 그 사람이 미워져서 언젠가는 폭력을 쓰게 될지도 모를 일이니까.

어머니는 이렇게 말했다네.

'그 사람은 인간이라기보다 교활하고 성격이 좋지 않은 원숭이에요. 젊었을 때부터 그랬어요.'

그래서 내가 물었지.

'그때부터 알고 지내셨나요?'

'알다마다요. 그 사람은 제 약혼자이기도 했어요. 하지만 저는, 비록 가난하기는 하지만 그 사람이 아닌 훨씬 더 훌륭한 사람과 결혼한 것을 지금도 신께 감사드리고 있어요. 아직 그 사람과 약혼한 상태에 있었을 무렵, 그 사람이 어느 날 닭장에 고양이를 풀어놓았다는 끔찍한 이야기를 들었어요. 저는 그 사람의 잔인함에 몸서리가 쳐져서 그날 이후부터는 만나지 않았어요.'

이렇게 말하며 어머니는 서랍을 뒤져서 칼로 갈기갈기 찢어놓은 여자 사진 한 장을 꺼내더군.

'이건 제 사진이에요. 그 사람이 제 결혼식 날 아침에 이것과

함께 저주의 말까지 더해서 제게 보내왔어요.'

그래서 내가 말했지.

'그랬군요. 하지만 지금은 당신을 용서한 것 아닐까요? 아드 님에게 전 재산을 물려주었을 정도이니.'

'말도 안 돼요, 홈즈 씨. 조너스 올더커가 살아 있든, 죽었든 아들이나 저는 그 사람에게서 무엇 하나 받고 싶지 않아요. 하늘에는 신이 계세요. 그 악당을 벌하신 신께서 아들의 손이 그 악당의 피로 더럽혀지지 않았다는 사실을 반드시 증명해주 실 거예요.'
라고 어머니가 발끈해서 외치더군.

나는 한두 가지 단서를 얻어내려 했지만 내 추리에 도움이 될 만한 것은 하나도 얻어내지 못했어. 뿐만 아니라 여러 가지 점에서 내 생각과 반대가 되는 것이기도 했어. 그래서 나는 결국 포기하고 노우드로 향했지.

노우드의 딥 딘 저택은 요란한 벽돌로 지어졌는데 크고 현대 적인 건물이었어. 앞에는 월계수 숲이 있는 잔디밭이 있었어. 오른쪽의 구석진 곳, 길에서 약간 안쪽으로 들어선 곳에 불이 났던 그 목재 창고가 있더군. 여기에 수첩을 찢어 그려온 약도 가 있어. 이 왼쪽에 올더커의 침실로 통하는 창문이 있어. 이 그림을 보면 알 수 있지만 도로에서 이 창문을 통해 안을 들여 다볼 수 있어. 이 한 가지 사실만이 오늘 얻은 유일한 수확이야.

레스트레이드는 없었지만 부하인 경무 주임이 그 자리를 대신하고 있더군. 마침 경찰들이 굉장한 보물을 발견한 순간이었어. 경찰들은 아침부터 잿더미를 뒤지고 있었는데 검게 타버린 동물질의 잔해 외에도 조그맣고 둥글며 색이 변한 금속성 물체를 몇 개 발견했어. 나도 직접 보았는데 그 둥글고 조그만 금속성 물체는 틀림없이 바지의 단추였어. 그런데 그 가운데 올더커의 옷을 만들어주고 있는 양복점인 '하이암스'라는 이름이 뚜렷하게 새겨진 것도 있었어.

그리고 나는 어떤 흔적이 남아 있지 않을까 싶어서 잔디밭을 유심히 살펴보았지만 최근 계속 된 맑은 날로 완전히 철판처럼 딱딱해져서 발자국 하나 찾아낼 수가 없었어. 단, 낮은 쥐똥나무 산울타리 사이로 인간인지 뭔지는 모르겠지만 커다란 짐을 목재 창고 쪽으로 똑바로 끌고 간 흔적만은 찾아볼 수 있었어. 안타깝게도 전부 경찰의 견해에 맞는 것들뿐이야. 나는 8월의 태양을 등으로 받으며 잔디밭 위를 기어 다녔어. 나는 1시간이 지나서야 거기서 일어났지만 그 이상은 아무것도 발견하지 못했어.

이 커다란 실패 뒤에 나는 침실로 들어가 다시 조사를 해보았어. 핏자국은 아주 작아서 조그만 점이 찍혀 있는 것처럼 거기만 색이 변해 있을 뿐이었지만 어쨌든 새로운 것이었어. 지팡이는 이미 없었지만 그 핏자국도 희미했다고 하더군. 맥팔레인도 인정을 했으니 지팡이는 그 사람이 가져온 것임에 틀림없어. 융단에는 두 남자의 발자국이 남아 있었지만 세 번째 사람의 것은 하나도 남아 있지 않았어. 이것도 역시 레스트레이드에게 유리한 점이야. 그 사람에게는 유리한 재료들이 하나둘 쌓여가고 있는데 나는 한 걸음도 나아가지 못했어.

딱 한 가지 내가 희망을 발견한 아주 희미한 불빛이 있었어. ……물론 지금은 아무런 가치도 없다고 할 수도 있지만. 금고 속의 내용물을 살펴보니―대부분을 꺼내서 테이블 위에 올려놓았더군― 서류는 몇 개의 봉투에 담아 밀랍으로 봉인을 해놓았지만 그중 한두 개는 경찰에서 봉인을 뜯어놓았어. 내가 보기에 썩 가치 있는 것은 아무것도 없었고 은행의 통장도 소문으로 듣던 것과는 다른 내용이었어.

하지만 아무래도 거기에 있는 서류가 전부라는 생각은 들지 않았어. 좀 더 가치 있는 서류가 몇 개 더 있을 것 같다는 생각이 들었지만 전혀 발견되지 않았어. 만약 그것이 없어졌다는 사실을 증명해 보인다면, 물론 곧 자신이 상속하게 될 것을 훔칠 리가 없다고 했던 레스트레이드의 주장을 그대로 그에게 돌려줄 수도 있을 텐데 말이야. 봐야 할 것은 전부 봤기에 마지막으로 가정부를 만났어. 가정부만이 남아 있는 유일한 희망이었지.

가정부의 이름은 렉싱턴 부인인데, 몸집이 작고 피부가 거뭇하고 말이 없는 여자로 의심이 많은 듯 곁눈질을 하는 사람이었어. 그녀를 보자마자 나는 바로, 말할 생각만 들면 뭔가 하고 싶은 말을 가지고 있는 사람이라는 사실을 알 수 있었어. 하지만 렉싱턴 부인은 조개처럼 입을 꾹 다물고 말을 하지 않았어.

렉싱턴 부인은 이렇게 말하더군.

'네, 맥팔레인 씨는 9시 반에 오셨어요. 지금 와서 생각해보면 그런 사람을 들인 것이 분해서 견딜 수가 없어요.'

자신은 10시 반에 잠자리에 들었지만 방이 반대편 끝 쪽에 있기 때문에 무슨 일이 있었는지 아무런 소리도 듣지 못했다고 하더군.

'맥팔레인 씨는 분명히 모자와 지팡이를 홀에 남겨놓고 돌아갔어요. 한밤중이 되어 불이 났다는 소리에 처음으로 눈을 떴어요. 가엾은 주인 나리는 틀림없이 살해당한 거예요.

주인님께 적은 없었냐고요? 어떤 남자에게나 적은 있지만 올더커 씨는 다른 사람과 거의 교제를 하지 않았기에 사업과 관계있는 사람 외에 손님은 없었어요. 잿더미에서 나온 단추를 봤는데 어젯밤 입고 있던 옷에 달려 있던 거였어요.'

한 달 동안이나 비가 내리지 않았기에 나무는 바싹 메말라 있었어. 그래서 아주 맹렬한 기세로 타올랐기에 그녀가 달려나갔을 때는 그저 불의 바다 외에는 아무것도 볼 수 없었지. 그녀와 소방대원 모두 불길 속에서 고기가 타는 냄새를 맡았어. 그녀는 서류나 올더커 씨에 대해서 복잡한 일은 아무것도 모른다고 하더군.

왓슨, 이것이 내 실패에 대한 보고라네. 하지만……, 하지만……."

홈즈가 가느다란 주먹을 꾹 쥐고 자신감을 내비쳤다.

"뭔가 잘못 되어 있어. 나는 느낌으로 알 수 있어. 아직 밝혀지지 않은 무엇인가가 숨겨져 있어. 가정부인 렉싱턴 부인은 그것을 알고 있어. 그 가정부의 눈에는 저항하는 듯한 무엇인가가 담겨 있었어. 그런 눈빛은 마음속에 좋지 않은 음모를 꾸미고 있을 때에만 보이는 것이야. 하지만 이런 소리 아무리 해봐야 도움될 건 하나도 없어, 왓슨. 전혀 뜻밖의 행운이라도 찾아오지 않는 한 이 노우드 사건은 우리의 성공 기록에 더해지지 못할 것 같아."

"하지만 맥팔레인의 모습을 본다면 어떤 배심원이라도 정말 범인일까 다시 한 번 생각해보게 될 거야."

"그건 위험한 생각이야, 왓슨. 그 끔찍한 살인자 버트 스티븐스를 기억하고 있겠지? 1887년에 우리에게 도움을 청했던 사람이야. 다정하고, 일요학교에라도 다니고 있을 것 같은 청년 아니었나?"

"듣고 보니 그렇군."

"그러니 다른 설명을 생각해보고 그것을 증명할 만한 증거를 찾아내지 못하는 한 맥팔레인을 도울 길은 없어. 그 청년을 범인으로 보는 설에는 아직 약점이 없어. 아니, 뿐만 아니라 조사하면 조사할수록 그것이 사실인 것처럼 보여. 그런데 아까 말했던 올더커의 서류에는 약간 묘한 점이 한 가지 있었어. 어쩌면 그것을 단서로 새로운 사실을 발견할 수 있을지도 몰라.

은행의 통장을 자세히 살펴보니 돈이 얼마 남아 있지 않았어. 왜냐하면 지난 1년쯤 사이에 코닐리어스라는 사람에게 상당한 금액을 몇 번인가에 걸쳐서 지불했기 때문이야. 올더커는 이미 건축업을 거의 하고 있지 않았으니 그런 돈을 지불할 필요는 없었을 거야. 그렇다면 그런 상당한 금액을 받은 코닐리어스라는 사람은 대체 어떤 인물일까? 그 점을 꼭 좀 알고 싶어. 사건과 어떤 관계가 있을지도 모르니까. 코닐리어스는 주식 중매인이 아닐까도 생각해보았지만 그와 같은 거액의 지불에 어울리는 증권은 하나도 없었어. 다른 조사가 전부 무위로 돌아갔으니 조사해볼 만한 가치는 있다고 생각해. 은행에서 누가 그 수표를 현금으로 바꿨는지 조사해볼 생각이야.

하지만 왓슨, 레스트레이드가 그 가엾은 청년을 처형하기 위해서 교수대로 보내는 데 성공하는 것으로 일이 마무리 지어질 것 같아. 우리에게 있어서 이보다 더한 불명예는 없을 거고, 경찰청의 커다란 승리가 될 거야."

그날 밤 홈즈가 얼마나 잠을 잤는지 나는 알지 못한다. 아침을 먹기 위해 아래층으로 내려가보니 홈즈는 창백하고 꺼칠한 얼굴로 눈만 반짝이고 있었다. 눈 주위는 거멓게 죽어 있었다. 의자 주위의 융단에는 담뱃재가 어지러이 흩어져 있었다. 틀림없이 밤새도록 생각에 잠겨 있었던 것이리라. 옆에는 신문의 제1쇄가 놓여 있었다. 그리고 테이블 위에는 전보가 한 통 펼쳐져 있었다.

"이걸 어떻게 생각하나, 왓슨?"

홈즈가 이렇게 말하며 테이블 너머로 전보를 건네주었다. 그 전보는 노우드에서 온 것으로 다음과 같은 내용이었다.

「새로이 중요한 증거를 잡았음. 맥팔레인을 유죄로 만들 확증. 이번 사건에서 손을 떼기 바람. 레스트레이드」

내가 말했다.

"이거 꽤나 심각한 듯하군."

"레스트레이드가 지르는 승리의 함성이야."

홈즈가 쓸쓸하다는 듯 웃었다. 하지만 바로 뒤이어 말했다.

"하지만 이번 사건에서 손을 떼기에는 아직 일러. 새로이 발견된 중요한 증거란 양날의 검과 같은 거야. 레스트레이드에게는 맥팔레인을 유죄로 만드는 데 도움이 될지도 모르겠지만, 내게는 무죄로 만들 증거가 될지도 모르니까.

왓슨, 식사를 마치고 나면 함께 나가서 달리 손쓸 방법은 없을지 찾아보지 않겠나? 오늘은 자네가 있어주는 편이 좋을 것 같아. 지쳐가는 내 곁에 자네 같은 친구가 있다는 것만으로도 힘이 될 테니."

홈즈는 식사를 하지 않았다. 홈즈에게는 매우 집중해서 생각을 할 때는 식사를 하지 않는 묘한 버릇이 있었다. 한번은 몸이 강철처럼 강하다는 사실만 믿고 계속 식사를 하지 않아 결국에는 영양실조로 쓰러진 적도 있었을 정도였다.

의사로서 내가 충고라도 하면, "지금 내게는 음식물을 소화하기 위해서 쓸 에너지와 신경이 없어."라고 대답할 것이 뻔했다. 그랬기에 그날 아침 홈즈가 아침을 조금도 먹지 않고 노우드로 간 것에 대해서도 나는 그다지 놀라지 않았다.

딥 딘 저택은 앞서도 이야기한 것처럼 교외에서 흔히 볼 수 있는 주택이었는데 그 앞에 구경꾼들이 모여 있었다. 문 안에서 레스트레이드 경감을 만났는데 그의 얼굴은 승리감에 반짝이고 있었으며, 태도에서도 승리감에 들뜬 모습을 감추지 않았다.

레스트레이드가 외쳤다.

"아아, 홈즈 씨. 저희가 틀렸다는 증거를 잡으셨나요? 부랑자를 찾으셨나요?"

홈즈가 싸늘하게 말했다.

"나는 아직 답을 내리지 않았어요."

"저희는 어제 답을 내렸습니다. 그리고 지금 그 답이 옳다는 사실을 증명했습니다. 그러니 당신도 인정하셨으면 합니다. 이번에는 저희가 당신보다 한발 앞서 사건을 해결했다는 사실을."

홈즈가 말했다.

"아주 신기한 일이 일어난 것처럼 말하네요."

레스트레이드 경감이 커다란 소리로 웃었다.

"홈즈 씨는 저희 이상으로 졌다는 사실을 인정하고 싶지 않으신 모양입니다. 세상 일이 언제나 자신의 생각대로만 되는 사람은 아무도 없습니다. 안 그렇습니까, 왓슨 박사님? 이쪽으로 오세요. 저쪽으로 가서 존 맥팔레인이 범인이라는 사실을 신사 분들께 납득시켜 드리도록 하겠습니다."

레스트레이드 경감은 우리를 복도 너머에 있는 어둑한 홀로 데리고 갔다.

"맥팔레인은 살인을 저지른 뒤 여기로 모자를 가지러 온 것임에 틀림없습니다."

레스트레이드 경감은 이렇게 말하더니 갑자기 과장스러운 동작으로 성냥을 켰다. 그리고 하얀 벽 위에 찍힌 핏자국을 비췄다. 레스트레이드가 성냥을 가까이로 가져갔기에 잘 살펴보니 그것은 단순한 핏자국이 아니었다. 엄지의 지문이 선명하게 찍혀 있었다.

"홈즈 씨, 당신의 돋보기로 살펴보시기 바랍니다."

"음, 안 그래도 그러려던 참이었어요."

"지문이 똑같은 사람은 한 사람도 없다는 사실을 잘 알고 계시겠지요?"

"알고 있어요."

"그렇다면 이것과 비교해보시기 바랍니다. 오늘 채취한 맥팔레인의 엄지 지문입니다."

레스트레이드가 밀랍에 채취한 지문을 벽의 지문자국 가까이로 가져갔다. 돋보기로 볼 필요도 없이 2개의 지문이 완전히 일치한다는 사실을 분명히 알 수 있었다. 그 가엾은 맥팔레인도 이것으로 마침내 끝장이라고 나는 생각했다.

레스트레이드 경감이 말했다.

"이것으로 분명해졌습니다."

나도 메아리처럼 되풀이했다.

"음, 이것으로 분명해졌군."

그러자 홈즈도 이렇게 말했다.

"이것으로 분명해졌어."

그러나 그 말투에 약간 이상한 느낌이 묻어 있었기에 나는 뒤를 돌아보았다. 순간 홈즈가 아까와는 전혀 다른 표정을 짓고 있다는 사실을 깨달았다. 마음속의 기쁨을 가만히 참느라 얼굴이 일그러져 있었던 것이다. 두 개의 눈은 별처럼 반짝였다. 웃고 싶은 것을 필사의 노력으로 참고 있지 않은가.

홈즈가 드디어 말했다.

"맙소사. 생각지도 못했어. 그래서 얼핏 본 것만 가지고 속아서는 안 되는 거야. 그처럼 훌륭해 보이는 청년이! 이건 자신의 판단을 믿어서는 안 된다는 교훈이야. 안 그런가요, 레스트레이드 경감님?"

"물론이죠. 저희들 가운데는 지나치게 자신만만한 사람이 있으니까요, 홈즈 씨."

레스트레이드가 홈즈를 비꼬듯 이렇게 말했다. 경감이야말로 너무 승리감에 도취된 것처럼 보였으나 지금의 우리로서는 아무런 말도 할 수가 없었다.

"모자걸이에서 모자를 집으려다 오른쪽 엄지의 지문을 남기다니 이건 신의 뜻이야! 그리고 잘 생각해보면 이건 자연스러운 동작이야."

겉으로는 평온함을 가장하고 있었으나 홈즈는 마음속 흥분을 감추기 위해 온몸을 꿈틀거리고 있었다.

"그런데 레스트레이드 경감님, 누가 이처럼 멋진 발견을 한 거죠?"

"가정부인 렉싱턴 부인입니다. 어젯밤, 순경에게 가르쳐주었습니다."

"그 순경은 어디에 있었죠?"

"그 사람은 살인이 있었던 침실을 지키고 있었습니다. 현장에 누구도 손을 대지 못하게 하기 위해서."

"그렇다면 한 가지 묻겠는데 경찰에서는 어제 왜 이걸 발견하지 못했던 거죠?"

"이런 홀은 특별히 신경을 쓸 필요가 없었으니까요. 게다가 그다지 눈에 띄지 않는 곳 아닙니까?"

"그도 그렇군요. 맞아요. 아무도 신경 쓰지 않는 곳이니까요. 맞는 말이에요. 그런데 틀림없이 어제부터 여기에 찍혀 있었던 거겠죠?"

레스트레이드 경감은 홈즈의 정신이 이상해진 것 아닐까 의심하는 듯한 눈빛으로 가만히 바라보았다. 솔직히 말하자면 신이 난 듯한 홈즈의 말투에 나도 깜짝 놀랐을 정도였다.

레스트레이드 경감이 화가 난다는 듯 말했다.

"이해할 수 없는 말씀을 하시는군요. 맥팔레인이 밤에 몰래 유치장에서 빠져나와 일부러 자신에게 불리한 증거를 남기기 위해 여기까지 오기라도 했었다는 말씀이십니까? 이 지문이 그 청년의 것이 아니라고 말씀하신다면 전문가에게 의뢰해도 상관없습니다."

"아니, 그건 틀림없이 맥팔레인의 지문이에요."

"그렇다면 그걸로 되지 않았습니까? 저는 당신과 달리 사실을 중히 여기는 사람입니다. 홈즈 씨, 증거에 따라서 결론을 내려야 하는 법입니다. 아직도 하실 말씀이 있으시다면 저는 거실에서 보고서를 작성하고 있겠습니다."

잠시 후, 홈즈는 드디어 차분함을 되찾았다. 그러나 그 얼굴에는 기쁨이 묻어 있었다.

그리고 홈즈는 이렇게 말했다.

"아아, 일이 아주 난처하게 됐어, 왓슨. 하지만 아직 이상한 점이 있으니 맥팔레인 청년이 완전한 절망에 빠졌다고는 말할 수 없어."

내가 진심으로 말했다.

"그거 다행이군. 나는 모든 일이 끝난 줄로만 알았는데……."

"아니, 그렇게 분명히 말하기에는 아직 일러, 왓슨. 사실을 말하자면 레스트레이드는 이 증거를 매우 중요하게 생각하고 있는 듯하지만 놓쳐서는 안 될 결함이 하나 있어."

"정말인가, 홈즈! 그게 뭐지?"

"간단한 사실이야. 내가 어제 이 홀을 살펴봤을 때는 이 지문이 여기에 없었다는 점을 알고 있다는 사실이야. 그보다 왓슨, 양지바른 곳을 잠깐 산책하지 않겠나?"

나는 어떻게 된 일인지 영문을 알 수 없었으나 조금씩 희망이 솟아오르는 것 같다는 느낌이 들었다.

나는 홈즈를 따라 정원을 거닐었다. 홈즈는 집 주위를 각각의 방면에서 매우 세심하게 관찰했다. 그런 다음 다시 집 안으로 들어가 지하실에서부터 다락방까지 샅샅이 돌아보았다. 가구도 거의 없는 방이었으나 홈즈는 놓치지 않고 살펴보았다. 마지막으로 가장 위층의 복도에 섰을 때 이번에도 홈즈는 치밀어 오르는 기쁨을 참기 위해 고생을 하기 시작했다. 그곳에는 전혀 사용되고 있지 않은 침실이 3개 늘어서 있을 뿐이었다.

홈즈가 말했다.

"이번 사건에는, 다른 사건에서 볼 수 없는 특이한 점이 있어, 왓슨. 이제 슬슬 우리의 친구인 레스트레이드 경감에게 진실을 알게 해주어도 될 것 같아. 레스트레이드는 조금 전 우리를 무시하는 듯한 웃음을 짓고 있었으니 그 대가를 치러야 해. 만약 내 해석이 옳다는 사실을 증명할 수만 있다면 그 웃음을 되돌려줄 수 있을지도 몰라. 맞아, 증명해보일 좋은 방법이 있어."

홈즈가 들어섰을 때 레스트레이드 경감은 아직 거실에서 무엇인가를 쓰고 있었다.

홈즈가 말했다.

"당신이 쓰고 있는 건 이번 사건의 보고서인 듯하네요."

"네."

"너무 성급하다고는 생각지 않나요? 나는 당신의 증거가 아직 전부 다 모이지 않은 것 같다는 느낌이 드는데요."

평소 홈즈를 잘 알고 있던 레스트레이드였다. 그 묘한 말을 놓치지 않았다.

레스트레이드는 펜을 내려놓고 알 수 없다는 표정으로 홈즈를 바라보았다.

"그건 무슨 뜻이죠, 홈즈 씨?"

"그야, 당신이 아직 중요한 증인 한 사람을 만나지 않았다는 말이에요."

"그 중요한 증인을 데려오실 수 있으십니까?"

"데려올 수 있을 거라 생각해요."

"그럼 데리고 오십시오."

"어디, 한번 해보기로 하죠. 당신의 부하는 몇 명쯤 되죠?"

"바로 올 수 있는 건 3명입니다."

"그거면 충분해요! 한 가지 더 묻겠는데 그 순경들은 모두 덩치가 크고 힘이 세고 커다란 소리를 낼 수 있는 사람들인가요?"

"물론 그렇습니다. 하지만 어째서 커다란 목소리를 내는 것이 도움이 되는 건지 모르겠습니다."

"지금 보여드리도록 하죠, 여러 가지 일들을. 부하들을 불러주세요. 한번 해볼 테니."

5분쯤 지나자 3명의 순경이 홀에 모였다.

홈즈가 순경에게 말했다.

"창고에 가면 짚단이 가득 들어차 있어요. 미안하지만 그걸 2단 정도만 가져다주세요. 필요한 증인을 불러내는 데 그게 커다란 도움이 될 거예요. ……아아, 고마워요. 왓슨, 자네 성냥을 가지고 있었지? 레스트레이드 경감님, 모두 같이 제일 위층으로 와주시지 않으시겠습니까?"

앞서도 말한 것처럼 가장 위층에는 넓은 복도가 있고 사용하고 있지 않은 침실이 3개 늘어서 있었다. 홈즈는 복도 끝 쪽으로 모두를 데리고 갔다. 순경들은 왜 이런 일을 해야 하는 건지 모르겠다는 듯 쓴웃음을 짓고 있었다. 레스트레이드는 놀라움과 기대와 조롱이 뒤섞인 묘한 얼굴로 홈즈를 가만히 바라보고 있었다.

홈즈는 지금부터 마술을 펼쳐 보이려는 마술사처럼 우리 앞에 섰다.

"레스트레이드 경감님, 누군가에게 물을 두 양동이 퍼오라고 해주시지 않겠습니까? 그리고 짚단을 이 복도의 중간에 쌓아주세요. 양쪽 벽에 붙지 않도록. 됐어요, 이것으로 준비는 다 끝난 듯하네요."

레스트레이드의 얼굴이 분노로 붉게 물들기 시작했다.

"셜록 홈즈 씨, 저희와 무슨 게임이라도 하실 생각이신가요? 혹시 무엇인가를 아신다면 이런 한심한 짓은 그만두고 얼른 말씀해주시는 게 어떻겠습니까?"

"레스트레이드 경감님, 내가 하는 일에는 어떤 것이든 이유가 있어요. 당신이 조금 전에 나를 잠깐 놀렸다는 사실을 잊은 건 아니겠지요? 햇빛이 드는 곳에 있는 사람은 당신이라는 생각에. 그러니 내가 약간의 의식을 행한다고 해서 불평하지는 마세요. 왓슨, 미안하지만 창문을 열고 짚단 끝에 불을 붙여주게."

나는 성냥으로 불을 붙였다. 그러자 마른 짚단이 탁탁 소리를 내며 타기 시작했고 잿빛 연기가 뭉게뭉게 피어올라 바람을 타고 복도를 기어나갔다.

"됐어. 레스트레이드 경감님, 당신에게 필요한 증인이 나오는지 보기로 하죠. 모두 소리를 합쳐 '불이야!'라고 외쳐주지 않겠소. 자, 하나, 둘, 셋!"

우리는 외쳤다.

"불이야!"

"고마워요. 다시 한 번 해주세요."

"불이야!"

"다시 한 번, 모두가."

"불이야!"

이 외침은 노우드 전체에 울려 퍼졌을 것이다. 그 세 번째 외침이 가라앉기도 전에 놀라운 일이 펼쳐졌다. 복도 끝 쪽의 단단한 벽인 줄 알았던 곳이 갑자기 벌컥 열린 것이었다. 그리고 몸집이 작고 쭈글쭈글한 남자가 마치 토끼가 굴에서 뛰쳐나오듯 다급하게 달려 나왔다.

하지만 홈즈는 침착하게 말했다.

"됐어! 왓슨, 양동이의 물을 짚단에 전부 뿌려줘. 이젠 됐어! 자, 레스트레이드 경감님, 당신이 놓쳤던 중요한 증인을 소개하도록 하죠. 이 사람이 바로 조너스 올더커입니다."

레스트레이드 경감은 너무 놀란 나머지 뛰쳐나온 노인을 그저 바라보기만 할 뿐이었다. 뛰쳐나온 사내는 갑자기 밝은 복도로 나온 탓인지 부시다는 듯 눈을 깜빡이고 있었다. 그리고 우리와 연기를 피워 올리고 있는 짚단을 가만히 바라보았다. 홈즈가 올더커라고 말한 그 노인은 하얀 눈썹에 교활하고 밉살스러운 얼굴을 하고 있었다. 그리고 회색 눈을 정신없이 이리저리 굴렸다.

레스트레이드 경감이 말했다.

"이게 어떻게 된 일이지? 너, 지금까지 대체 무엇을 하고 있었던 거야, 응?"

분노로 얼굴을 새빨갛게 물들인 채 다가오는 경감의 험악한

표정에 올더커는 딱딱하게 굳은 미소를 지으며 뒷걸음질 쳤다.

"저는 아무 짓도 하지 않았습니다."

"아무 짓도 하지 않았다고? 너는 죄도 없는 사내를 교수대로 보내기 위해 여러 가지 잔꾀를 부렸잖아. 여기에 계신 이분이 없었다면 나는 네 생각대로 움직일 뻔했다고."

노인이 머리를 숙이고 훌쩍훌쩍 울기 시작했다.

"저는 그저, 그냥……, 장난을 좀 쳐본 것뿐입니다."

"뭐라고? 이게 장난이라고? 장난이 생각대로 되었다며 웃을 수 있는 것도 여기까지야. 장담하겠는데 네 놈이 한 짓 때문에 웃을 수 없게 해주겠어. 이 녀석을 데려가. 내가 갈 때까지 거실에서 꼼짝 못하게 해."

순경이 올더커를 데리고 가자 레스트레이드 경감이 말했다.

"홈즈 씨, 부하들 앞에서는 말할 수 없었지만, 왓슨 씨뿐이라면 상관없습니다. 이번 사건은 당신이 지금까지 처리해온 사건 중에서도 가장 멋진 것입니다. 어떻게 알아내신 건지 저는 도저히 모르겠지만. 당신은 누명을 쓴 청년의 목숨을 구했습니다. 그리고 제가 끔찍한 실패를 하려는 것을 막아주셨습니다. 그렇게 해주지 않으셨다면 저는 경찰 안에서의 평가가 완전히 떨어질 뻔했습니다."

홈즈가 빙그레 웃으며 레스트레이드의 어깨를 툭 두드렸다.

"떨어지기는커녕 당신의 평가는 하늘 높은 줄 모르고 치솟을 거예요, 레스트레이드 경감님. 당신이 지금 쓰고 있는 보고

서를 조금 바꾸기만 하면 돼요. 그렇게 해서 레스트레이드 경감의 눈을 속이는 것이 얼마나 어려운 일인지를 알게 해주는 거예요."

"그럼 당신의 이름을 밝히지 않아도 된단 말입니까?"

"그런 건 조금도 밝힐 필요 없어요. 일 자체가 나에 대한 보수예요. 한참 시간이 지난 뒤에 내가 허락을 하면 내 사건을 기록하고 있는 사람이 원고지를 펼칠 테니, 신용이라면 언제든지 얻을 수 있어요. 안 그런가, 왓슨? 그건 그렇고 저 쥐새끼가 어디에 있었는지 보기로 합시다."

판자와 회반죽으로 만들어놓은 가림막은 복도 끝에서 6피트(약 1.8m) 정도 떨어진 곳에 설치되어 있었는데 거기에는 쉽게 알아볼 수 없도록 교묘하게 만들어진 문이 달려 있었다. 빛은 처마 밑의 틈새를 통해서 들어오게 만들어져 있었다. 약간의 가구와 먹을 것과 물이 있었으며 책도 몇 권인가 서류와 함께 놓여 있었다.

그 비밀의 방에서 나오자 홈즈가 말했다.

"건축가라 가능했던 일이야. 누구에게도 말하지 않고 조그만 비밀 장소를 만드는 일이었으니. 이 집의 가정부만은 알고 있었지만. 맞아, 레스트레이드 경감님, 그 여자도 얼른 잡아두는 편이 좋을 거예요."

"그렇게 하겠습니다. 그건 그렇고 홈즈 씨, 이런 곳이 있다는 사실을 어떻게 알아내신 겁니까?"

"나는 그 남자가 반드시 이 집의 어딘가에 숨어 있을 것이라고 생각했어요. 그래서 여러 가지로 살펴보았는데 이 복도를 걸어보고 같은 길이여야 할 아래층의 복도보다 6피트 정도 짧다는 사실을 깨달았어요. 그것으로 저 남자가 어디에 있는지 분명히 알게 된 거죠. 그리고 나는 그 녀석이 불이 났다고 소란을 피워도 가만히 숨어 있을 만한 사람이 아닐 것이라고 생각했어요. 물론 안으로 뛰어들어 잡을 수도 있었어요. 하지만 그보다는 스스로 뛰쳐나오게 만드는 편이 재미있을 것이라고 생각한 거예요. 그리고 당신에게는 약간의 빚도 있었으니까요. 당신은 오늘 아침에 나를 놀렸잖아요."

"네, 하지만 그 빚은 틀림없이 돌려받았습니다. 그보다 홈즈 씨, 녀석이 이 집에 숨어 있다는 사실을 어떻게 아신 겁니까?"

"엄지의 지문 때문이었어요, 레스트레이드 경감님. 당신은 그것으로 분명해졌다고 말했지만, 전혀 반대되는 의미에서 분명해졌던 거예요. 어제는 거기에 지문이 없었다는 사실을 나는 알고 있었어요. 당신도 알고 있을지 모르겠지만 나는 세세한 부분에 세심하게 신경을 써요. 어제 홀을 살펴봤지만 거기에는 분명히 지문이 없었어요. 그러니 밤사이에 찍힌 것이라는 사실을 알 수 있었죠."

"그렇다면 대체 어떻게 찍은 겁니까?"

"아주 간단한 일이에요. 올더커는 맥팔레인을 집으로 불러 서류를 보인 뒤 서류를 다시 봉했어요. 그때 올더커는 맥팔레인

에게 아직 굳지 않은 밀랍 부분에 엄지를 대고 꾹 누르게 했던 거예요. 아주 자연스럽고 순간적인 일이었기에 맥팔레인도 기억하고 있지 못할 거예요. 어쩌면 우연히 그렇게 된 것일 뿐, 올더커도 나중에 그것을 쓸 계획은 없었던 걸지도 몰라요. 그런데 비밀의 방에서 여러 가지로 생각을 하다 문득 떠오른 것이 그 지문을 이용해서 맥팔레인을 범인으로 만들, 절대적이라고 해도 좋을 증거를 만들어야겠다는 생각이었어요.

아주 간단한 일이었겠죠. 우선 봉투의 밀랍에 찍힌 지문을 채취해 틀을 만들었어요. 그리고 자신의 손가락을 바늘로 찔러 나온 피를 거기에 묻혔어요. 그리고 밤 사이에 홀의 벽에 찍은 거예요. 자신이 했는지 가정부를 시켰는지는 알 수 없지만. 그 남자가 비밀의 방으로 가져간 서류를 살펴보세요. 밀랍에 지문이 찍힌 봉투가 틀림없이 나올 테니. 의심스럽다면 내기를 해도 좋아요."

"훌륭합니다! 정말 훌륭한 추리에요! 말씀을 듣고 모든 사실을 알았습니다. 그런데 녀석은 어째서 이처럼 끔찍한 음모를 꾸민 걸까요?"

레스트레이드가 갑자기 얌전해져서, 마치 초등학생이 선생님께 질문을 하는 듯한 태도를 보였기에 나는 아주 유쾌했다.

홈즈가 말했다.

"음, 그에 대한 설명도 그렇게 어려울 것 같지는 않아요. 지금 밑에서 우리가 오기를 기다리고 있는 올더커는 무서울 정도로 집념이 강한 사람이에요. 그 남자가 맥팔레인의 어머니에게 청혼했다가 거절당했다는 사실을 당신도 알고 있겠죠? 뭐, 몰랐다고요? 바로 그래서 노우드보다 블랙히스를 먼저 조사해야 한다고 말했던 거예요. 어쨌든 그 일에 커다란 앙심을 품고 있던 남자는, 원래부터 성격이 좋지 않고 집착심이 강했기에 거의 평생에 걸쳐서 어떻게 복수를 하면 좋을지 생각했어요. 하지만 기회가 영 찾아오지 않았죠.

그런데 지난 1, 2년 동안 운이 좋질 않아서, 어딘가에 은밀히 투자를 했다가 실패라도 한 것이라 생각되지만, 여기저기에 커다란 빚을 지게 됐어요. 그는 빚을 진 사람들에게 돈을 갚지 않고 지금 있는 돈을 가지고 어딘가로 잠적할 수는 없을까 생각하게 되었죠.

그래서 우선은 빚을 진 사람들을 속일 생각으로 자신이 은행에 저금한 돈의 대부분을 코닐리어스라는 사람에게 수표로 건네주는 형식을 취했어요. 물론 코닐리어스는 올더커의 다른 이름이에요. 아직 확인하지는 않았지만 그 돈은 물론 올더커가 부지런히 드나드는 조그만 마을의 은행에 예금되어 있을 거예요. 그리고 올더커는 돈만 들고 모습을 감추어 이름을 완전히 바꾼 뒤, 다른 지방에서 새로운 생활을 시작할 생각이었어요."

"그렇군요. 참으로 있을 법한 얘깁니다."

"모습을 감출 때 어떤 단서도 남기고 싶지 않았고, 아울러 예전에 자신과의 결혼을 거절했던 맥팔레인의 어머니에 대한 복수도 하고 싶었던 거겠죠. 따라서 그녀의 아들인 맥팔레인이 자신을 살해한 것처럼 꾸미면 이 세상에서 완전히 모습을 감출 수 있을 뿐만 아니라 복수도 할 수 있을 것이라 생각한 거예요.

이 무시무시한 계획을 그 사람은 멋지게 해냈어요. 정말 치밀하게 행동했더군요. 유언장은 맥팔레인이 자신을 살해하는 동기가 될 터였고, 부모님께는 비밀로 하고 오게 했으며, 지팡이를 감추기도 하고, 피를 묻히기도 하고, 화재 현장에서 검게 탄 동물질의 잔해가 나오도록 해놓기도 하고, 바지의 단추가 나오도록 해놓기도 하고, 정말 간교함의 천재라고 해도 좋을 거예요.

나는 네다섯 시간 전까지만 해도 그가 쳐놓은 촘촘한 그물 때문에 더는 맥팔레인을 도울 길이 없다고 생각했을 정도였어요. 하지만 그 남자에게는 어디서 그만둬야 하는지를 판단하는 재능이 없었어요. 예술가에게 가장 중요한 재능이 결여되어 있었다고 할 수 있어요. 촘촘하게 쳐놓은 그물에 만족하지 못하고 가엾은 맥팔레인의 목에 감아놓은 밧줄을 더욱 세게 조이려 했죠. 하지만 그것 때문에 오히려 그물이 찢어져 실패를 하게 된 거예요.

레스트레이드 경감님, 그만 밑으로 내려가 보죠. 그 남자에게 두어 가지 묻고 싶은 것도 있으니."

아래층의 거실로 내려가 보니 악당은 의자에 앉은 채 좌우로 경찰관들의 감시를 받고 있었다. 올더커가 우리를 보고 동정을 구하는 목소리로 말했다.

"장난이었습니다. 잠깐 장난을 쳐본 것일 뿐, 그 이상의 깊은 의미는 없습니다. 제가 모습을 감추면 어떻게 되는지 보고 싶어서 몸을 숨겼던 것뿐입니다. 정말입니다. 제발 오해 마시기 바랍니다. 맥팔레인 청년에게 어떤 피해가 가게 될 줄은 꿈에도 몰랐습니다."

레스트레이드 경감이 말했다.

"그건 배심원들이 결정할 문제야. 어쨌든 살인을 계획했다는 혐의로는 기소할 수 없을 테지만, 음모를 꾀했다는 혐의로 기소를 해줄 테니."

홈즈도 한마디 했다.

"그리고 네게 돈을 꿔주었던 사람들은 코닐리어스 씨의 예금에서 그 돈을 돌려받게 될 거야."

조그만 노인은 몸을 움찔하더니 증오로 눈을 번뜩이며 홈즈를 바라보았다.

"당신이 베푼 친절에는 감사를 하지 않으면 안 되겠군. 이 빚은 조만간 갚도록 하지."

홈즈가 관대하게 미소 지으며 말했다.

"네가 아무리 집념이 강하다 해도 앞으로 2, 3년 동안은 형무소에 있어야 할 테니 그럴 틈이 없을 텐데. 그건 그렇고 낡은 바지 외에 목재 더미 속에 무엇을 넣은 거지? 죽은 개였나, 아니면 토끼였나? 뭐, 말하고 싶지 않다고? 정말 불친절한 사람이로군! 어쨌든 상관없어. 토끼 2마리만 있어도 핏자국이나 정체를 알 수 없는 불에 탄 사체를 만들기에는 충분했을 테니까. 왓슨, 훗날 자네가 이 사건을 기록할 때는 그냥 토끼라고 해두게."

언제 어디서나 가볍게 읽을 수 있는 전자책

◎ 세계 판타스틱 고전문학

1. 라파치니의 딸(너대니얼 호손) - 900원
2. 북극성호의 선장(아서 코난 도일) - 800원
3. 폐가(에른스트 테오토르 아마데우스 호프만) - 600원
4. 환상의 인력거(조지프 러디어드 키플링) - 800원
5. 라자루스(레오니트 니콜라예비치 안드레예프) - 700원
6. 유령(기 드 모파상) - 300원
7. 거울 속의 미녀(조지 맥도널드) - 700원
8. 유령의 이사(프랭크 리처드 스톡턴) - 500원
9. 성찬제(아나톨 프랑스) - 300원
10. 셋집(에드워드 조지 얼 벌워 리턴) - 800원
11. 검은 고양이(에드거 앨런 포) - 400원
12. 스페이드의 여왕(알렉산드르 세르게비치 푸시킨) - 900원
13. 요물(앰브로스 비어스) - 400원
14. 클라리몽드(테오필 고티에) - 900원
15. 신호수(찰스 디킨스) - 500원
16. 빌 부인의 망령(다니엘 디포) - 500원
17. 이층침대(프랜시스 매리언 크로퍼드) - 800원
18. 모란등기(구우) - 300원
19. 리지아(에드거 앨런 포) - 500원
20. 어셔 가의 붕괴(에드거 앨런 포) - 600원
21. 윌리엄 윌슨(에드거 앨런 포) - 600원
22. 심술궂은 꼬마 악마(에드거 앨런 포) 300원
23. 배반하는 심장(에드거 앨런 포) - 300원
24. 메첸거슈타인(에드거 앨런 포) - 300원
25. 함정과 진자(에드거 앨런 포) -500원

◎ 세계 미스터리 고전문학

1. 춤추는 인형(아서 코난 도일) - 800원
2. 2전짜리 동전(에도가와 란포) - 600원
3. 황금 벌레(에드거 앨런 포) - 900원
4. 혈액형 살인사건(고가 사부로) - 900원
6. D언덕의 살인사건(에도가와 란포) - 700원
7. 모르그 가의 살인사건(에드거 앨런 포) - 900원
8. 꾀꼬리의 탄식(고가 사부로) - 900원
9. 마리 로제의 수수께끼(에드거 앨런 포) - 900원
10. 심리시험(에도가와 란포) - 700원
11. 입원환자(아서 코난 도일) - 600원
12. 호박 파이프(고가 사부로) - 600원
13. 노란 얼굴(아서 코난 도일) - 500원
14. 지붕 아래의 산책자(에도가와 란포) - 900원
15. 도둑맞은 편지(에드거 앨런 포) - 500원
16. 니켈 문진(고가 사부로) - 600원
18. 거미(고가 사부로) - 400원
19. 신랑의 정체(아서 코난 도일) - 400원
20. 덫에 걸린 사람(고가 사부로) - 500원
21. 자전거에 탄 쓸쓸한 사람(아서 코난 도일) - 300원

◎ 일본 중단편 고전문학